红军部队

新长征

The new Long March of the Red Army

★

主编

中国人民解放军陆军政治工作部

新华社解放军分社

新华每日电讯

新华出版社

图书在版编目（CIP）数据

红军部队新长征 / 中国人民解放军陆军政治工作部，新华社解放军分社，新华每日电讯主编. —北京：新华出版社，2016.10

ISBN 978-7-5166-2880-5

Ⅰ. ①红… Ⅱ. ①中… ②新… ③新… Ⅲ. ①新闻报道—作品集—中国—当代 Ⅳ. ①I253

中国版本图书馆CIP数据核字（2016）第244373号

红军部队新长征

主　　编：中国人民解放军陆军政治工作部
　　　　　新华社解放军分社
　　　　　新华每日电讯

选题策划：许　新　　　　　　责任编辑：张永杰
责任印制：廖成华　　　　　　责任校对：刘保利
封面设计：李尘工作室

出版发行：新华出版社
地　　址：北京市石景山区京原路 8 号　　邮　　编：100040
网　　址：http：//www.xinhuapub.com
经　　销：新华书店
购书热线：010-63077122　　　　中国新闻书店购书热线：010-63072012

照　　排：李尘工作室
印　　刷：北京凯达印务有限公司
成品尺寸：170mm×230mm
印　　张：24.5　　　　　　　　字　　数：240千字
版　　次：2016年10月第一版　　印　　次：2016年10月第一次印刷

书　　号：ISBN 978-7-5166-2880-5
定　　价：68.00元

《红军部队新长征》
编委会成员

主　　任：张书国

副 主 任：党增龙

主　　编：罗志清　曹　智　方立新

副 主 编：李宣良　许　新　谢锐佳

　　　　　王明浩　李清华

执行主编：张米扬

执行副主编：樊永强　渠宏卿　张　超　李大勇

弘扬伟大长征精神　奋力推进强军事业

——纪念红军长征胜利80周年

李作成　刘　雷

80年前，我们党领导红军完成震惊世界的伟大长征，开辟了中国革命继往开来的光明道路，奠定了中国革命胜利前进的重要基础。长征不仅创造了可歌可泣的战争史诗，而且谱写了豪情万丈的精神史诗，铸就了伟大的长征精神。这种精神，是中国共产党人革命风范的生动反映，是人民军队精神品质的高度凝结，是实现中国梦、强军梦的重要支撑。

习主席深刻指出，一切向前走，都不能忘记走过的路；走得再远、走到再光辉的未来，也不能忘记走过的过去。陆军是我们党最早建立和领导的武装力量，传承弘扬伟大的长征精神，要坚持更高标准和要求，不忘初心、继续前进，在新的长征路上奋力推进强军兴军伟大事业。

一、坚持党的领导，确保推进强军事业的正确方向

党的坚强领导，是长征胜利的根本所在；坚持党的领导，是长征精神的核心内容。回顾历史，长征胜利的决定性因素是我们党形成了以毛泽东同志为核心的第一代中央领导集体。长征之前和长征初期，由于党内"左"倾路线的领导者脱离中国革命战争实际，实施错误的军事指挥，导致红军的严重挫折。遵义会议结

束了"左"倾错误在党中央的统治，确立了毛泽东在红军和党中央的领导地位，在生死攸关的转折关头挽救了党和红军，保证了战略大转移的军事胜利和北上抗日政治目标的实现。此后，党对红军的领导进一步加强，迅速取得军事斗争主动权，各路主力红军汇聚西北，实现了空前的集中和团结统一。

党的坚强领导是我们推进各项事业的根本保证，任何时候、任何情况下，都要毫不动摇坚持党对军队的绝对领导，坚定看齐追随、维护核心，始终做到绝对忠诚、绝对纯洁、绝对可靠。要深入学习党的理论。坚持不懈用习主席系列重要讲话精神武装头脑，跟进学好新理念、新思想、新战略，深学深悟"军事篇""陆军篇"，读原著、学原文、悟原理，从理论体系上系统把握，从本质内涵上深钻细研，从根本方法上融会贯通，做到学而信、学而用、学而行，切实以理论清醒确保政治坚定。要认真落实党的制度。毫不动摇坚持党对军队绝对领导的根本原则和制度，始终按制度推进工作、解决问题。把维护和贯彻军委主席负责制作为最大的忠诚、最紧要的政治，作为铁规铁律来坚守，认真落实"三项机制"，对习主席的决策部署坚决拥护，对习主席的指示要求坚决执行，对习主席赋予的任务坚决完成。要严格遵守党的纪律。强化纪律意识，把党章党规党纪刻印在心上，强化尊崇党章、遵守党纪的行动自觉和良好习惯；严守政治纪律和政治规矩，在党言党、在党忧党、在党为党；狠抓执纪监督，对违纪问题发现一起查处一起，提高纪律执行力，维护纪律严肃性。要坚决执行党的号令。对党中央、中央军委和习主席作出的决策指示，既态度坚决、雷厉风行，又紧密结合实际抓细抓实落到底，领袖怎么指示就怎么贯彻，决不迟疑犹豫；中央怎么要求就怎么落实，决不变形走样；军委怎么规定就怎么执行，决不变通打折，确保党中央、中央军委和习主席各项部署要求在陆军部队落地见效。

二、坚持革命理想，坚定推进强军事业的信念决心

革命理想高于天。红军长征的胜利，就是坚持崇高理想、忠诚革命事业的胜利。征途漫漫、关山重重，红军将士把生死置之度外，明知征途有艰险，越是艰险越向前，像一股势不可当的铁流一路向前。面对国民党几十万大军的围追堵截，面对终年积雪的高山、人迹罕至的草地，所表现出来的不是畏惧和退缩，而

是压倒一切敌人的革命英雄主义、昂扬向上的乐观情绪、一往无前的革命气概，始终坚守对党的忠贞、对理想的追求、对事业的执着。"七根火柴""半截皮带""三碗青稞"等长征故事，方志敏被捕后坚贞不屈，在狱中写下《清贫》《可爱的中国》，抒发给祖国的无限热爱、对共产主义的赤胆忠心，就是千百万红军坚守崇高理想的生动写照。

当前，中华民族伟大复兴展现出前所未有的光明前景，强军兴军、建强陆军任重道远，更加需要我们弘扬革命理想高于天的崇高精神，补足精神之钙、铸牢精神支柱，为实现中国梦、强军梦不懈奋斗。要坚定信仰信念。我们党从成立之日起，就把马克思主义写在自己的旗帜上，把实现共产主义确立为最高理想。现在，时代变了，条件变了，我们为之奋斗的理想和事业没有变。更加需要坚定理想信念、坚守共产党人的精神追求，时刻保持对远大理想和奋斗目标的清醒认知和执着追求，自觉做共产主义远大理想和中国特色社会主义共同理想的坚定信仰者、忠实实践者。要坚持根本宗旨。无论时代条件如何变化，我们都要把人民放在心中最高位置，把维护人民根本利益作为最高责任，树立以人民为中心的工作导向，努力提高履行使命任务能力，坚决捍卫国家主权、安全、发展利益，坚决保护人民生命财产安全，以实际行动诠释当代革命军人爱国为民的使命责任。要矢志强军伟业。推进强军事业，当务之急是要加快推进陆军转型建设。要深刻感悟习主席对陆军建设的深情关爱，深刻感悟习主席对陆军建设的深情寄托，深刻感悟习主席对陆军建设的深情期望，常忧陆军建设发展的差距、常思陆军转型建设的急迫、常想建设强大陆军的举措，夙夜在公、只争朝夕、开新图强，努力创造无愧于时代、无愧于使命的一流业绩。

三、坚持实事求是，把握推进强军事业的根本方法

长征是践行实事求是思想路线的经典范例。从遵义会议我们党开始独立自主地解决中国革命的重大问题，在实践中逐步形成一切从实际出发、实事求是、独立自主等科学思想方法和工作方法，并贯彻体现到红军长征的全部实践中。在战略方向选择上，客观分析革命形势，中央红军6次改变落脚点，站到挽救民族危亡第一线、摆脱国民党围追堵截，将革命大本营奠基大西北。在作战指导运用

上，实施高度机动灵活的作战指导，创造了以少胜多、以弱胜强的战争活剧。在战略任务转换上，提出全民族抗战的政治主张，实行把国内战争同民族战争结合起来的军事战略，有力地推动了全国抗日救亡运动的开展。长征的胜利，是马克思主义普遍真理与中国革命具体实践相结合的胜利，是实事求是思想路线的胜利。

实事求是是马克思主义的根本观点、根本方法，是推进党、国家和军队事业发展的重要法宝。任何时候任何情况下，我们都要坚持实事求是的思想路线，掌握认识问题、分析问题、处理问题的锐利武器，求真务实、解放思想、开拓进取，推动强军事业不断发展。要深入调查掌握实情。实事求是基础在于搞清"实事"，把准工作的前提和基础。各级领导干部要大兴调查研究之风，真正扑下身子深入基层，了解部队真实情况，掌握转型建设第一手材料，切实做到亲知、真知、深知，努力增强工作指导的科学性有效性。要积极探索把握规律。实事求是关键在于"求是"，把握工作的特点和规律。积极研究探索信息化战争制胜机理，扎实推进陆军作战理论发展，带动新型作战力量建设；积极研究探索新形势下铸魂育人的基本规律，培养造就适应陆军转型建设的新型军事人才；积极研究探索实战化军事训练的方法路子，提高陆军战斗力和实战水平；积极研究探索现代管理的特点要求，推进以效能为核心的军事管理革命。要改革创新开拓前进。实事求是内在要求改革创新，增强工作的生机和活力。要强化创新意识，把创新摆在部队建设发展全局的核心位置，深入贯彻创新驱动发展战略，扎实推进"十大创新"工程，加快推进陆军转型建设。要鼓励实践创新，尊重官兵主体地位，发挥官兵首创精神，大力弘扬创新文化，最大限度凝聚官兵创新发展的智慧和力量。

四、坚持群众路线，汇聚推进强军事业的磅礴力量

长征胜利的一个重要原因，就是党和红军始终站在人民立场上，革命为了人民，紧紧依靠人民，赢得了广大人民群众的衷心拥护和大力支持。长征战略转移方向多次调整、北上抗日战略方针确定，彰显了一切为了人民的情怀；红军纪律严明、秋毫无犯，所到之处开仓济贫、伸冤除害，被人民视为"自己的子弟兵""菩萨兵"。红军爱护群众，群众拥护红军。长征途中，各族群众帮助红军筹款筹粮，烧水送饭，传递消息，掩护伤员，支援红军作战。长征中红军各部队

充分相信和依靠官兵，引导官兵团结互助、同甘共苦，风雨同舟、生死与共，实现了全军的空前团结。正因为我们党带领红军认真贯彻党的群众路线，才排除了世所罕见的艰难险阻，成功实现了战略转移。

群众路线是党的生命线和根本工作路线。实现"两个一百年"宏伟目标，推进强国强军伟业，需要进一步增强坚持群众路线的政治自觉和行动自觉，努力夯实强军兴军、建强陆军的深厚力量基础。要密切联系群众。常以敬畏之心倾听群众呼声，常以赤子之心体悟群众疾苦，常以感恩之心铭记群众关爱，真正从内心深处深化对人民的真挚情感，自觉与人民心连心、同呼吸、共命运。经常深入官兵、融入官兵，与官兵打成一片，在与官兵一块过、一块苦、一块干中，感染兵味、强化兵心、融洽兵情，让好传统回归。要紧紧依靠群众。改革强军、建强陆军需要凝聚群众意志、汲取群众智慧、汇聚群众力量，紧紧依靠群众推动事业发展。要用好军民融合的大战略，深化认识、更新观念，强化大局意识，在应融则融、能融尽融的格局下，加快融入国家经济社会发展体系。要尊重官兵主体地位和首创精神，坚持问计于官兵、问需于官兵、问效于官兵，最大限度地把官兵中蕴含的智慧与力量激发出来。要真心服务群众。始终把人民利益放在高于一切、重于一切的位置，坚定维护国家安全和社会稳定，守护人民和平安宁幸福生活。积极支援地方经济建设，特别是贯彻习主席"精准扶贫"部署要求、"一带一路"战略决策等，以实际行动为国兴利、为民造福。要发扬官兵一致的优良传统，坚持基层至上、士兵第一，想官兵之所想、急官兵之所急、帮官兵之所需，激励官兵自觉投身强军兴军实践、推进强军兴军伟业。

五、坚持艰苦奋斗，担起推进强军事业的时代重任

红军长征史就是一部艰苦奋斗史。在漫漫长征路上，红军将士天当房、地当床，顶寒风、冒雨雪，吃草根、啃树皮，跨越近百条江河，征服40多座高山险峰，穿越被称为"死亡陷阱"的茫茫草地，经受了超越常人极限的巨大考验。面对天上飞机轰炸，地面敌军围追堵截，用双脚同敌军汽车展开"赛跑"，用血肉之躯与敌人飞机大炮进行"搏斗"，几乎每天都有遭遇战，平均每行进一公里就有三四名官兵献出生命，表现出了坚韧不拔、宁死不屈的顽强意志。党员干部率

先垂范、吃苦在前、冲锋在前，贺炳炎断臂为兵牵马、军需处长冻死树下、共产党员尝草验毒，这种榜样的力量极大鼓舞激励了红军官兵。正是凭着这种艰苦奋斗的革命精神，战胜一个又一个困难，取得一个又一个胜利。

艰苦奋斗是我们党的传家宝，是军队的政治本色。艰难困苦，玉汝于成。过去我们克难制胜、克敌制胜需要艰苦奋斗，今天我们由大向强、转型发展更需要艰苦奋斗。要培育艰苦奋斗、积极进取的作风。深入开展艰苦奋斗教育，引导官兵深刻认识艰苦奋斗的重要价值、丰富内涵和时代要求，深刻认识军人职业的特殊属性和特殊要求，坚决反对享乐主义和奢靡之风，始终保持吃苦耐劳、不畏艰辛的意志品质，昂扬向上、奋发进取的革命热情，勤俭节约、艰苦朴素的优良作风，一不怕苦、二不怕死的战斗精神，自觉做艰苦奋斗精神的新传人。要砥砺顾全大局、牺牲奉献的品格。正确认识局部与全局、个人与集体、小家与大家的关系，始终胸怀全局、甘于牺牲、自觉奉献。要讲党和国家工作大局，紧紧跟上实现"两个一百年"奋斗目标和"四个全面"战略布局的新部署新要求；要讲深化国防和军队改革大局，放下"小算盘"、胸怀"大棋局"，坚决服从改革、无条件执行命令；要讲陆军发展大局，在建设强大的现代化新型陆军目标下认识和推进工作，形成"一盘棋"谋发展搞建设的强大合力。要保持埋头苦干、真抓实干的劲头。艰苦奋斗重在"奋斗"、贵在"实干"。越是任务艰巨、越是条件艰苦、越是创业艰难，越要保持昂扬奋进的精神状态，勤奋敬业，实干苦干，持之以恒，勇于吃大苦、耐大劳，以我们的"辛苦指数"换取部队建设的"发展指数"，以功成不必在我、建功必须有我的胸怀和担当，咬定青山不放松、一张蓝图干到底，扎扎实实把强军事业推向前进。

伟大的事业需要伟大的精神，伟大的精神成就伟大的事业。80年前，红军长征孕育出伟大的长征精神，我们党和军队在精神上变得空前强大起来，压倒了一切困难，战胜了一切敌人。今天，在强国强军的新征程上，我们要接过长征精神的火炬，万众一心、顽强拼搏、奋勇前进，走好我们这一代人的长征路，书写强军兴军、建强陆军的时代篇章！

（作者为陆军司令员、陆军政治委员）

红军万岁　长征万岁

王定国

欣闻《红军部队新长征》在纪念红军长征胜利80周年之际顺利出版，我感到非常高兴！

82年前，中国共产党领导红军以无与伦比的英雄气概进行的万里长征，创造了气吞山河的人间奇迹，谱写了中国革命事业的壮丽史诗，在我们党、军队和中华民族的发展史上产生了重大而深远的影响。

我是一个党龄和军龄都超过80年的红军老战士，从一名童养媳成长为一名红军战士，靠的是党的教育和红军的培养。1933年到1935年，我先后担任营山妇女独立营营长、川陕苏区保卫局妇女连连长，为红军送弹药，在山中清剿土匪，有时还女扮男装打阻击战。1935年，红四方面军部队开始了艰苦卓绝的长征，我曾五过雪山三过草地，一个被冻掉的脚趾留在了雪山上，弹片划过的伤疤至今仍留在腿上。虽然历尽艰难困苦，但伟大的长征和长征精神影响了我一生。10年前，我在长征胜利70周年活动中曾说过："虽然生活发生了翻天覆地的变化，但我们为之奋斗的坚定信仰从来没有改变！"

长征是人民军队丹心向党、信念永恒的远征，也是人民军队勇于牺牲、敢于胜利的远征。经历了万水千山淬炼锻造的中国工农红军，从小到大、由弱变强，穿越历史硝烟，最终成为创建和保卫新中国的武装力量。

习近平主席去年12月31日在中国人民解放军陆军领导机构成立大会上致训词

强调，陆军是党最早建立和领导的武装力量，历史悠久，敢打善战，战功卓著，为党和人民建立了不朽功勋。陆军对维护国家主权、安全和发展利益具有不可替代的作用。陆军全体官兵要弘扬陆军光荣传统和优良作风，适应信息化时代陆军建设模式和运用方式的深刻变化，探索陆军发展特点和规律，按照机动作战、立体攻防的战略要求，加强顶层设计和领导管理，优化力量结构和部队编成，加快实现区域防卫型向全域作战型转变，努力建设一支强大的现代化新型陆军。这一光辉论断，我非常赞同，坚决拥护。

当前，陆军正踏上改革强军新征程，长征和她所代表的精神力量，永远是人民解放军永恒的指引和实现强军梦的强大依托。

今年，陆军政治工作部、新华社解放军分社和新华每日电讯联合策划推出的"红军部队新长征"大型主题报道活动，是一次前所未有的历史性寻访。80年来，部队经历多次改编调整，红军时期的部队"火种"今天已经分散隶属于人民武装的多支力量，但他们寻访报道的部队前身仍涵盖了红一方面军、红二方面军、红四方面军、红二十五军、西北红军和南方八省红军游击队，非常具有代表性。这些部队目前大多是陆军部队中的王牌部队，既是红色传统的宝贵"种子"，也是转型发展的探路"先锋"。

"谁忘记历史，谁就会在灵魂上生病"。今天的中国军人依旧可以从红军先辈书写的精神史诗中，不断汲取前进的力量——全面实施改革强军战略，时刻听从党和人民召唤，随时准备为捍卫先辈的尊严和荣誉而战！

红军万岁！长征万岁！

王定国
二〇一六年十月

（王定国，老一辈革命家谢觉哉夫人，生于1913年，是目前在世年龄最大的女红军，1933年入党的她还是中国共产党党龄最长的党员之一。长征路上，她曾五过雪山三过草地，一生为国奉献，信念百年不移。）

前　言

光辉的胜利，永恒的血脉

今年是红军长征胜利80周年。

82年前，中国共产党领导红军以无与伦比的英雄气概进行的万里长征，创造了气吞山河的人间奇迹，谱写了中国革命事业的壮丽史诗，在我们党、军队和中华民族的发展史上产生了重大而深远的影响。

人民军队的青春时光

长征，对于人民军队，意味着壮烈的牺牲、辉煌的胜利和精神的崛起。

长征是人民军队勇于牺牲、敢于胜利的远征。在总行程超过两万五千里的长征途中，武器简陋的红军官兵始终处在数十倍于己的敌人的追击、堵截与合围中，遭遇的战斗在400场以上，平均每天急行军50公里以上，平均三天就发生一次激烈的大战。即便如此，在毛泽东等同志的领导指挥下，红军将士还是以非凡的智慧和勇气，运用机动灵活的战略战术，最终取得了伟大的胜利。

长征是人民军队铁心向党、信念不朽的远征。红军踏上远征之时，我们的党和中华民族都"到了最危险的时候"，始终面临着两种命运、两条路线的抉择和斗争。红军虽遭受围追堵截，多次身临绝境，但始终高举"救人民于水火、扶民族于即倾"的家国情怀。长征路上，一个战士被冻死，战友们掰开他紧握的一只手一看，里面是党证和一块作为党费的银圆——这样的军人、这样的军队，用坚定的信念和不屈的精神传播着中国共产党人改天换地的理想。

那是我们这支军队神采飞扬的青春时光。长征路上，红军指挥员的平均年龄不足25岁，战斗员的平均年龄不足20岁，14岁至18岁的战士至少占40%。年轻的红军官兵经常在数天未见一粒粮食的情况下，不分昼夜地翻山越岭，然后投入激烈而残酷的战斗，其英勇顽强和不畏牺牲举世无双。从30万到3万，平均每300米倒下一名将士，是这支军队在漫漫征途中所付出的巨大牺牲。

为有牺牲多壮志，敢教日月换新天！一位作家说，中国工农红军的长征在人类历史进程中留下的是：坚定的信念、坚强的意志和无与伦比的勇敢。这些都是可以创造人间奇迹的精神。

从某种意义上说，长征，塑造了人民军队的性格、底蕴和气质。经历了万水千山、艰难困苦淬炼锻造的中国工农红军，从小到大、由弱变强，穿越历史硝烟，最终成为创建中华人民共和国的武装力量。

永不消逝的红军部队

当前，国防和军队深化改革正处于向纵深推进的关键时期。

对于正踏上改革强军新征程的中国军队来说，长征和她所代表的精神力量，依旧是闪光的名片、永恒的底色和实现梦想的依托。从湘江到大渡河，从雪山到草地，无数倒在长征路上的红军将士，牺牲时连姓名都没有留下。但在每一个永不消逝番号的红军部队，先烈的精神依旧在新一代官兵的血液中奔流！

从年初开始，经新华社和军委政治工作部批准，陆军政治工作部、新华每日电讯与新华社解放军分社联合策划启动了"红军部队新长征"大型主题报道活动。

这是一次前所未有的历史性寻访。作为今天中国军队的"种子"部队，当年经历万里征程保留下来的红军部队可以说是党所领导的革命武装的精华和"家底"，在此后的抗日战争中又成为八路军、新四军等党所领导的抗日武装的基本力量，直至解放战争、抗美援朝，这些红军部队都作为骨干和先锋出色地完成了党和人民赋予的各项艰巨任务。直到今天，红军部队的官兵每每说起先辈所创造的辉煌战绩依旧倍感荣光！

80年来，经历多次改编调整，红军时期的部队"火种"今天已经分散隶属于人民武装的多支力量。根据详细摸底了解，我们最终确定了23支经过权威部队认定的红军部队作为采访报道的重点，这些部队目前大多是陆军部队中的王牌部队，既是红色传统的宝贵"种子"，也是转型发展的探路"先锋"。

这些部队的前身涵盖了红一方面军、红二方面军、红四方面军、红25军、西北红军和南方八省红军游击队，涉及东南西北中五大战区陆军15个集团军和新疆军区、北京卫戍区。报道主题重点围绕反映红军部队弘扬优良传统、传承红色基因、献身改革强军的精神风貌，在建设强大的现代化新型陆军伟大进程中取得的新经验新成就。

充满敬意上路，带着感情挖掘。为高标准完成好此次大型主题报道活动，新华社解放军分社从3月下旬开始组织精干力量兵分四路，分赴各红军部队进行全媒体嵌入式采访挖掘。在训练考核场上、在政治教育课堂、在野外驻训帐篷、在抢险救灾一线，采编人员"用红军作风宣传红军部队"，下班排、住连队，挖掘到大量鲜为人知的历史细节，见证了今天的红军部队继承优良传统、践行强军目标的新风新貌。

红色基因代代相传

每一次追寻，都是为了更好地出发。

采访中，我们触摸到红军部队奔流不息的永恒血脉。在陆军第54集团军某红军师，我们走进人民军队的"鼻祖"部队。这支由南昌起义部队和秋收起义部队组成的红军部队，被誉为"军旗升起的地方，军魂形成的地方"。"三湾改编"在这里起源，我军第一个党支部在这里建立，毛主席在这里用过"红菜盘"，朱老总在这里挑过扁担。无论世事如何变迁，新一代"铁军"传人"铁胆忠心跟党走"的铿锵誓言从未改变！

采访中，我们感受到人民军队敢打必胜的无畏底气。无论是在陆军第1集团军某师"贺龙团"、第13集团军三过草地"百将团"，还是在第39集团军"先锋"部队某机步旅、新疆军区某红军师，当年红军部队那种机动灵活、敢打硬仗、不怕牺牲的精气神，依旧处处闪耀在今天的训练场、演兵场、抗洪抢险第一线！

今天中国军队的人员构成，已经以"80后""90后"为主体。与历史上的红军先辈相比，沐浴着改革开放春风成长的新一代中国军人，受教育程度更高、社会经历更丰富、眼界思维更开阔，手中掌握的武器装备也更"给力"。

"谁忘记历史，谁就会在灵魂上生病"。从红军先辈所书写的精神史诗中，今天的中国军人依旧可以不断汲取前进的力量——随时准备为捍卫祖国的主权和领土完整奋不顾身，随时准备为捍卫人民的利益牺牲一切，随时准备为捍卫先辈的尊严和荣誉而战！

（李清华　樊永强）

目录

01

中国铁军：
勇当改革强军"开路先锋"

中国"铁军"：永远的开路先锋

这是一支攻无不克、战无不胜的钢铁之师：从北伐战争中走来，沐浴着抗日战争的烽火，穿过解放战争的硝烟，历经3000余场战斗无一败绩。

这是一支信仰如磐、铁心向党的忠诚之师："三湾改编"在这里起源，我军第一个党支部在这里建立，无论世事如何变迁，信党跟党的忠诚之心从未改变。

这是一支不畏艰难、血性十足的正义之师：长征路上为红军杀出一条血路，98抗洪誓与大堤共存亡，每遇急难险重任务，"铁军来了"的大旗就高高飘扬。

从90年前北伐战场获赠"铁军"美誉到今天改革强军新征程勇当"转型先锋"——陆军第54集团军某红军师，在新形势下忠实传承红色基因，英勇奋战所向披靡，展现了新时期"铁军"传人的崭新风采。

铁血秉性永不变

——昔日长征途中"要桥不要命"，今朝抗震战场"勇闯大峡谷"，
　"铁军"官兵始终把完成任务看得比生命还重

81年前，大渡河畔黑云压城，恶浪翻滚，北上抗日的红军被天堑挡住去路。危急关头，由北伐"铁军"改编的红二师四团22位勇士手握驳壳枪、肩背大刀，冒着枪林弹雨，通过13条锁链飞夺泸定桥，为危境中的红军杀开一条血路。

从那一刻起，"要桥不要命"的血性基因就融入了"铁军"的血脉；从那一刻起，"铁军"便敢于战胜一切艰难险阻，敢于压倒一切对手！

2008年5月12日，四川汶川发生8.2级大地震，日月动容，举国恸哭。危急时

刻，"铁军"再次临危受命，勇闯震中"死亡大峡谷"，让"铁军来了"的大旗
在灾区高高飘扬。

在这个群体中，有一位普通的铁军战士，他叫武文斌，来自"飞夺泸定桥红
二连"，从入伍的那天起，先辈们"要桥不要命"的精神就深深感染了他。

在救灾的30多天里，武文斌始终奋战在抗震救灾最艰苦、最危险、人民最需
要的地方。冲进危楼救人，他随党员突击队冲在最前面；转移疏散群众，他奋不
顾身，10天内7次险些摔下山崖；面对战友的担心，他说："咱们是解放军，是
来救灾的，就是要多干一点，再多干一点。"

没有"铁人"完不成的任务，却有被任务累倒的"铁人"。2008年6月18
日，武文斌终因劳累过度，引发肺部出血壮烈牺牲，他用自己的生命再次证实
了："红二连的兵好样的，'要桥不要命'的精神没有丢！"

这就是"铁军"的性格。在枪林弹雨的战场上，他们冲锋陷阵，一往无前；
在完成多样化军事任务中，他们顽强拼搏，攻难克险。10多年来，"铁军"先后
担负了总部、军区赋予的20余项重大任务，官兵们从未叫苦言累，项项完成出

色，先后有200多项工作在全军和军区获得了第一。

铁胆忠心永向党

——尽管走到了生命的尽头，铁军战士陈永龙生前唯一的追求仍是成为一名共产党员

这是一个令人动容的入党宣誓仪式。

2000年12月20日，解放军150医院急救室内，一名躺在病床上的战士，艰难地举起右手，面向党旗宣誓。3天后，他安详地闭上了眼睛。

这名战士叫陈永龙，是红军师"秋收起义红二团"六连战士。来到"铁军"不久，他便下定决心："一定要入党！"几年来，他勤学苦练，成长为一名全面过硬的优秀士兵。

2000年1月，正在训练的陈永龙突然晕倒，被确诊患了白血病。身体越来越虚弱，入党的信念却越来越强烈。伏在病床上，陈永龙一笔一画地写了4份入党申请书。

垂危之际，集团军领导到病房看望，问他："还有什么心愿？"他断断续续地说："我想生前成为党的人……"说着，递上了第5份入党申请书。

姐姐又是心疼又是不解："弟弟，咱命都快没了，你还入党干什么？""姐姐，你没在'铁军'当过兵，哪里知道'铁军'战士对党的感情？能够成为党的一员，是'铁军'战士的无上光荣！"

"铁军"官兵爱党、信党、始终不渝跟党走的动力来自哪里？

——来源于对党的创新理论深信不疑。对党的创新理论真学真懂真信真用，把党的创新理论作为"行动宝典"，"铁军"的兵对中国特色社会主义始终怀有道路自信、理论自信、制度自信。

——来源于对"铁军"荣誉的由衷敬佩。走进"铁军"，官兵们雷打不动的第一件事就是参观师团史馆，唱的第一首歌就是《铁军魂》，一代代官兵把"铁军"传统融入血脉、化为行动。

——来源于身边党员先进事迹的亲情感召。在"铁军"，平时训练最刻苦

"铁拳–2004"演习期间,该师官兵正在集结。(图片由部队提供)

的是党员,第一个冒死进入灾区的还是党员,他们就像一面面红旗,引领着"铁军"官兵看齐追随。

铁血情深同生死

——毛主席在这里用过"红菜盘",朱老总在这里挑过扁担,
官兵一致的优良传统在这里代代相传

在某红军师"叶挺独立团"团史馆,至今保存有一副扁担,那是井冈山斗争时期朱德同志用过的挑粮担,一直被历代官兵视为"珍宝"。在"铁军"官兵眼里,它不但是领袖用过的物品,更是艰苦奋斗、官兵一致优良传统的象征。

而在某红军师"秋收起义红二团"一连也有一件"珍宝",那是毛主席用过的"红菜盘"。1935年5月,中央红军长征渡过金沙江。一天早晨,毛主席来到"红一连"看望官兵,开饭时,战士们用缴获的一个红菜盘给毛主席盛饭,毛主席一边吃饭,一边询问官兵的生活情况,连连说:"你们的红米饭做得蛮好的嘛。"

▲ 对抗演习中，该师装甲部队向预定目标阵位机动。（图片由部队提供）

"毛委员在我们连吃过饭，红菜盘精神放光芒。"从此，《红一连连歌》里就有了这段闪光的记忆。"红菜盘"陪伴着一茬茬"铁军"官兵成长，激励他们不忘初心、奋勇向前。

"平时与士兵同甘共苦，战时战士就会与你生死相依！"每年新毕业排长集训，师政委杨友斌都会谆谆告诫：带好"铁军"的兵，最根本的就是要做到与战士同呼吸共命运。

多年来，红军师各级领导坚持与基层官兵同去大食堂，同吃大锅饭，同上训练场。战士们说："上了战场，我愿为领导挡子弹！"

2016年3月，"铁军"迎来了新的指挥体制改革后中部战区陆军组织的第一次基础训练抽考。在备考过程中，师团领导带头立下"军令奖"：只要我有不合格的课目，你们就可以不合格。那些天，他们与基层官兵一起加班加点训练，最终取得战区第一名的好成绩。

铁纪执规显本色

——战争年代，师长任团长、团长任营长，改革关头，
"铁军"官兵依旧做出无悔选择

"长征后期，由于兵员人数减少，中央红军在甘肃哈达铺进行改编。那次

整编，我师番号被取消，只有两个团得以保留，编成了两个大队，师长任团长、团长任营长、连长任班长、班长做普通一兵，所有官兵坚决服从党中央决定，没有一人有怨言……"师史馆讲解员郑艳梅每次讲到这段历史，心中都不免由衷敬佩。

"'铁军'永远把大局放在前面！"在"铁军"师采访时，师政委杨友斌同样讲起一段故事：20世纪90年代那场改革，"秋收起义红二团"团长袁长金、政委黄国桢双双被安排转业。但由于部队改革调整持续时间长，转业命令下达后，他们并没有立即离开，而是继续带部队干工作、搞训练，直到2个多月后新的班子组建运行，他们才放心地离开自己的岗位。

不计个人利益得失，服从大局毫不含糊——在历次部队改革调整的当口，"铁军"官兵每每都能做出正确选择。

2016年3月，全军干部转业工作陆续展开，已被确定为转业对象的师机要科参谋张中亚仍在一天不落地加紧备战中部战区基础训练抽考，按图行进、武装越

▼ 铁甲滚滚，该师在进行山地进攻演练。（图片由部队提供）

野、手工标图……最终在抽考中取得5个课目全优的优异成绩。

"这是'铁军'传人的本色担当。"师长霍建刚告诉记者，今年，全师先后有120余人离开心爱的岗位，无一人讲价钱、提条件，全都无怨无悔服从组织安排。

铁胆忠心跟党走，铁纪执规写忠诚。新一代"铁军"传人，无愧于先辈"枪听我的话，我听党的话"的铿锵誓言！

"铁军"踏上改革强军新征程

从大刀、梭镖到"汉阳造"，从骡马化到摩托化，从摩托化到机械化、信息化……一次次转型，一次次跨越，作为我党掌握的第一支革命武装，素有"铁军"美誉的陆军第54集团军某红军师走在了全军的排头，为陆军建设发展探索开路。

穿过战火硝烟，跨过历史长河，今天这支英雄的部队再次站在了改革强军的时代潮头。

面对改制换装，勇当陆军转型发展"先遣队"

20世纪90年代是中国军队新军事变革的起步年代。

1997年6月22日，该师"叶挺独立团"的营区像过节一样热闹喜庆，一批国产最先进的轮式步战车开进营区。

根据命令，该师由摩托化步兵师改装为我军第一支轻型机械化步兵师，从此揭开了由传统步兵向机械化、信息化转型的大幕。

欢呼过后，摆在"铁军"官兵面前的却是一个个"拦路虎"：一无人才，二无教材，也没有先例可循，对于都是"老步兵"的团、营、连三级主官来说，不仅玩不转这些"新玩意儿"，而且训练场上"洋相"百出。

有的营连干部在战术推演中，把新型步战车配置在无法发挥火力的位置，有的在演练中把新型步战车停在阵地前，全班下车步行发起冲击，甚至有的还把步战车当作运输车拉物资……

师长霍建刚说，用传统步兵的思维马达，无法驱动由摩托化向机械化、信息化跨越的雄狮劲旅，必须拿出当年"强渡大渡河""奇袭腊子口"的决心和勇气，进行脱胎换骨的重塑。

不久，一场"头脑风暴"劲吹，不断强化官兵的机械化、信息化意识，师党委提出"不换脑子就换人"。

一位为团队夺得过20多枚金牌的连长，三进新装备训练班还是过不了关，被确定转业。团领导找他谈话时，他半天才抬起头说："我是真舍不得离开部队啊，将来一旦有战事，一声召唤，我马上回来。"就这样，在"立下过无数汗马功劳"的"叶挺独立团"，全团近一半的连长挥泪告别了军营，四分之一的团领导黯然卸下了戎装。

转型，把全师官兵逼上了一条重塑之路。

为了厘清转型建设思路，师党委分头下去搞调研，制定出《新装备训练三年规划》；没有人才，该师就把新装备生产厂家、科研院所、装甲部队的各类人才请进铁军课堂，选派骨干到厂家、装甲部队去学；没有教材，他们就结合学习过程，编写简单实用的操作规程；没有训练模拟器材，他们就自做操纵杆和方向盘，寻找驾驶战车的感觉……

在痴心探索中奋进前行。改制换装后的3年里，该师官兵自己动手编写了6大类300多种教程教案，创新革新了24个专业130多种训练器材，探索制定了《新装备成建制成系统形成战斗力验收标准》，转型建设步入科学发展的快车道。

三年磨一剑，锋芒已显露。2000年深秋，该师砺剑中原，展开了一场加强机械化步兵团实兵实弹战术演习，军委首长称赞道："打出了新装备的威力，打出了'铁军'部队的作风，打出了现代步兵的风采。"

2002年年底，总部考核验收，全师7个方面19项内容全部取得了优秀的成绩，数十项训法战法被总部推广，编写的10多部训练教材成为全军的教范。

走上国际舞台，蹚出多兵种联合作战"新路子"

方圆近500平方公里的演习场上，铁甲奔流，空地协同，电磁对抗，精确打击……2004年9月，一场代号"铁拳–2004"涉外演习在豫南桐柏山区打响。这是我军轻型机械化步兵首次向世界公开亮相。

炮火硝烟中，官兵们熟练驾驭着坦克、步战车、自行火炮、火箭扫雷车等千余件新型武器装备，驰骋于丛林沟壑之间。

"'参战'万余人，不见几个兵。"中国陆军部队脱胎换骨的变化，令现场观摩的16个国家的60余名军队领导人、军事观察员和驻华武官惊叹不已。

演习刚结束，时任印度装甲师师长辛格就连声称赞："中国铁军，OK！"俄罗斯总参作战局处长米津采夫上校称"不愧为训练有素的一流陆军"。

经过短短7年的建设发展，这支敢闯新路、勇当先锋的老红军部队，已经步入了多兵种联合作战的道路，再次走在了陆军部队跨越式发展的前列。

成功转型的背后是一次次凤凰涅槃。师政委杨友斌说，头脑革命始终与铁军战斗力建设同向同行。每年一期军事创新理论攻关雷打不动，追踪学习前沿军事理论、研究创新训法战法、加快转变战斗力生成模式，使部队战斗力实现质的跃升。

该师主动与陆航、通信、雷达、电子对抗等兵种部队携手演练；加强与空军航空兵、海军舰艇等军兵种部队协作演练。如今，联合作战训练比重逐年增加，已成为这个师组织训练的基本样式。

理论先行、视野宽广，赢得了"铁军"创新发展的先机。改制换装十余年来，先后担负军委、总部下达的10余项重大任务。

紧贴实战练兵，把"铁军"建成新型陆军"刀尖子"

"火力交叉掩护，工兵快速破障，仅仅一个小时，8条胜利通路全部打通。"这是2015年9月，该师参加合成师旅红蓝对抗演练的精彩一幕。

据师长霍建刚介绍说，他们跳出传统打法的禁锢，研究创新"全程精确火力战"战法，实践运用侦察引导、夺占要点等13种具体打法，在实兵对抗中3个回合完胜对手，打了一个"漂亮仗"。

喜悦的背后蕴含着艰辛的付出。该师官兵依然清晰记得，2014年10月，在同一场地，和同一对手，该师和专业蓝军的首次交锋中却落了下风。"7小时未能有效开辟通路""面对多达数十种的军兵种力量，红方指挥员不能自如运用，在战场上吃了不少'苦头'"。

演习的硝烟还未散去，该师坚持问题导向，先后进行7场1600余人次的复盘推演，总结梳理出组织指挥不够精确、作战协同不够周密等6大类41个制约战斗力提升的短板弱项。

痛定思痛，该师把解决演习中存在的问题作为提高部队战斗力的"突破口"，依托一体化指挥平台和模拟对抗演练系统，组织网上红蓝双方指挥对抗演练。主动邀请军队院校专家充当蓝军和该师指挥员过招。

从网上排兵布阵到实战对抗，该师练兵备战的步履一刻不停歇。今年元旦刚过，豫西地区寒风凛冽、滴水成冰，在该师野外综合训练场，一场实战条件下的营连自主对抗演练激战正酣。

发现"敌"装甲车十余辆，红方指挥员、营长贾永涛立即将目标坐标、地形特点以及申请的飞机架次、突击时间输入北斗手持机，呼叫空中火力支援。接到请求指令后，陆航指挥员迅速选择航线、计算攻击角度和飞行时间。不多时，"敌"装甲车便"葬身火海"。

陆航、电抗、特战等作战力量的灵活运用、密切协同，让该师见证了体系作战在演训场上发挥的威力和效益。营长贾永涛告诉记者："每组织一次对抗演练，部队实战能力前进一步。"他们还主动和友邻部队、专业蓝军过招，在多回合的攻防演练、对抗比武中，摔打磨砺各级指挥员驾驭部队、指挥打仗的能力，检验部队推进体系作战的成效。

部队打赢本领在真打实备中水涨船高。2015年7月，该师"叶挺独立团"接受军委总部临机战备拉动，交出了一份优异的答卷：

该团直接从平时状态转入紧急出动，35分钟先遣梯队就出发了，向预定地域集结；

拉动途中，团指挥所边机动边指挥，各级指挥员先后成功处置卫星过顶、临时改变行军路线等230多个临机情况，无一失误；

"实兵对抗锤炼，打造新型陆军'刀尖子'"，师政委杨友斌说，通过实战练兵，不仅让该师擦亮了老红军部队"敢打硬仗、善打恶仗、能打胜仗"的品牌，还在军队改革转型中赢得了先机。前不久，该师转隶之后，首长机关首次参加中部战区陆军基础训练摸底考核，参考5个课目，4项内容优良率达100%，再次交出了一份出彩的答卷。

一支红军师，一部长征史

——"铁军"师长征路上十大经典瞬间

经典瞬间① 于都出发

1934年10月10日，中共中央、中央军委除留下一小部分红军在项英、陈毅等领导下，继续坚持南方游击战争外，中央红军主力从江西的瑞金、于都和福建的长汀、上杭等地出发，开始了举世闻名的两万五千里长征。10月16日，作为中央红军前卫师之一的红二师，按上级命令，师长陈光、政治委员刘亚楼率领第四、第五、第六团，从江西于都出发，突破敌人封锁线，掩护红军主力突围转移。

经典瞬间② 湘江血战

1934年10月25日，中央红军向湘江挺进。蒋介石调动40万兵力，分五路布

盐池　太原

山城堡　关上　汾阳　济南

豫旺　吴起镇　孝义

固原　曲子　延安　1935.10.19　侯马

静宁　将台　宁县　直罗　陕甘支队第2、4、5大队结束长征。

陇西　通渭　直罗镇战役

岷县　哈达铺　三原

腊子口　奇袭腊子口　西安

班佑　巴西　1935.9.22 红2师师部撤销，所属部队编为工农红军陕甘支队1纵队第4、5大队。红1师2团编为2大队。

松潘草地　毛儿盖

穿过草地

夹金山　翻越夹金山

泸定　天全

飞夺泸定桥

安顺场

冕宁　叙永　智取遵义

西昌　遵义

扎西　江界河

会理　息烽　强渡乌江

皎平渡　贵阳　龙里

禄劝　兴仁

元谋　兴义

昆明

四渡赤水

武汉　黄冈　黄石

南京

铜鼓　南昌

宜春

井冈山

1934.10.16 红2师参加长征

于都出发

瑞金　长汀

全州　宜章　大余　安远　寻乌　上杭

湘江血战

三河坝　大埔　饶平

黄　河

黄　江

长　江

▲ "铁军"师长征路上十大经典瞬间。（由蔡琳琳制图）

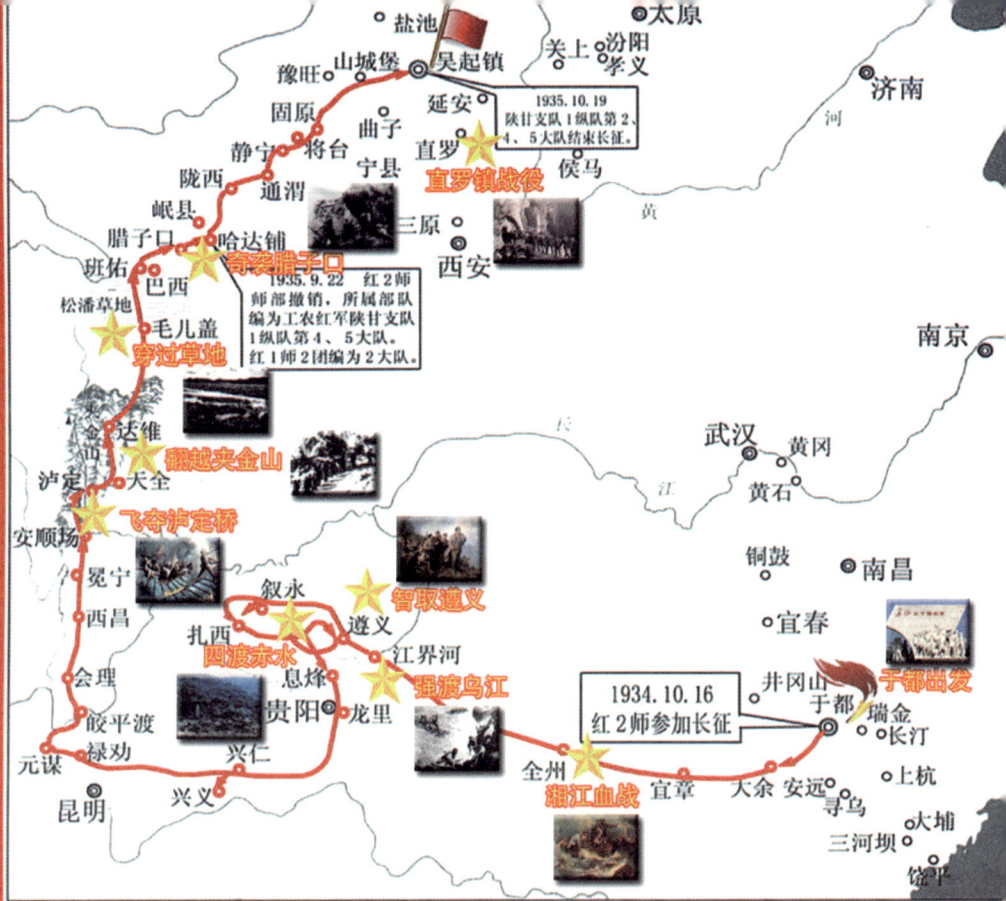

成前堵后追、左右侧击的态势，企图将中央红军歼灭于湘江以东地区。1934年11月27日，担任前卫任务的红二师顺利渡过湘江，迅速控制了界首到脚山铺间30公里的湘江两岸渡口。12月1日，北上桂军和"追剿"军主力，向中央红军各部队发起全线进攻，妄图夺回渡口，围歼红军于湘江两岸。红二师广大指战员发扬英勇顽强的战斗精神，不顾一切牺牲，同敌人展开了激烈拼搏，用刺刀、手榴弹打垮敌军一次又一次的集团冲击。红二师和兄弟部队经过整日的英勇奋战，血染湘江，终于阻止住敌军的进攻，至17时，中央纵队、军委纵队和红军大部渡过湘江。

经典瞬间③　强渡乌江

1935年1月1日，中革军委指示：红一军团以第二师加强军委工兵两个连，进至江界河渡河点附近，侦察对岸敌情。如无敌，应即派兵1团过乌江北岸，以便第二师主力及军委纵队、红五军团由此渡江。红二师受领任务后，红四团作为前卫，迅速逼近江界河渡口，进行火力侦察，准备渡江。1月2日9时强渡开始，第一批8位勇士在强烈火力掩护下，无一伤亡到达对岸，因后续部队无法强渡，8位勇士游回南岸，第一次强渡失败。入夜后，红四团第二次强渡，第3连连长毛振华率4名战士登上北岸，隐蔽于石崖下。为了迅速完成渡江任务，红四团继续组织强渡，第2连连长杨尚坤带领10余人的突击队，分乘3支竹筏，奋力向敌岸划去。靠岸后，他们与岸底下的毛连长组成交叉火力，当即把守敌打垮，占领了敌人的主阵地。红四团乘机进攻，敌人全线溃退，军委纵队和红五军团由此相继渡过乌江。

经典瞬间④　智取遵义

红二师强渡乌江以后，在总参谋长刘伯承的指挥下，向遵义急进。为减少部队伤亡，刘伯承批准红六团团长朱水秋、政委王集成的建议，以先头分队化装成敌人溃军，智取遵义。一营第3连和团侦察排全部换成俘虏的衣服，化装成敌人的溃军，由10多个经过教育的俘虏带路，全团紧跟其后。他们冒着滂沱大雨，经过两个小时的急行军，进抵遵义城下。敌人真的以为是从外围据点退回的"自己人"，于是打开城门，先头部队迅速歼灭城楼上的守军，后续部队随即向市中心冲击，追歼逃敌。1935年1月7日凌晨2时，红二师袭占黔北重镇遵义城。

经典瞬间⑤　四渡赤水

1935年1月29日，红军在川黔交界处的土城、猿猴场南北地区西渡赤水。红二师随红一军团向永宁、古蔺间地区前进，敌立即调集重兵分路追截。2月1日，红二师先头部队在三岔河鱼塘坳与民团遭遇，并将民团打散，一直乘胜追至永宁城东。2月2日，红二师向永宁发起攻击。2月3日，川军1个师跟踪追来，对红二师形成包围态势。红二师分3个梯队突围。2月10日，红二师集中在川滇边扎西附近的斑鸠沟休整待命。2月18日，红二师先头部队占领太平渡，搜集渡船6只，架设浮桥，当晚全师渡过赤水河。2月24日，占领桐梓城。随后，红二师在红一军团编成内，配合红三军团粉碎黔军阻击，2月28日晨重占遵义。3月11日，红军突然转兵向北。红二师参加了鲁班场战斗。3月16日，红二师攻占茅台镇，16日至17日，红军在茅台镇及其附近地区三渡赤水河，再次进入川南，蒋介石急令其所有部队再向川南进击，企图围歼红军于古蔺地区。3月21日晚，红二师在二郎滩、九溪口四渡赤水，从敌重兵集团右翼分路向南急进。3月31日，中央红军主力南渡乌江后，前锋红二师直逼贵州省会贵阳。4月5日，红二师奉令采取声东击西的战术，以少许兵力东渡清水江，向平越方向积极活动。4月8日，红军分左、右两个纵队向西南方向急进。红二师负责在贵阳、龙里之间约15公里的口子掩护全军部队通过。红四团佯攻龙里，红一团和红五团佯攻贵阳，圆满完成掩护任务。

经典瞬间⑥ 飞夺泸定桥

1935年5月，红军到达大渡河边，在四川省安顺场4条小船难渡几万红军的情况下，毛泽东与周恩来、朱德等果断决定：红一师及干部团由安顺场渡河，过河后沿大渡河东岸北上，红军主力沿大渡河西岸北上，以红二师四团为先锋团，火速抢占据安顺场160公里的泸定桥。红四团官兵不顾饥饿、不怕疲劳，沿着崎岖的山路，冒着暴风雨，边打边走，昼夜兼程，和敌人抢时间，和敌人赛跑，一昼夜奔袭240里，于5月29日清晨赶到泸定桥，创造了人类行军史上的奇迹。2连22名共产党员和积极分子组成突击队，在连长廖大珠的率领下，冒着敌人密集的火力，攀踏着悬空的铁锁向敌岸冲击。3连在连长王友才的率领下，扛着木板，跟随在突击队后面，一面铺板一面前进。突击队员勇往直前，穿过火墙，胜利占领大桥，冲进城内。后续部队也紧跟入城加入战斗，胜利占领泸定桥。当晚，总参谋长刘伯承和军团政委聂荣臻来到泸定桥，刘伯承激动地连跺三脚，感慨地说："应该在这里竖一块碑，记下我们战士的不朽功勋！"

▼ 油画《飞夺泸定桥》。（图片由部队提供）

经典瞬间⑦ 翻越夹金山

1935年6月8日，中共中央、中革军委指示中央红军迅速前进，翻越夹金山，夺取懋功理番，不顾一切困难，与红四方面军直接会合。红二师侦察北进懋功的道路，查报沿途粮食情况，为与红四方面军会师创造条件。担任先遣队的红四团，在师长陈光的率领下，6月11日，到达雪山脚下，准备翻越夹金山。第二营是前卫营，第六连是前卫连，个个手持木棍，在雪中探路。走在前面的用刺刀、铁铲在雪中挖踏脚坑，后面的紧跟其后往上爬。指战员们顶风雪，战严寒，手拉手，饿了就啃两口干粮，渴了就抓一把雪放在嘴里，累了也不敢休息。为了不让一人掉队，发扬友爱精神，互相搀扶着，一步一停、一步一喘地向上攀爬。红四团指战员怀着革命必胜的信念，发扬不怕苦不怕死的革命精神，以顽强的毅力，战胜风雪严寒和高山缺氧等重重艰难险阻，终于翻过长征路上的第一座大雪山。

经典瞬间⑧ 穿过草地

红四团为过草地的右路军左翼前卫团。1935年8月17日，毛泽东亲自接见红四团政治委员杨成武，指示要"从茫茫草地上走出一条北上行军路线来"。19日下午，红四团肩负着党中央和毛主席的期望，从毛尔盖地区出发，第二营6连担任前卫。21日，红二师主力随后跟进，经腊子塘、色既坝等地向班佑开进。从毛尔盖到班佑要经过数百公里的茫茫草地，这一地区气候恶劣，变化无常，草地上既无道路，又无人烟，草丛下面河流纵横交错，淤积着污黑发臭的烂泥，人走在上面，稍不注意就会陷进泥潭，不能自拔。在这种恶劣环境下，不少同志献出了宝贵的生命。红二师广大指战员顶风雨，战严寒，吃野菜，啃皮带，忍饥挨饿，历经千辛万苦，克服了难以想象的困难，经过6天的艰苦跋涉，终于走出了茫茫草地。

经典瞬间⑨　奇袭腊子口

1935年9月，红一方面军主力击溃国民党鲁大昌部第六团，进逼川甘边界上的险峻要隘腊子口。为了粉碎敌人聚歼企图，毛泽东果断决策夺取腊子口，打开北上通道。担任前锋开路任务的红二师四团接到命令：必须在三日内夺取腊子口。9月16日晚，红四团以一部向腊子口发起进攻，由于地形不利，几次进攻均未奏效。红四团当即调整部署，政委杨成武指挥红六连正面轮番进攻，牵制、迷惑与消耗敌人；团长黄开湘率领第一营1连、2连从侧面攀登悬崖峭壁迂回到隘口侧后奇袭敌人。经过激烈战斗，敌人在红军两面夹击下迅速被歼，成功夺取天险腊子口。聂荣臻对攻占腊子口给予高度评价："腊子口一战，北上的道路打开了……腊子口一打开，全盘走活了。"

经典瞬间⑩　直罗镇战役

1935年11月，国民党"西北剿总"调集第一〇九、第一〇六等5个师的兵力，对陕北苏区进行第三次"围剿"。11月19日，东北军第五十七军以1个师防守太白镇，主力3个师沿葫芦河向直罗镇、富县攻击前进，其先头第一〇九师进至黑水寺等地。红一方面军首长决定，首歼突出冒进的第一〇九师于直罗镇地区。红二师的任务是，由北向南进行主要突击，第一步攻占直罗镇北山，尔后协同红十五军团夺取直罗镇。11月21日拂晓战斗打响，红一军团红二师、四师主力以及第十三团自北、西北、东北三个方向，红十五军团自南、西南、东南三个方向，同时向直罗镇之敌展开猛攻。11时，红二师首先打入直罗镇。14时，敌大部被歼，一〇九师师长牛元峰逃到镇东头的小寨，此时，东西两路援敌迫近直罗镇。进至黑水寺的第一〇六师得知第一〇九师在直罗镇被歼，立即逃跑，红二师奉命跟踪追击。被困在直罗镇的敌师长牛元峰见待援无望，于23日午夜率残部突围，24日上午，红十五军团将其全歼。直罗镇一役，粉碎了蒋介石对陕甘苏区发动的第三次"围剿"，"给党中央把全国革命大本营放在大西北的任务，举行了一个奠基礼"。

"铁军"师历史沿革

陆军第54集团军某红军师是一支历史悠久的老红军部队,被誉为军旗升起、军魂发源的地方,其前身是叶挺独立团和秋收起义部队主力。

叶挺独立团是我党掌握的第一支革命武装,1926年担任北伐先锋,奇袭汀泗桥、大战贺胜桥,攻克武昌城,荣膺"铁军"称号。1927年8月,参加南昌起义,打响了武装反抗国民党反动派的第一枪。

1927年9月,毛泽东领导发动湘赣边界秋收起义,在三湾改编中,亲自在该师"红一连"主持6名新党员入党宣誓,创建我军第一个连队党支部,开创了"支部建在连上"的先河。

1928年4月井冈山会师,叶挺独立团与秋收起义部队改编为红四军第十师、第十一师,成为"朱毛红军"的主力。

1930年至1934年参加五次反"围剿"作战。长征中,该师担任开路先锋、血战湘江、强渡乌江、智取遵义、四渡赤水、巧夺娄山关、飞夺泸定桥、奇袭腊子口,一路所向披靡。

抗日战争时期,先后改编为八路军一一五师六八五团、八路军苏鲁豫支队、八路军一一五师教导一旅、新四军三师七旅。首战平型关,挺进苏鲁豫皖,血战刘老庄,转战苏北两淮。

1945年抗日战争胜利后进军东北,参加全国解放战争,从松花江畔一路征战到海南岛。

新中国成立后,该师又先后经历数次改编,部队驻地多次移防,现为中部战区陆军第54集团军某红军师。

02

湘鄂西走出"贺龙团"：
两栖劲旅新跨越

"贺龙团"：从洪湖苏区走出的两栖劲旅

5月，浙东某海域，海水涌动，战车轰鸣，第1集团军某两栖机械化步兵师"贺龙团"海上训练如火如荼。

作为中国陆军近年来的一项常态化训练，2016年的这次开年海训，却不同以往。

"作为两栖机械化步兵的专业技术训练，以前是先找一个水面温和的水训点'热身'，从内河练到湖泊，然后再拉到海边训练。直接面对海上复杂环境、贴近实战训练2个多月，这还是第一次。""贺龙团"团长贾新军说。

叶落知秋。这位团长的切身感受，正是中国军队改革强军、阔步转型的一道剪影。

训风正——"当兵更来劲了"

对于常年工作生活在基层一线的军人而言，军营里最熟悉、最亲切的地方，莫过于宿舍与操场。可正是这两个地方，在班长王刚眼里，从去年以来渐渐变得有些"陌生"：

房前屋后的花花草草不见了，纷纷搭建起各种训练器械；战备通道由6米拓宽到10多米，战车可以直接开到连队门口；昔日宽阔的大操场按照作战地域地形，被改造成综合模拟训练场；就连过去平整简洁的靶场，也被挖得高低起伏，改为战斗射击场……

"战术训练，以前喊一下、冲一下就过去了，现在是带着敌情训练；射击训练，有仰角，有俯角，不仅不知道出靶的时机和方位，也不是整百米了……"作

▲ 2009年8月，某濒海驻训点，"贺龙团"所在的第1集团军某两栖机械化步兵师"硬骨头六连"向岸滩发起冲击。（图片由部队提供）

为全师武装5公里纪录保持者，入伍6年的王刚现在又焕发出新的训练热情。

"古田会议后，基层官兵最大的感受是部队向实战化、能打仗、打胜仗聚焦。旅团一线党委想战、为战、练战、谋战，这是部队最大的转变。""贺龙团"政委周光辉说，实战化训练让官兵"当兵更来劲了"。

从练为看到练为战，这样的变化在"贺龙团"俯拾皆是。

"过去练兵核心练的是人，现在是围绕装备；过去主要按纲施训，现在在此基础上按实战施训。"三连连长李子健说，"以前装备训练大家'捆'在一起训，效益不高，现在是官兵分训、新老兵分训，既实又严，每个干部都要学一个专业，而且必须要考级，部队从传统步兵模式真正在向两栖装甲模式转变。"

"以前拉练是按照单位建制，一个营一个营地走，现在按照战时编组出发，把平时和战时对接。"三营营长陈辉记得，去年团野外驻训7个多月，把库存的弹药全都打光了，消耗量创下全师之最。

军事训练更加贴近实战，意味着风险因素愈加突出。训练与安全，如何并行不悖？

对此，2016年3月，东部战区陆军下发《关于军事训练中发生责任事故认定暂行实施办法》征求意见稿，对部队训练责任事故进一步进行责任区分和界定：强调对因为领导不得力和不严密造成的事故要追究责任，对没有漏洞、不可预测的意外事故，不追究领导责任。

"以前不管出了什么事，都找你的事，以至于我们会有'险不练兵、危不施训'的思想。"周光辉说，"科学施训、杜绝蛮干、区分责任，对部队大抓实战化训练起到了松绑解套的作用，也让广大基层指挥员吃了颗'定心丸'。"

演风实——"实战化训练告别预演模式"

入伍23年、当团长6年，已记不清参加过多少次演习的团长贾新军，念念不忘的却是前年与去年的那两场演习——这种深刻的印记，与时间长短无关。

"前年，炮兵营刚刚接收新装备不到两个月，就参加实战演习。在没有任何预演的前提下，面对雷暴天气和陌生地形，做到了没有一台装备抛锚失联。"贾新军说，"去年的那场对抗演习是部队打得最苦的一次，三天三夜，整整在阵地

▼ 2012年8月11日，某濒海驻训点，"贺龙团"所在的第1集团军某两栖机械化步兵师组织战车上下登陆舰训练。（图片由部队提供）

上连续打了7场战斗……而过去的演习往往是'一日游'，从凌晨打到傍晚就行了，现在是真的交战，不仅有教授专家现场点评，还要与对手反复打，打输了重新再打，完全是自主对抗。"

实打实的对抗，让交战双方一度"不择手段"：炮兵营代理营长施俊，带着3名连长冒雨前往蓝军阵地前沿侦察目标，被蓝军发现后，为了不被抓获，带着器材跑了10公里才脱险，而后利用侦察到的情报，5分钟内将敌炮兵阵地摧毁……

实打实的对抗，也不断砥砺着官兵们对演习、对实战的理解。

三连一班班长王平说，以前红蓝对抗，步兵漫山遍野跑，看谁跑得深，形成的态势好，现在更强调人和战车的协同，交替掩护，共同推进——"现在跑得太快说不定就判'out'。"

三营营长陈辉说，过去演习存在跑龙套的现象，但去年对抗演习完全是依托车载信息系统和通信工具全程指挥所有战斗，没遭到敌人一次破袭，几分钟撤出，几分钟开设，连续转移——"这在过去很少见。"

然而，之所以念念不忘去年的那场演习，对"贺龙团"官兵来说，还有一个更重要的原因：输了！——对于血性军人而言，失败，有时甚至比胜利更难忘！

"我们夺地规模都达到三分之二，就因为战损达到了43%，所以判我们输了，3个百分点，毫厘之间啊，可能一辆战车不被打掉我们就赢了。"不甘服输的贾新军说，"不过，通过演习暴露出的一些弱项短板，也让我们更加清醒地认识自己，在持续固强补弱中进一步夯实部队训练基础。"

作为未来战场的预演，演习场上的一时输赢，或许并不重要。

作风好——"贴上能打仗的标签"

戴着黑框近视眼镜，操着一口"川普"，"贺龙团"上士班长黄柏胜讲话的时候总习惯伴着手势，非常健谈。可就是这个黑黑瘦瘦的"眼镜男"，2014年拿了全团全副武装400米渡海登岛障碍比武第一名。

不过，这次他发言的主题和训练无关，而是作为战士代表，点评机关工作

▲ 2012年11月，"贺龙团"所在的第1集团军某两栖机械化步兵师"硬骨头六连"组织向连旗宣誓。（图片由部队提供）

▲ 2014年10月，濒海驻训期间，"贺龙团"所在的第1集团军某两栖机械化步兵师直属队侦察分队组织侦察渗透演练。（图片由部队提供）

作风。

"以前到机关出公差比较多，有时候还要给参谋干事们干点私活，毕竟和考评挂钩，不敢得罪，现在有规定，出公差必须有派遣单；以前到机关办个什么事，有的人拖拖拉拉，现在能办的及时办，办不了的也会耐心解释清楚；以前上级机关来蹲点，连队偶尔会加个菜，现在和战士们一起吃大食堂……"

部队风清气正，官兵团结和谐，始终是一支军队作风建设的不懈追求，也是部队战斗力建设的重要载体。让战士代表不定期点评机关作风，正是这个部队大抓作风建设的举措之一。

"团领导可以拍着胸脯讲，在敏感问题上，比如干部提升、士官改选，绝不收一分钱、不抽一根烟、不做任何一件违规违纪的事情。"周光辉说，"十八大以来，部队工作指导思想重心向下的精力更加聚焦基层，为兵服务的意识更强，始终以官兵喜不喜欢、满不满意、接不接受来衡量基层正规化建设。"

"以前抓安全是为了保底，迎检是为了有成绩，保底就是官位坐稳了，成绩有了就是踏上台阶提升了。有时候为了出成绩，甚至会凑尖子参加各种考核。"贾新军说，"我是一个老团长，过去什么都想做，什么都想争，现在迎来送往的事情基本上都没了，精力更加集中到四件事上，铸魂、育人、练兵、备战。作为一名军人，主业就是练兵备战，我们要给部队'贴上能打仗的标签'。"

上行下效、落地生根的军营好作风，甚至影响了许多官兵"兵之初"的选择。

连续三年负责新兵连工作的"贺龙团"炮兵连指导员黄垒铭发现一个有趣的现象：三年来，新兵下连时要求学技术的越来越少，申请去战斗班的越来越多……当兵，就要当能打仗的兵，已成为许多新兵的自觉追求。

历史上，第1集团军某师"贺龙团"是贺龙元帅从洪湖苏区带出来的红二军团，参加了洪湖苏区的建立和万里长征——发扬长征精神，保持优良传统，始终是这支走在陆军转型前列的红军部队的强大精神动力。

几个月前，随着中国军队改革步伐的推进，"贺龙团"官兵摘下原臂章，统一佩戴上崭新的陆军臂章。

体制在变，本色依旧。

而今，热火朝天的营区里，一行行崭新的"努力建设一支强大的现代化新型陆军"的红色标语，格外醒目；一声声"听党指挥、能打胜仗、作风优良"的口号声，气势如虹。

父亲的独臂长征路

中国人民解放军历史上，有几位赫赫有名的"独臂将军"。我的父亲贺炳炎，就是其中之一。

1935年11月下旬，红二、六军团在完成策应中央红军长征的任务以后，进行战略转移，开始长征。那时，父亲调任新编红五师师长。

长征开始不到一个月，部队刚突破国民党沿湖南澧水、沅江布置的封锁线，向新化和溆浦进军。逼近新化时，发现敌人在这里已布下阻截重兵。总指挥贺龙当即决定改变行军路线，掉头西进贵州。为了不让敌人摸清西进意图，逼近新化的部队随即南下，造成马上将东渡资水之势。

国民党大军钻进了贺龙布置的圈套，风烟滚滚地向资水压来。这时部队向西疾行，沿雪峰山山脚直奔湖南瓦屋塘，再从瓦屋塘翻越雪峰山进贵州。12月22日凌晨，红军在瓦屋塘东山突然遭到敌人疯狂阻击，从猛烈的火力判断，对方是国民党的正规军。总指挥部决定迅速将敌击溃，打开通道。二军团四师首先投入战斗，十二团从正面主攻，十团从右翼佯攻。六军团绕道金屋塘，拟从后面攻击，不料在这里被敌另一个师截住。敌人炮火十分猛烈，红军正面部队进展困难。危急关头，贺龙决定，调父亲的五师从左翼加入战斗。

接到命令，父亲立即率部赶赴前沿，迅速指挥部队向敌人发起全线冲锋。当时父亲心里明白，贺龙之所以把这一仗交给他，就是看重他能打硬仗，能在最危险、最困难的情况下冲在前面。战斗中，父亲不顾警卫员劝阻，右手提一支花机

► 1959年，贺炳炎与家人在成都合影。（图片由部队提供）

关冲锋枪，与战士一道，边跑边喊："冲啊，把敌人压下去！"就在这时，父亲的右臂不幸被炮火击中，整条手臂像条下垂的丝瓜吊在膀子上。但父亲仍然没有停止冲锋的脚步，直到敌人被击溃，才一头栽倒在地。

东山战斗获胜了，父亲被立刻抬到总指挥部卫生部。卫生部长贺彪一看，伤口是一颗开花汤姆子弹打的，右臂骨头炸得粉碎，血流不止，只剩一点皮连着，如果不立刻处理，会有生命危险。可是部队马上要转移，怎么办？贺彪立即派人向总指挥部报告。

听说父亲身负重伤，不省人事，贺龙飞马赶到东山。贺彪告诉贺龙："贺师长的右臂保不住了，必须齐根锯掉。"贺龙急了，质问贺彪："贺炳炎的右臂怎么能锯掉呢？你知不知道他这只右臂抵得上我的一支部队！"但贺彪坚持说，我知道贺师长的右臂有多么重要，可伤到这种程度，神仙来了也没有办法，如果不赶紧截肢，他上半身的肌肉将迅速坏死，到时连命都保不住。

其实，父亲和贺彪，一个是湖北松滋人，一个是湖北江陵人，平时两人无话不说，亲如兄弟。可此刻听说贺彪要给他截肢，父亲也两眼一瞪："你敢？"大家都知道，父亲是怕只剩左臂不能再打仗了，不能再跟着党闹革命了，父亲对党的信仰比谁都要坚定。

沉默良久，贺龙含泪摸摸父亲的脑袋："听话，听贺彪的！"望着贺龙关切的目光，父亲吃力地说，既然是总指挥做的决定，那就锯吧……

手术立即进行，可这时部队已在荒郊野岭，贺彪从附近的一座破庙里卸下一块破门板，把父亲捆在门板上；手术锯分散各处，来不及寻找，贺彪就拿修械所的钢锯给父亲截骨，然后用钢锉将截面锉平；因为麻醉药少，贺彪把一块裹着两三根铅笔的毛巾塞在父亲口里，让他咬着忍痛。

准备工作完毕，贺彪和另一个医生每人站一边，像锯木头那般"吱吱嘎嘎"地锯起来，在场的人无不感动得泪流满面。父亲闭目咬牙，汗暴如雨，鲜血混着汗水顺着他的右臂和锯子两端流出来，滴滴答答，如同屋檐滴水。手术用了两个小时16分钟，塞在嘴里的毛巾早被父亲咬成一团布泥，里面裹着的铅笔全都被咬碎，全程硬是没哼一声。

手术结束后，贺龙掏出一块手帕红绸子，小心翼翼地捡起几块碎骨，包起来揣进怀里，对父亲说：幺娃子，我要把它们留起来，长征还刚刚开始，以后会遇到更大的困难，到时我要拿出来对大家说，这是贺炳炎的骨头，共产党人的骨头，你们看有多硬！

当天到达宿营地，贺龙立刻来看望父亲。父亲眼里含着泪水，对贺龙说："贺老总，我……我还能打仗吗？"

"为什么不能打仗？你还有一只手嘛！照样可以骑马，可以打枪，可以打仗嘛！"贺龙用手抚摸着父亲的头，擦去他脸颊上的泪水，亲切地安慰他。

果不其然，6天后，父亲从担架上迫不及待地滑下来，开始自己走路，骑马，处理失去右臂后必须应对的一切。同时还学着用那只总感到别扭的左手，开始从头练枪、练刀，练在严酷的战争中必须去重新适应的事物。

由于长征期间条件艰苦，父亲手术后没有抗生素，只能把南瓜瓤敷在伤口外面，这导致伤口的剧烈疼痛实在无法忍受。为了减轻父亲的痛苦，医生只好用吗啡止痛，有时一天要用十几次。一天，贺龙担心地对医生说："用这么多吗啡，日后人还有用啊？"躺在隔壁的父亲听到后，一把抓过吗啡药瓶，"砰"的一声摔得粉碎。从此，说什么也不再用吗啡。伤口疼痛起来，他就紧咬牙关强忍。实在受不了了，就含块布巾咬住。就这样，他还躺在担架上指挥作战。

　　正是凭着这一股铁心跟党走、一心永向党的钢铁意志，父亲带领部队坚强走完两万五千里长征，全程没有丢下一名伤员；长征后，父亲又与日本鬼子、国民党军队作战，负伤11次，身上伤疤不计其数。

　　1945年4月，中共在延安召开第七次代表大会，父亲被选为会议代表出席。休息时毛主席看到父亲，并朝他走来，当时父亲激动地站起来，立正，举起左手庄严地向毛主席敬了一个军礼。毛主席连忙握住父亲的左手，亲切地说："贺炳炎同志，你是独臂将军嘛！不用这样敬礼，从今往后免掉你这份礼！"父亲听毛主席这么一说，紧张了，忙问："主席，你不要我当兵了？我还有一只手，能够冲杀的！"毛主席把父亲的手握得更紧了，说："要，怎么能不要呢？中国从古到今，有几个独臂将军？旧时代是没有的，只有我们红军部队，才能培养出这样独特的人才！好好学习，等革命胜利了，你还要用一只手建设新中国呢！"

（作者为贺炳炎将军长子贺雷生）

将军小传

　　贺炳炎，1913年生，湖北松滋人。1929年参加中国工农红军，同年加入中国共产党。曾任班长、排长、连长、政治指导员、红军中队长、骑兵连连长兼政治指导员、手枪大队大队长、团长、师长等职，参加二万五千里长征。参加过湘鄂西、湘鄂川黔苏区历次反"围剿"和长征。在战斗中负伤被截去右臂，被称为"独臂将军"。抗日战争中，他率部艰苦转战，屡建奇功，1937年10月，指挥716团一部取得雁门关伏击战的胜利，歼灭日军500余人，打破了日军不可战胜的神话，为民族独立与解放作出重大贡献。解放战争时期，历任晋北野战军副司令员、晋绥军区第3纵队副司令员兼5旅旅长、西北野战军第1纵队副司令员、司令员。中华人民共和国成立后，历任第1军军长兼青海军区司令员、四川省军区司令员、西南军区副司令员、成都军区司令员、国防委员会委员、第三届全国政协常委、四川省体育运动委员会主任等职。1955年任成都军区司令员，同年9月授上将军衔。荣获一级八一勋章、一级独立自由勋章、一级解放勋章。贺炳炎在革命战争年代，为中国人民解放事业南征北战，出生入死，先后负伤16处，并失去了右臂，全国解放后，他带病坚持工作，把自己的一切奉献给了党和人民的事业。1960年7月1日，贺炳炎终因积劳成疾在成都病逝，终年47岁。

"最可靠的根据地在我们的脚板上！"

贺龙、任弼时领导指挥的红二方面军以机动灵活、作战英勇著称，为长征胜利做出不朽功勋

由贺龙、任弼时领导指挥的中国工农红军第二方面军，是各路红军长征中损失最小的——从湖南桑植出发开始长征时1万余人，经过2万余里转战到达宁夏将台堡与红一方面军会师时还是1万余人。红二方面军以机动灵活、作战英勇、善于团结著称，为三大主力红军会师、长征胜利结束建立了不朽功勋。

1934年10月，红2、6军团在贵州印江木黄地区会师。10月26日，在庆祝会师大会上，贺龙对转战千里而来的红6军团官兵说："我知道你们的心情，你们到这里后，想休息一下。按说这是应该的。可是敌人不让我们休息，这里的根据地是新近才开辟的，不很巩固。""同志们，最可靠的根据地在我们的脚板上！今天休息，明天就出发。"

之后，红2、6军团在贺龙、任弼时的统一指挥下主动寻敌作战，有效牵制了大量追击中央红军的国民党军，配合了中央红军的长征。

1935年，蒋介石调集130个团的兵力，对湘鄂川黔根据地发动了新的"围剿"，企图把长江以南唯一的一支主力红军消灭掉。为跳出国民党军的重重封锁，红2、6军团决定实施战略转移。1935年11月19日，红2、6军团从湖南桑植的

刘家坪和水獭铺地区出发，踏上了万里征途。

1936年2月27日，贺龙、任弼时等率领红2、6军团进入乌蒙山区。乌蒙山位于云南东北和贵州西部，海拔2300多米，层峦叠嶂，逶迤千里。国民党军部署重兵从四面八方压将过来。

万分危急情况下，红2、6军团审时度势，历时近一个月，声东击西、南进北返，辗转千余里，在乌蒙山几乎转了一个360°的圈，最终跳出国民党军队重重围堵。

这场大回旋战，是红军长征中的典范战例。战士们风趣地说："什么叫乌蒙山回旋战？就是连打带走地消灭敌人。不管他是什么黔军、川军、中央军，统统把他们肥的拖瘦，瘦的拖死。"

在从云南石鼓镇未损一兵一卒顺利渡过金沙江天险后，1936年7月，红2、6军团到达甘孜与红四方面军会师。7月5日，红2、6军团与红32军（原红一方面军第9军团）合编为红二方面军。之后，红二、四方面军分左、中、右三个纵队共同北上。

红二方面军从甘孜出发，克服重重困难，于1936年10月在宁夏将台堡与红一方面军胜利会师。至此，红军三大主力会师，长征胜利结束。蒋介石妄想消灭红军于长征途中的图谋彻底破产，红军实现了更高程度上的革命大团结。

红军三大主力会师后，1936年11月，毛泽东在陕西保安接见贺龙时，高度赞扬了红二方面军在长征中为中国革命保存了大量有生力量。毛泽东说："二、六军团在乌蒙山打转转，不要说敌人，连我们也被你们转晕了头，硬是转出来了嘛！出贵州，过乌江，我们付出了大代价，二、六军团讨了巧，就是没有吃亏。你们一万人走过来还是一万人，没有蚀本，是个了不起的奇迹，是个大经验，要总结，要大家学。"

长征路上，红二方面军将士在贺龙、任弼时等同志的高超指挥下，机动灵活、英勇善战，充分发扬官兵一致、艰苦奋斗、顾全大局、维护团结的优良作风，成为全军团结战斗得胜利的辉煌典范。

抗日战争爆发后，红二方面军与陕北红军第27、第28军等部，改编为八路军第120师。

　　"贺龙团"前身部队创始于1927年8月1日，由湘鄂边苏区工农红军第四军和洪湖苏区工农红军第六军所组成。1930年7月，红四军和红六军奉中央命令，在湖北江陵普济观胜利会师组成红二军团，1931年改为红三军，1934年10月恢复红二军团番号，1937年8月抗日战争爆发，红二军团奉命改为八路军120师358旅，1949年2月改为步兵第一师。后经多次移防改编，"贺龙团"现为陆军第1集团军某两栖机械化步兵团。

　　在长期的战斗历程中，"贺龙团"形成了追求真理、铁心跟党、前赴后继、英勇善战的洪湖精神。从部队创建至今，一茬茬官兵牢记光荣传统，发扬优良作风，在洪湖精神激励下，锐意进取，不断创造新辉煌。

03

三过草地"百将团"：
山地猛虎攀上新高地

三过草地"百将团"：山地战场新猛虎

"英勇奋斗的红军万岁！"

走进位于山城重庆的陆军第13集团军某红军团，毛主席的题词扑面而来。

这是一支拥有红军血统的英雄部队：保留着红四方面军21个红军单位，先后参加140余次著名战斗战役，走出122位将军，创造了夜袭青龙观、伏击神头岭等我军历史上18个经典战例。

漫步营区，在团史馆，在宿舍中，在训练场……红军文化处处可见，红军战史人人能讲，红军传统代代传承。80年前雪山草地的记忆就这样穿越历史的长河，静静地融入红军团官兵的血脉中。

一个讲了80多年的故事，今天仍在传颂

1936年7月，红四方面军第三次穿越茫茫草地。

野菜挖完了，树皮啃光了，钉在鞋底的牛皮也吃完了，只能吃皮带。红93师274团战士周广才想到走出草地就能与中央红军会师，他忍饥挨饿留下半截皮带，想带着它去延安见毛主席……

如今，这半截饱含长征记忆的皮带珍藏在中国革命历史博物馆。80年来，这个故事在周广才所在部队——红军团代代相传，成为新兵下连后的第一课。

"'半截皮带'的精神内涵是'铁心跟党走'，这是红色基因代代传承的核心内容。"红军团政委张立贤说。

红军团成建制保留了15个红军连队，涌现出"坚守英雄连""渡江先锋连"等16个功勋单位和39名英雄模范。"知团史、学英模、当传人"是红军团常年开

▶ 红军团官兵在高海拔地区进行
山地拔点演练。（高效文 摄）

▶ 红军团官兵们在高原上长途
拉练的场景。（高效文 摄）

展的活动。

打开团队的微信公众号"猛虎心聆"，长征中的故事还有许多：

5连"特等战斗英雄"李步周，战斗中被6名敌人包围，他用冲锋枪击毙3人后冲入敌群拼刺刀，身中数刀依然坚持战斗，两名敌人被刺死，1人被俘虏。

3连"全国战斗英雄"卫小堂，带领一个班坚守前沿阵地，面对敌人一个营的猛攻，手腕被打穿、身体被炸伤，始终一步不退，打退敌人5次进攻。

被授予"甲等战斗英雄"的老团长顾永武，参加过110次战斗，全身负伤50多处，15块弹片卡在肌肉里取不出来……

"红色记忆是一种力量、一种标志，无论过去、现在还是未来都有永恒的生命力，是团队宝贵的精神财富。"二营教导员夏丹说。

团队礼堂内，一场名为"攻克剑门关"的话剧正在上演，观众是驻地中学的400多名中学生。作为爱国主义教育基地，一代代官兵自导自演，打造了以"半根皮带""强渡嘉陵江"等红色素材为主题的精品节目。

"那是1935年3月，号称'一夫当关，万夫莫开'的剑门关上，敌人修建了密密麻麻的明碉暗堡，还用十匹骡子驮来四万银圆犒赏官兵，企图一举歼灭我军于剑门关下……"

上等兵贾康扮演的是担负攻占主峰任务的二营营长陈康。冲锋号响，陈康带领二营官兵向"防御到牙齿"的阵地发起了冲击。只见漫山遍野红旗招展，枪炮声、战马嘶鸣声、刺刀格斗声震天动地。陈康左背被子弹打穿，倒在血泊里大声喊道："同志们，就是流尽最后一滴血，也要拿下剑门关！"

当红旗插上剑门关主峰，礼堂沸腾了，掌声雷动，孩子们的眼眶挂上了泪珠。

"那些电视上才能看到的故事，就发生在我的连队，感到无上荣耀。"贾康说。

血战苏家埠、奔袭双桥镇、翻雪山过草地……团队历史上一幕幕火红的长征记忆，被浓缩为16组立体浮雕，屹立在团大操场的正面，被官兵称为"红军墙"。

红军团官兵的一天，是从清晨面对"红军墙"唱战歌、喊口号开始的。今年将满服役期的上士唐周说："继承先烈志，无愧后来人。红军团的兵即使脱下军装，也永远是红军传人。"

一句高喊80多年的口号，今天依然响亮

1936年11月，为了掩护红军主力的安全转移，红93师在甜水堡地区设伏，试图拖住胡宗南的主力部队。

密集的枪声划破了大山深处的寂静。敌人架起十几挺重机枪分两拨交替扫射前进，红军将士被密集的弹雨压得抬不起头来。指挥战斗的师长柴洪儒知道，只有将敌我双方搅在一起，重机枪才能不起作用。

"猛冲上去就是胜利，大家跟我上！"待敌人靠近后，柴洪儒一声高喊，第一个冲出战壕。听到命令的将士一跃而起，跟着师长迎着敌人的子弹冲入敌群，只见大刀翻飞，刺刀见红，士气势不可当，打得敌人节节败退。

红军团所在的第13集 ▶
军在青藏高原进行联演
联训，图为誓师动员大
会现场。（罗新 摄）

▲ 理塘陆空联合演习中，红军团官兵发起冲锋。（图片由部队提供）

80多年来，"跟我上"的呼喊声，始终响彻在红军团战斗的上空。

神头岭伏击战，八连连长邓世超腹部被子弹射穿，依然站在最前线指挥战斗；七亘村伏击战，战斗骨干杨绍清冲锋在前，1人独战7人；长乐村追歼战，身患重病的团长叶成焕带头冲出工事拼杀，打退敌人8次反扑，在战斗中壮烈牺牲……仅仅抗日战争期间，红军团牺牲干部登记在册的就达150余人，其中营以上干部31人。

"有敢上刀山的排头，才有敢下火海的排尾。身先士卒始终是红军团的传家宝。"张立贤说。

2008年贵州遭遇特大雨雪冰冻灾害，恢复电网的一根线杆倒塌，等待工程机械需要3个小时。代理排长付仕奎二话不说跳入漂着冰块的水坑，指挥全班50分钟立起电杆，确保了施工进度。

2013年师里组织建制连主官比武，5连连长何山初次参赛成绩不佳，他把自己关进连队荣誉室，在连旗下跪了半个小时。之后连续两年从110名参赛主官中脱颖而出，名列第一。

新型反坦克导弹配发导弹连后，为尽快形成战斗力，干部骨干白天操作实装，夜晚研究原理，仅架设发射架一项每天要练上千遍，人人双手打满血泡，架设时间由大纲规定的80秒提高至40秒，首战射击6发6中。

上级抽考团队军事训练情况，连队主官纷纷请战，为争取一个考核名额争得面红耳赤。在军区对17个课目的随机考核中，红军团有8个100%合格，5个课目合格率超过90%，连续13年被评为军事训练一级单位。

一次高原实兵演练，红军团的攻击出发阵地海拔4700米，氧气含量不足内地的40%，平常人跑几步就要歇一歇。而参战官兵不仅平均负重30斤，攻击的目标更是在海拔5034米的高地。

"在红军团面前，没有完成不了的任务，没有克服不了的困难，没有战胜不了的敌人！如果有人倒下，第一个是我！"主攻连指导员陈聪第一个出击，官兵跟着他如猛虎上山，10分钟攻下高地，在场观摩的军委领导起立鼓掌。

"要求战士做到的，我们必须做得更好！"陈聪说。

一面飘扬了80多年的战旗，今天仍在高举

1934年8月9日夜，位于万源城西南的青龙山下一片寂静。

山沟里、松林间，数不清的红军将士静静潜伏着。青龙山只有一条石阶小路上山，敌人早已布下重兵把守。两侧的悬崖山风呼啸、青苔铺地，号称"猴子难攀，飞鸟难过"。

战斗开始了！战士们攀葛藤、搭人梯，手抠石缝，腹贴石壁，用带铁钩的竹竿和匕首一尺尺、一寸寸的艰难攀登。有人坠落，就有更多的人补上去。面对突然出现的红军，敌人来不及反应就被端掉了指挥部。

战后，徐向前总指挥亲临一线慰问，红四方面军总部授旗——"夜袭常胜军"。如今，这面战旗与红军团先后被授予的21个荣誉称号一起，保存在团史馆内。

"红军前辈用鲜血和生命告诉我们，'能打胜仗'才是军人的最高荣誉。"红军团团长尚保雨说。

集体党日活动中，红军团官兵在海拔4500米的雪域高原重温入党誓词。（罗新 摄）

如今的红军团，早已告别了过去"挥旗呐喊冲山头"的传统战法，成为由"一把匕首一支枪"向"信息化特战化"步兵转型的急先锋。

高空有侦察卫星，低空有无人机，单兵配备了传感雷达……走进中军帐，一体化指挥平台上气象水文、战场交通、兵力部署等作战数据实时更新，作战态势网上同步共享，作战决心电脑智能辅助，作战命令跨级直达终端。

军官训练中心内，各级指挥员不仅要学习特种射击、特种爆破等基础课目训练，更加强化渗透破袭、敌后袭扰、搜剿占领、区域控制等特战战术训练，锤炼指挥步兵分队遂行特种任务能力。

打开训练周表，小型合成战斗群协同冲击、召唤空中火力支援等新课目进入训练场，空中打击力量与地面目标引导力量临机协调、目标毁伤效果综合评估与补充打击等联合专项训练进入外训场，以诸兵种融合探索作战编组、要素对抗、单元融入的基本模式进入演兵场……

"从重兵对垒到精兵夺要，仅靠体能称雄战场的步兵时代已经过去，催生官兵向特战化转型。"二营营长林江说。

一次实兵演练，蓝军指挥员摸不着头脑：红军时而搭乘直升机千里机动，时而渗透敌后实施袭扰，时而引导空中火力致命一击，认为一定是栽到了特种兵手里，没想到演习结束才发现，实施"斩首行动"的是一群步兵。

川西高原，陆空联合演习激战正酣。面对"敌"设置的工事和碉堡，传统打法就要"迎着子弹冲锋"。如今，红军团有了新打法：空军轰炸机覆盖轰炸，远程炮兵火力压制，新型装甲群协同冲锋，陆航直升机后方支援……

"战争样式不断变化，强军征程上还有无数的'雪山草地'等着我们去征服，红军团必将全力以赴，来之能战，战之必胜。"尚保雨说。

锻造"永远打不散的军队"

"报告!"

2016年4月28日一大早,一名特殊的老兵出现在13集团军某红军团3营8连宿舍前。

背着背囊、提着行李,红军团政委张立贤向上士王金贵敬礼:"我到连队当兵,向你报到!"

坚持了58年的传统

首长机关下连当兵是红军团的一项优良传统,这一传统在团队已经坚持了整整58年,成为我军下连当兵制度的"发源地"和"活化石"。

1958年8月,毛泽东主席在北戴河召开的中央政治局扩大会议上讲话指出:"我们的军官,像云南的一个师长,一年当一个月兵,我看这是好办法。……这样,我们的军队就是永远打不散的军队。"毛主席口中的师长,实际是当时的师政委何云峰,而下连当兵的地方便在该团3营8连,8连也被誉为下连当兵第一连。

去年,刚到团里任职时,张立贤主动申请先到8连当兵。武装5公里、打扫卫生、帮厨一样不少。仅2周,张政委的手便有了一层老茧。

"真当战士才能真懂战士。"张政委由衷地感慨。近3年来,仅8连就先后迎来了军长、师长等30余人下连当兵。

为基层解决实际困难

下连当兵制度的坚持，为基层官兵解决了一个又一个实际困难，攻克了一个又一个训练难题。

2006年7月，原军需股长陈正军到6连当兵。他发现，每次训练前，战士们总会急急忙忙跑到开水房打上一壶热水，训练结束后，一些没打上热水的战士们又急急忙忙跑向小超市买水喝，既不方便又不卫生。而与战士们谈心时，战士们也表示希望团里能统一供水。

回到机关后，他立马撰写当兵报告向团党委建议，由团出资购置净化设备，生产饮用水免费提供给战士喝。这一建议立即被采纳并实施。战士们喝到团里提供的桶装纯净水后十分欣喜，再后来战士们亲切把它命名为"红泉水"。

二营五连是该团的标兵连，在各级比武中多次摘得桂冠。但手榴弹投掷一直是弱项。2010年3月，副团长彭锐到五连当兵，他发现战士们训练很刻苦，可训练成绩就是提不上去，越练越急，越急越练。他按照他当战士时的经验方法带着5名战士砍了3棵树，而后做成数十个10斤重的掷弹槌发给战士，平日一有空战士们便拿上它砸地，一个月下来，整体成绩明显提升。

近5年来，各级领导和机关干部在下连当兵期间，为基层解决实际困难100余个，攻克训练难题30余个。

"车厢当兵"与"帐篷蹲连"

2011年10月，该团从驻地千里跃进青藏高原。按计划全团要进行7个昼夜的长途机动。连续行军，战士生理心理面临巨大考验。为此，该团党委决定，让全团机关干部车厢当兵，与战士一同战斗，鼓舞士气。

在行军3个昼夜后，上级通报前方道路塌方无法通行，需要绕道。7个昼夜机动变为17个，行程长达2500余公里，这次机动成为该团官兵的一次"新长征"。

21名当兵干部与战士一同坐卡车、吃灰尘，并始终坐在车厢最尾端。"首长和机关干部与我们一同战斗，拉近了我们间的距离，路途再遥远，再艰苦也无所畏惧。"上等兵张胜激动地说道。

到达驻训地后，师政委陈国朝在5连当兵，听到基层官兵反映：野外驻训4个多月，不能正常休假探亲、不让家属来队，有的家庭出现了婚姻危机。师党委研究决定，在驻训地搭帐篷、租民房建起7个"幸福村"，接待来队家属239人次。

2013年，全团成建制采取空中输送的方式高驻高训，部分官兵高原反应严重，原团长兰勇带机关干部开展帐篷蹲连。

因为高原地区风沙大，兰老兵没到连队前，班长便悄悄将他的床位挪到帐篷里面。没想到，兰老兵刚到连队，第一件事就是将床铺搬到帐篷入口。

针对官兵高原反应的问题，兰老兵一边联系卫生队及时巡诊，一边通过聊天的方式缓解战士紧张情绪。只要一有空，兰老兵总是会找战士聊天，从讲训练到拉家常，无所不聊。

"没想到政委这么有趣，心情愉快了，高原反应好像也没那么可怕了。"战士武震说道。原来，蹲连期间，他发现连队主官任职经历短，经验不够，面对官兵出现的高原反应，不断为战士讲解高原反应的危害及防范措施。这反而会加重官兵的紧张情绪和对高原反应的畏惧心理，而通过与战士聊家常，却能缓解紧张情绪，愉悦心情，分散注意力，官兵的身体自然而然便慢慢适应了高原环境。

无独有偶，面对高寒缺氧环境，不少战士训练有了畏难情绪，训练场打起了退堂鼓。军务作训股长胡超君带头参加训练，手脚已明显水肿，仍坚持在训练一线，全团战士为他竖起大拇指，在海拔4500米高原叫响"海拔高斗志更高，缺氧不缺士气"的口号，圆满完成驻训任务，受到总部表彰，荣立集体二等功。

车厢当兵与帐篷蹲连这一做法当年被团队纳入制度，在执行野外驻训、重大任务中发挥了巨大作用。

时光如梭，红军团的官兵换了一茬又一茬，但下连当兵的脚步永不停歇。今年4月，该团下连当兵活动如期展开，从军、师、团领导到普通机关干部背上背囊，迈着坚实的步伐，走进各自当兵的连队，与战士们一同摸爬滚打……

红军团"传家宝"：半截皮带的长征记忆

陆军第13集团军某红军团团史馆内，珍藏着一张格外醒目的黑白照片，泛黄褶皱的老照片里仅有半截老式牛皮带，上面烙有"长征记"三个字。这条红军时期的半截牛皮带，是红军团的一件"传家宝"，它的主人是原红四方面军31军93师274团8连（今红军团4连）战士周广才。

1936年6月，红一方面与红四方面军在四川阿坝地区会师。1935年8月，红四方面军第31军93师与91师、红9军、红33军和红一方面军的5、9军组成"左路军"，以马塘、卓克基为中心集结，准备向阿坝地区开进，而后穿越草地东进班佑地区与"右路军"靠拢，最终共同向甘南进军。

革命多歧路，任重而道远。由于时任红四方面军领导人张国焘自立"中央"和南下错误路线，自1935年8月至1936年2月，红93师先后经历"二次过草地""血战百丈关""翻越折多山"，期间劫难重重，伤亡惨重。

1936年7月初，红二、四方面军在甘孜会师后，进行短暂的休息调整，随即按照党中央的指示北上抗日。红93师、91师277团和其他兄弟部队，从炉霍地区出发，经查理寺、毛尔盖，向包座地区开进，由此开始第三次穿越荒无人烟和神秘莫测的沼泽草地。

雪皑皑、野茫茫、高原寒、炊断粮。此时，红军战士面临着恶劣的环境、遥远的路途、严重短缺的粮食，官兵不得不靠挖野菜、嚼草根、啃树皮来充饥，最后饿得只能煮皮带吃。一天，周广才班里的6名战士饥饿难耐，对年仅14岁的他说："轮到吃你的皮带了。"周广才听后不禁泪流满面。

原来，这条皮带是周广才在1934年的一次战斗中缴获敌人的战利品。但为了使全班战友活下来，他只得含泪将皮带拿出来。皮带被切成几段丢入滚烫的热水

▲ 红军过草地时吃剩下的皮带。
（图片由部队提供）

▲ 通向夹金山的栈道，红军就是从这里爬上
雪山的。（图片由部队提供）

中，煮熟后每人夹起"一截"狼吞虎咽地吃起来……当锅里还剩最后"一截"时他哭着说："同志们，咱们留着它作个纪念吧，带到延安去见毛主席。"怀着对革命胜利的无限渴望，最终他们把这截皮带留了下来。

后来，周广才的6位战友相继牺牲，只有他随红四方面军胜利到达延安。为缅怀牺牲的战友，纪念这段岁月，他用烧红的铁钳在皮带上烙下"长征记"三个字。

新中国成立后，周广才保留下来的这条半截皮带被中国革命历史博物馆收藏。这截皮带经历了艰辛而充满希望的岁月，见证了万里长征的伟大胜利。时至今日，半截皮带所代表的理想信念高于天的精神光芒依旧熠熠生辉。

三过草地 "百将团" 历史沿革

　　中国人民解放军陆军第13集团军某红军团诞生于1927年11月黄麻起义，长征期间隶属红四方面军。部队先后参加过长征、百团大战、淮海战役等140余次著名战役战斗，涌现出叶成焕、卫小堂、刘保健等一大批英模人物，王树声、秦基伟、洪学智等120余位将军在该团战斗工作过，被誉为"红军团""百将团"。

　　和平建设时期，红军团官兵出色完成抗击雨雪冰冻灾害、汶川和玉树抗震救灾等非战争军事行动，先后担负信息装备综合集成建设试点、成建制赴高寒山地作战综合试验等多项重大军事任务，连续13年被评为军事训练一续团。

04

孤军长征"先锋军"："瘦身"转型新跨越

孤军长征"先锋军"：改革转型新跨越

1984年，一位76岁的外国记者沿着长征路线重拾那些凝聚着中华民族精魂的红色记忆之后写道："中国的长征从来就没有结束，红军的长征仅仅是这次长征的序幕。"

这一预言，早已在新中国由"一穷二白"到世界强国的大步跨越中印证。

而今天，延续红25军血脉的陆军第39集团军某红军旅"摩步师改机步旅"的深刻转型，正是"中国的长征"的一个生动展现。

80年前，他们是第一个到达长征落脚点的"先锋军"。

80年后，他们是深化改革强军大幕开启前先行转型的"先行军"。

考 验

改革，叩问着军人的信念。

2013年底，"师改旅"转型正式开启，而一份考卷早已摆在每一名官兵之前。

机关编制缩减、职位岗位变动等一系列与个人利益息息相关的问题如何面对？

历史总是在一次次考验和抉择中写就。

1934年肃反扩大化，红25军300余人被认定有问题，可他们宁可干伙夫、当挑夫也要一直跟着队伍走过九死一生的长征。

平反后，很多人说的第一句话就是：请组织发给我一支枪，让我上战场！

"吴焕先率部千里找党""徐海东五千大洋送中央"……

一个个洗涤灵魂的故事，是先辈与后人的对话，也是信仰之力的感悟和传递。

2015年9月,第39集团军某旅演习中装甲车、坦克车相互引导掩护,向目标阵地发起冲击。(高松山 摄)

那年7月,得知"师改旅"的消息时,任师政委近3年、正在国防大学学习的高大光,一种"人未回、家已没"的失落顿上心头。

暑假期间,他从师机关、直属队到各个团挨个地转,反复嘱咐各级带兵人一定要稳住心神、抓好部队。

几个月后,随着一纸任命,"降级"为旅政委的高大光又铆在了新的岗位上。

而鲜有人知,面对组织另行安排的征询,高大光主动"下放"的坚持和坚决,"关键时期,我的部队更需要我!"

这个三十年戎马倥偬的军人,在大半辈子与战士们摸爬滚打之间,深刻读懂了我党我军在世界不可思议的目光中从苦难走向辉煌的真谛——"党员干部的信念坚定、引领有力,使群众在一次次严峻考验和残酷斗争中'铁心向党'!"

"冰冻三尺,非一日之寒"。

站在改革转型的风口浪尖,掂着个人得失的官兵,一定会想起这样一幕幕场景：每一次选人用人、物资采购的阳光透明；每一次训练场上、高危课目前，领导干部的率先垂范……

这一次编制调整，全师300多名干部分流，94名家在驻地的异地交流，没有一个逾期报到，没有一个滞留部队，没有一个提出特殊要求，没发生一起严重违纪问题。

3年来，漫长的转型之路上，一个个接踵而至的考验写就一份份令人回味的答卷：面对跨专业、调岗位任职等变动，全旅圆满完成上级赋予的新《大纲》试训，多次担任集团军以上赋予的民主评议党员、主题教育、"学传统、铸军魂"等重要工作的先行试点……

嬗 变

当新军事变革吸引了世界的目光，美国前国防部长拉姆斯菲尔德的一个比喻愈加发人深省——给亚瑟王宫廷里一位骑士一支M-16自动步枪，如果他拿着这件武器，骑上他的马，用枪托砸他对手的脑袋，这样就不是转型。如果他躲在一棵树后边，开始射击，这样做才是转型。

2015年9月，在第39集团军某旅合成营演习中官兵利用单兵火箭筒进行射击。（高松山 摄）

◀ 2015年9月，在第39集团军某旅演习中坦克分队相互配合向来犯之"敌"进攻。（高松山 摄）

从摩步师到机步旅不仅是有形因素的革命性跃升，也是观念形态的革命性进步，而旅长韩向春一言概之，"核心就是要培养出一大批既能够继承发扬光荣传统和优良作风，又能在信息时代陆军建设中大有作为的人才。"

如今，由摩托化步兵改为机械化步兵的4连，已是多次在上级联合实战演练中脱颖而出的"尖刀连"，可几年来连长钱宏杰却一直甘当"小学生"——从改编之初作为旅驻连见学代表到全军先进单位"神枪手四连"取经开始，他一直带着连队沿着先进兄弟单位的"车辙印"前进，越过了一道道弯路沟渠。

长征时期，放下锄头拿起枪的红军战士曾边行军边在沙地上练写字，在一点一滴的转变中逐渐完成了向世界强军的一次次嬗变，如今那些远去的身影早已被高学历、高素质的新生代士兵替代，而不变的是刻苦学习、熟练本领、只争朝夕的前行步履。

派干部到兄弟单位见学、开办军事培训班、实行跨兵种交叉授课……几年来，一系列新举措，让这个传承着光荣传统与辉煌历史而又年轻的机步旅迅速焕发生机。

2013年底，这个旅的工化营筑城连改为筑城伪装连。

"别看仅增添了两个字，但这背后体现了现代陆军精简高效、高度融合作战理念的深刻变革。"那段日子，连长张帅像一只停不下来的陀螺：白天，铆在训练场，逐个新装备、新专业进行学习；晚上躲在学习室内学习理论知识，背记专业教材，学习笔记记了密密麻麻一厚本。

一次演练车辆伪装，张帅不慎把脚崴伤。他强忍伤痛，带领官兵按照大纲规定时间完成任务。当天他摸索总结出特种车辆四步快速伪装法进行推广，有效提高了训练成绩。

改编时，担任4年坦克营长的陶永伟平调到工化科长的陌生岗位。他二话没说，像钉子一样钉在训练一线，靠"摸着石头过河"的钻劲、拼劲，使多项新列装装备当年形成战斗力。

盘点手下爱将讲不完的故事，旅长韩向春自豪而感慨："无论时代怎样变，体制怎么改，我们红军本色不变、精神不改，就一定能够应变而进，立足改革潮头！"

跨　越

转型，没有终点的长征。

残阳西下，扬着沙尘的训练场上，炮兵排长熊永超执着地提出了多训1个小时的申请。

在去年新列装的某新型自行高炮中，鼻尖挂着汗珠的他，娴熟地操作信息系统与炮手列兵蒋宗超一次次地磨合着雷达锁定到击发射击的步骤。

战场只争分秒！

2015年北京阅兵，这一新型自行高炮作为我国自主研发的新一代陆军高炮代表，曾在万众瞩目中自豪驶过天安门广场。

"新型自行高炮嵌入先进信息系统，实现雷达、观测、计算诸元等战斗步骤一体化，使一辆炮车就相当于一个可实时机动的炮兵阵地，且比同类自行高炮携弹量和弹种都大幅增加拓展，乘员人数、战斗准备时间更为精简，车速、射程和精准度等也大大提高。"熊永超告诉记者，新装备列装不到半年就形成了作战能力，相比以往战斗力已数倍增强。

从马拉炮车、短枪长矛到远程火炮、装甲战车，再到嵌入信息网络的新一代主战装备。

武器装备的飞跃改变，见证着我国我军在世界变革发展中的一次次超越，也见证着红军传人们在改革强军之路上的一次次跨越。

这一次，改建不到三年，他们同样留下了一串串坚实的足迹：

——2015年7月14日午夜，集团军对这个旅首次全员全装昼夜机动检验拉开序幕。千人百车，以夜间60公里、白天80公里的平均时速，纵横驰骋600余公里，交出合格答卷。

——2015年8月渤海湾畔，以旅坦克1营为主体的红军合成营，为上级领导和兄弟单位演练合成营战术战法，指挥控制、战术机动、火力运用、综合保障等各要素紧密融合、攥指成拳，得到高度评价……

——2015年10月，全旅21名官兵获评集团军装甲特级手，通过率和通过总人数均为集团军第一。

2年多来，有着"扛红旗、当先锋"光荣传统的红军传人们恨不得脚底装上轮子赶路。

而这个春天，他们又种上了一个愿望：

长征路上，他们是"先锋军"；

改革强军路上，也要当先锋！

2016年3月，第39集团军某旅官兵演习中勇猛冲击。（高松山 摄）

孤军长征，最先唱响"三大纪律八项注意"

2015年9月，延续着红25军血脉的陆军第39集团军某机步旅，隆重欢迎开国大将徐海东的女儿徐文惠"回家"。

徐海东是红25军缔造者之一，她在这支部队深情寻找父亲的记忆，也留下了一段段父亲永生难忘的长征故事。

孤军长征，千里寻找党中央

1935年7月，在战斗中缴获的一张国民党统治区报纸，让时任红25军军长的徐海东，仿佛在黑夜中看到了黎明的曙光。

"很多年后，父亲仍清晰记得报纸上的一段内容。"徐文惠说。

那是报纸上的一条消息："共军一、四方面军在川西会师后，继续向北逃窜，先头部队到达松潘……"

自从1934年11月11日中共鄂豫皖省委在河南光山花山寨举行会议决定长征以来，红25军由此第一次知道了党中央和中央红军的消息。

1934年4月17日，鄂豫皖苏区红25军在安徽金寨豹迹岩重新组建，徐海东任军长，吴焕先任政委，独立挑起坚守鄂豫皖革命根据地的重任。

1934年11月16日，红25军从河南省罗山县何家冲出发开始孤军长征，穿越平汉路，转战桐柏山、伏牛山，进至陕南，以2984人的兵力粉碎了20余倍于己顽敌的围追堵截，在鄂豫陕边区站稳了脚跟。

当在国民党统治区报纸上得悉中央红军和红四方面军已在川西会师，并有北上的动向时，徐海东随即召集军部人员在长安县沣峪口召开了一次紧急会议，决定红25军西进、北上，"极力与陕北红军集成一个力量""配合红军主力在西北的行动，迅速创造新的伟大的巩固的革命根据地。"徐海东说，即使全军3000人都牺牲了，也要把党中央和红一、四方面军迎接过来。

出秦岭，驰骋陇南，过渭河，翻过六盘山，行军路上，官兵们纷纷问徐海东，"中央到了哪里？""毛主席也来吗？""哪一天能会面？"

"其实，父亲也不清楚，但心底始终有一个声音：'一定要见到党中央和毛主席，一定会见到他们！'于是，他就不断鼓励大家，'同志们，快啦，就会见到毛主席了！'"徐文惠的记忆中，每当父亲讲起这段故事，总是充满自豪——这一举措，使部队士气空前高涨，不少官兵脚板都是大泡加小泡，可没有掉队的。鞋子破了，赤着脚走；肚子饿了，紧紧腰带！

西兰公路是各路国民党军围剿中央红军的一条大动脉。8月中旬，为钳制敌军，配合中央红军北上，面对人数众多、武器装备精良的敌军，红25军主动出击，整整切断这条公路18天。

1935年9月9日，红25军在陕甘边苏维埃政府主席习仲勋、陕甘边军委主席刘景范和苏区老百姓的热烈欢迎下，到达陕北保安（今志丹）县永宁山，随后又在习仲勋、刘景范引领下于9月15日到达延川永坪镇，成为长征到达陕北"落脚点"的第一支红军队伍，并于1个月后胜利与党中央、中央红军会师。

1988年，徐向前在《红25军战史》序言中写道：红25军西征北上的战略行动，成为主力红军北上的先导，为把中国革命的大本营放在西北建立了特殊的功勋。

历经"长征四大恶战"之一——血战独树镇

"烈士精神不死"——

在距河南省方城县城20余公里的独树镇，至今仍屹立着一座红25军独树镇战斗纪念碑。

纪念碑以一把变形刺刀为表现形式，寓"血战"之意，碑身高25.34米，蕴含着红25军的番号和1934年的时代背景。

▲ 独树镇战斗遗址。（图片由部队提供）

1934年11月，红25军开始长征之后，敌军立即调集了30多个团的兵力围追堵截。红25军采取了声东击西战术，跳出了桐柏山区的包围圈，计划取道泌阳、方城以东的独树镇、保安寨地区，向伏牛山前进。

11月26日下午1时许，红25军224团沿独树镇七里岗山脊北进，当接近许南公路时，埋伏在公路两侧的敌军突然发起猛烈进攻，雪野中顿时枪声四起。

"当时，抢先到达此地的国民党第40军第115旅和骑兵团已埋伏好，对着正行进中的红军队伍猛烈射击。因雨雪交加，能见度差，红25军先头部队发现敌军时已经很迟了。"徐文惠说。

敌人开火后，224团几乎完全暴露在敌人的火力之下。

多次听到父亲提及这场战斗的徐文惠对于这样的一个细节印象特别深刻："开打之后，战士们的枪却大多数没有响，原来是寒冷的天气，把枪栓都冻住了，战士们的手指也冻僵了，一时怎么也拉不开枪栓。"

危急时刻，从后面跑步赶到阵前的军政委吴焕先指挥战士们利用地形地物进行反击。面对气势汹汹扑过来的敌人，他手持大刀指挥红军从雪地上跃起，勇猛地冲上去，与敌人展开白刃格斗。

千钧一发之时，徐海东带领223团赶到，立即投入拼杀。经过一番恶战，终于把正面进攻的敌人压了回去。整整一个下午，红25军打退了敌人的多次进攻，阵地前堆满了敌人的尸体。

天黑后，风雪不止。红25军乘机撤到张庄附近，根据当地老乡提供的情况，忍着极度的饥饿和疲劳，连夜绕到沈丘附近，越过了许南公路。27日拂晓，抵达伏牛山东麓，突破了敌人的合围。

独树镇战斗，是红25军长征途中生死攸关的一场血战。在敌强我弱、敌锐我疲、地形与天气都不利的情况下，转危为安，保存了红军的有生力量，并与"四渡赤水河""飞夺泸定桥""激战嘉陵江"等著名战役并列长征史册。

率先唱响《三大纪律八项注意》，创下长征"6个之最"

红色经典歌曲《三大纪律八项注意》多少年来久唱不衰，享誉全国。然而鲜为人知的是，这首歌是红25军在长征途中最先唱响的。

入陕后，为加强红军的性质宗旨教育，时任红25军政治部秘书长程坦把三大纪律八项注意的内容，填入《土地革命歌》的曲调，发到每个连队教唱。来自鄂豫皖苏区的"老红军"对这个曲调十分熟悉，唱起来也容易掌握节拍，于是红25军率先在长征途中唱起了这支《红军纪律歌》。

它伴随着红25军的长征，由陕南经陇东到陕北，官兵们一路上都在放声高唱。原军委炮兵政治委员张池明老首长曾深情地回忆说："1935年7月，红25军由长安县沣峪口西征北上时，一路上唱的就是《红军纪律歌》，走到哪唱到哪，比在队前讲话还方便，也容易收到实效，确实管用。"特别是部队进入宁夏回民地区时，部队严格贯彻"三大纪律八项注意"的要求，给当地群众留下了良好的印象。

1935年8月，红25军在长征途中进至宁夏省隆德县的兴隆镇时，223团供给处长刘炳华发现这一带的"狗尾巴草"长得旺盛，就高兴地叫马夫放马，结果马吃了群众的谷子。原来这位河南商城人错把谷子当"狗尾巴草"了。

事情传到了徐海东那里，他立即找来了刘炳华，决定给他警告处分。

▲ 徐海东将军亲率担任军后卫的我223团冲向敌阵。（图片由部队提供）

由于民族政策贯彻执行得好，再加上《红军纪律歌》的口口相传，使得当地回民由不敢接触红军到后来把红军当成亲人。

群众知道了徐海东要处分刘炳华这件事，纷纷来求情，最后徐海东责令刘炳华带着马夫拿着粮食去赔礼道歉。

一个月后，毛主席率中央红军长征经过这一地区时，因为是与红25军穿一样军服的红军，所以同样受到了当地群众亲人般的热烈欢迎。毛主席问明原委，夸奖红25军"政策水平高"。

后来中央红军到达陕北，程坦根据中央红军带来的《中国工农红军三大纪律八项注意布告》，结合原来所编写的歌词，又逐条逐句地加以斟酌修改，刊登在红15军团编印的《红旗》报上，这支伟大的红军歌曲，从此又获得了新的生命。1935年11月，红十五军团与红一军团在陕北甘泉县象鼻子湾会师，红十五军团指战员将这首歌唱给毛主席听，毛主席说这首歌很好，红军的各个部队都要唱！

到了抗日战争时期，这支歌已唱遍了各个抗日根据地，对指导人民军队密切内部关系、宣传联系群众起到了巨大作用。

回顾长征之路，徐文惠还总结出了红25军创下的"6个之最"：官兵平均年龄最小，大多数都是13到18岁，堪称一支"童子军"；出发人数最少，也是唯一一支人数未减反增的部队，由不足3000人发展到4000余人；最早对东北军官兵开展统一战线工作；最先唱响程坦同志填词的《三大纪律八项注意》歌；最早顺利通过回民区；长征最先到达陕北。

传承红色血脉的"三勇"劲旅
——陆军第39集团军某红军旅的光辉历史

当雪山和草地已走向遥远，一支驻扎在渤海湾畔、流淌着红军血脉的先锋劲旅，却时刻铭记、发扬着长征路上凝聚起的宝贵财富，在战火硝烟的考验与和平年代的坚守中，用一串串熠熠闪光的足迹，与时俱进地抒写着"勇当先锋、勇敢攻坚、勇夺胜利"的"三勇"精神。

历史沿革：这支部队的前身是1930年9月成立于鄂豫皖苏区的商光边独立团，1932年11月编入重新组建的红25军，1934年10月在吴焕先、徐海东率领下孤军长征、率先到达陕北，1935年9月编为红15军团75师223团。1937年改编为八路军第115师344旅687团，1939年2月组建冀鲁豫支队；1940年，在黄克诚带领下南下华中，率先打通华北八路军与华中新四军战略联系，后改编为新四军第3师8旅。抗战胜利后，先期挺进东北，改编为东北民主联军第2纵队4师，1948年11月改编为39军115师。

经典战例：战争年代，这个旅先后参加直罗镇战役、平型关大捷、盐阜反"扫荡"、辽沈、平津、广西战役和抗美援朝一至五次战役，累计作战3千余次，歼敌14万余人，他们孤军长征，在被誉为"长征四大恶战"之一的独树镇战斗中突出重围，以不足3000人的兵力粉碎了20余倍顽敌的围追堵截，成为四路长征大军中最先到达陕北的部队；开辟盐阜区抗日根据地，获得盐阜反"扫荡""单家港杀伤敌人最大、陈集战斗最漂亮、八滩战斗最激烈""三最";怀德战斗创造东北解放战场我军最先毙敌将官战绩,解放柳州一个营追垮白崇禧一个团,最先把胜利的红旗插上镇南关;入朝首战云山,12个昼夜毙伤美军1200余人,创下最先与美军交手、一次战斗歼灭美军最多、一个连全歼美军一个连的骄人战绩。

英雄模范:80多年的峥嵘岁月,这个旅英雄辈出,徐海东、吴焕先等老一辈无产阶级革命家的事迹家喻户晓、精神彪炳千秋;在枪林弹雨中,"全国战斗英雄"杨印山、"一级战斗英雄"倪祥明等战斗英雄、一等功臣130余位冲锋在前;在和平建设里,"爱民模范"郑春满、"共和国卫士"臧立杰、"侦察尖兵"曹广奎等一大批先进典型屹立时代潮头,先后走出340多位将军和50多位省部级以上领导干部。

荣誉传统:这支部队在战火中铸就了厚重荣誉、赫赫威名,形成了"勇当先锋、勇敢攻坚、勇夺胜利"的"三勇"精神。南征北战3000余次、歼敌14万余人的辉煌战绩,使"百战百胜第三营""铁骑守备连""铁的连队"等50余个英雄集体威名远扬;在练兵备战、抗灾爱民、改革强军的时代担当中,赢得"抗洪抢险爱民模范连""卫国平暴英雄连""卫国先进政治处"等荣誉称号,多次被评为"军事训练一级师""全军先进司令部""全军青年工作先进单位"等全军和军区先进,圆满完成渡海登岛实兵演习等大规模演练任务。

05

陕北红军传人：
用红色基因锻造忠诚劲旅

绝对忠诚："党的利益在第一位"

战争年代，这支诞生于黄土高原的红军部队为中国革命提供了"落脚点"；和平时期，他们肩负戍边维稳神圣使命，在西部大地树起一座忠诚丰碑——

新疆军区某步兵师是1932年3月刘志丹、谢子长、习仲勋等老一辈无产阶级革命家创建和领导的、目前全军仅存的一支整建制师的陕北红军部队。

从6支步枪建红军到经历30余次改编整编顾全大局——成立84年来，某步兵师始终把对党和人民绝对忠诚的坚定信念融入官兵血脉，用红军精神砥砺红军传人本色，让"绝对忠诚、敢打必胜、永不变质"的优良传统涵养官兵灵魂、化为自觉行动，凝聚起强军兴军的磅礴力量。

6支步枪建红军，为中国革命提供"落脚点"

陕北红军为中国革命事业建立了不朽功勋。

毛泽东曾高度评价陕北的历史贡献："陕北是两点，一个是落脚点，一个是出发点。我说，没有陕北那就不得下地。"

"如果没有西北红军和陕甘苏区，历史将会怎样演绎她后来的壮丽？"在红军师师史馆，摊开的《中国人民解放军征战纪实丛书》用一段深情的话语描述了80多年前信仰之火点亮陕北的时刻。

1932年春天，共产党员刘善忠、共青团员高朗亭等人化装进入陕北清涧县雷珠山寨子，智取敌民团6支步枪，成立了红军师的最早前身——中国工农红军陕北延川游击队。

靠着6支步枪，延川游击队铲恶霸、烧帐契、放粮仓、分田地，受尽剥削和

▲ 布面油画大会师。〔图片由部队提供〕

压迫的陕北穷苦大众奔走相告："我们有红军啦！红军是咱们穷人的队伍！"

峥嵘岁月，艰苦备尝，追求理想信念的火炬高擎不息。陕北革命武装蓬勃发展，红1、2、3、5、6、7、8、9、11支队相继成立，红色根据地遥相呼应，陕甘边革命组织相继成立。

1934年3月至1935年11月，西北红军在刘志丹、谢子长、习仲勋等老一辈革命家的直接指挥下，接连粉碎三次反革命"围剿"，为中央红军北上扫清最后障碍。陕甘苏区成为"硕果仅存"的革命根据地，在生死关头挽救了中国革命。

西北红军自创建之初就坚定党的领导，盼望中央红军。即便在中央红军到达陕北前夕，受"左"倾教条主义路线影响，刘志丹、习仲勋等西北红军领导人被错误关押，但他们的理想信念矢志不渝，始终坚定党的领导。

1935年10月，党中央和中央红军到达陕北后，西北红军自觉接受中央统一整编。从此，西北革命根据地成为红军北上抗日的落脚点和出发点，成为中国革命的大本营和红色圣地。

1943年1月，毛泽东同志为习仲勋同志题赠："党的利益在第一位"，表达了党中央对西北红军及其领导人的高度评价。

绝对忠诚、绝对服从，铸就"听党召唤"厚重师魂

在红军师，红色是最美的底色，忠诚是最响亮的名片。

从陕北闹红到边区屯田，从保卫党中央、保卫毛主席到鏖战扶眉、血战兰州，从甘南剿匪、西藏平叛到边境自卫反击作战、戍守新疆——

自创建以来，在各个革命转折的关键时期，红军师官兵始终高举党的旗帜，永远对党和人民无限忠诚，历经30余次改编整编，始终胸怀大局，坚决听党话、跟党走；历经10余次换防调整，征战和戍守的都是最艰苦、最偏远的地方，从不讲价钱、讲条件，党指到哪里，部队就打到哪里，铸就了"走遍新（疆）西（藏）兰（州）、听从党召唤"的厚重师魂。

绝对忠诚、绝对服从这一优良传统，红军师官兵代代传承、生生不息，经受住历次重大考验。

▼ 新兵入营接受的第一堂红色课：参观师史官。〔刘永 摄〕

1998年，红军师某红军团撤编，这是一个战功赫赫的红军团队。

向军旗告别那天，闻讯而来的老首长和官兵们用颤抖的双手抚摸团队战旗，眼含热泪，依依不舍。礼堂内挤满了家属孩子，个个神情凝重。

时任团长袁思舜第一个站出来，疾笔写下"坚决服从组织安排"。仅仅40天，700多名官兵退役，数十名年轻干部交流到艰苦边远地区工作，团队顺利完成精简调整。

当前，国防和军队体制编制调整改革是一场撬动大棋盘的革命性变革，全师官兵坚决听从党中央、中央军委和习主席指挥，坚决拥护改革，自觉投身改革，助推改革强军。

今年，红军师上报转业对象的绝大多数干部，依然兢兢业业奋战在本职工作岗位，直到离开部队的最后一刻。

某红军团副团长潘志刚说："红军师的官兵，就是要在位一分钟、干好六十秒。即使脱了军装，也永远是红军传人！"

"浇树浇根、育人育魂"，让红色基因代代相传

1988年，某步兵师被军委总部确定为红军师，现完整保留2个红军团，21个红军连队，11个英模连队。成长的特殊经历、担负的特殊任务、所处的特殊环境，赋予了这支地处卫疆戍边一线的红军部队红色资源丰厚、使命任务艰巨等鲜明特点。

"浇树浇根，育人育魂。"在师史馆，政委邹仕辉告诉记者，近两年来，师党委牢记"把红色基因融入官兵血脉，让红色基因代代相传"的殷切嘱托，大力推进红色基因代代传工程建设，坚持从一项工作到一个工程，从无形基因到有形传承，从集中教育到常态培育，让"绝对忠诚、敢打必胜、永不变质"的红军优良传统在新生代官兵中落地生根。

他们以红军师创建史、战斗史、发展史为主要内容，大力开展"学史、明理、知责"活动，按照"熟知传统、牢记传统、感悟传统、自觉传承"的步骤，从兵之初、官之初强化对红军部队的情感认同和价值归属。

◀ 红军师反坦克分队在演习中打
击敌装甲目标。（刘永 摄）

◀ 该师反坦克导弹部队实施精确
打击。（刘永 摄）

演习中，该师新型远程火炮对敌集群
目标实施精确打击。（刘永 摄）

▲ 红军师炮兵分队战场快速机动。（刘永 摄）

▲ 该师炮兵群在演习中实施火力压制。（刘永 摄）

▲ 红军师侦察尖兵深入敌后。（刘永 摄）

传承红色基因，是一项系统工程。红军师在新兵入伍、学员报到、干部调入，首先组织一次传统教育、参观一次师团史馆、观看一次主题晚会、聆听一次传统故事、拍摄一组雕塑合影，增强官兵作为红军传人的自豪感。

在一些刚入伍的"90后""95后"官兵心里，红色传统并没有那么神圣。

"95后"战士贺喜林，刚入伍时，怕苦怕累，抱有混的思想，经常对"操场不如市场"等一些偏激言论捕风捉影。第一次观看了反映陕北红军钻窑洞干革命、身陷囹圄心向党的大型情景剧《忠诚》，他落泪了："作为红军师传人，岂能输在起跑线上！"

贺喜林从身边的干部骨干学起做起，工作抢在前，训练冲在前，成了同年兵的佼佼者：入党、当班长，荣立三等功。

打开一扇信念之门，根植一片红色基因。全军优秀指挥军官、某红军团团长王文华说："磨刀不误砍柴工。官兵只有知道了'从哪里出发、为什么出发'，才能更加坚定前进的方向、增添前进的力量。"

使命担当：把血性基因注入官兵骨髓

血性，是新疆军区某红军师的本色。

成立84年来，这支部队从小到大、从弱到强，纵横驰骋、浴血奋战，先后转战陕、甘、藏、新等9省区，足迹遍布中国西部近400万平方公里国土，参加大小战役战斗2600余次，歼敌10万余人，涌现出"人民英雄"王学礼等285位英模人物，1.6万余名英烈血染疆场。

从转战9省区屡建奇功到师团营连上百次摘金夺银，——红军师一代代官兵用生命和鲜血诠释了"一不怕苦，二不怕死"的血性基因，谱写出一曲曲攻无不克、战无不胜的战斗史诗。

用生命诠释"一不怕苦，二不怕死"的血性基因

在中国人民革命军事博物馆里，陈列着"长攻善守英雄团""勇猛顽强英雄团"2面英雄大旗。这是1949年兰州战役胜利后，第一野战军分别授予红军师两个红军团的荣誉称号。

1949年8月25日，西北战场上规模最大、战斗最为惨烈的兰州战役打响，红军师7千勇士与国民党马匪守军在沈家岭进行了一场殊死鏖战。

30余次争夺，14小时恶战，主攻团战斗减员超过90%，有的连队拼杀得只剩下1人，最终打开了通往兰州城的锁钥。某红军团政委李锡贵、某红军团团长王学礼等539名官兵献出宝贵生命。

1962年10月，红军师参加边境自卫反击作战。红军师官兵在雪域高原连续7天5夜实施战役迂回穿插，深入敌后180公里切断敌军退路，把红旗插上邦迪拉，

给曾经参与火烧圆明园的敌"王牌师"以歼灭性打击。这个经典战例至今还是国防大学的教学课目。

毛主席在战后批示："古今中外都怕抄后路"，主要是红军师的"两个团跑到它后面去了"。并说："我赞成这样的口号，叫作'一不怕苦，二不怕死'。"

和平时期，只要祖国和人民需要，哪怕流血牺牲，红军师官兵依然血性迸发，直面重大考验。

2009年夏天，乌鲁木齐发生打砸抢烧严重暴力犯罪事件。事发当晚，红军师千余官兵奉命第一时间到达事发核心区域，绝不手软，以快治乱、街道封控、抓捕暴徒、解救群众、武装巡逻、重点警戒，成为首批投入、首批到达、首批展开行动的作战部队，受到各族群众的高度赞扬。

除了打赢一无所求，为了打赢一无所惜

一个时代有一个时代的忠诚信仰，一个时代有一个时代的牺牲担当。红军师官兵时刻枕戈待旦，忠实履行使命任务。

强军兴军新征程上，红军师坚持把传承红色基因与军事训练、战备执勤相结合，深入开展"战史、战功、战例、战将"学习实践活动，将保卫延安"三战三捷"、解放兰州"直取锁钥"、边境作战"迂回奇功"、维稳执勤"一锤定音"等17个经典战例编印成战术教材，作为理论学习、政治教育、战法集训的"必修课"。

每逢开训动员、演习出征、比武竞赛，红军师都要组织官兵参观师团史馆、重温红军战史，用红军战史催生亮剑精神，用先烈事迹砥砺无畏勇气，用辉煌荣誉激发必胜信心，强化官兵除了打赢一无所求、为了打赢一无所惜的英雄气概。

一支部队如果没有了血性，那么她的枪炮就是废铁；一名军人如果没有了虎气，那么他的刺刀也是软的。

"排长，我没有给红军师丢人吧？"这是师侦察营"95后"战士刘照松从晕厥中醒来后说的第一句话。

去年3月底，刚参加完大强度训练的刘照松被随机抽点参加侦察兵100公里综

合作业考核。在完成30多个课目、冲过最后8公里武装奔袭终点线后，刘照松晕倒了。

当医护人员帮他脱下陆战靴，大家震惊了——刘照松的双脚已多处磨破，血肉模糊，连袜子都要用凉开水"化开"才能脱下。

"刘照松当兵不到两年，但身上已经有了红军传人不畏强手、敢打必胜的血性虎气！"师政治部主任张连国告诉记者。2012年以来，师每年评选表彰"红军师十大标兵"和"百名红军好传人"，大力培养宣扬爱军精武的先进典型，坚持重奖重用矢志打赢的标兵尖子，先后破格提拔使用39名军政兼优、实绩突出的干部，有效激发了官兵"学英雄、争先进、当英模"的昂扬斗志，铸造出一把把精武强能的尖刀利刃。

战场有豁出去的动力，赛场有争第一的豪气

这是最近10年来，红军师官兵在上级组织的历次比武竞赛训练考核活动中取得的骄人成绩——

2005年，参加兰州军区岗位练兵比武，金牌和奖牌数均列战区第一。

2013年，师参加"兰字-2013D"实兵检验性演习，实现建师以来"六个第一"的历史性突破；年底接受兰州军区训练考评，成绩名列战区受考六个师级单位第一名，被四总部评定为"军事训练一级师"。

2014年，师组织360名集训队员参加新疆军区侦察兵集训，4次考核3次取得综合第一，特别是第4次考核中，夺得12个课目中的7个第一！

"'红军师精神'让官兵在战场上有了敢于豁出去的动力、在赛场上有了敢于争第一的豪气！"全军十大学习成才标兵、某红军团政治处主任徐东波说。

在红军师，每逢比武竞赛、练兵备战，"夺金牌、争第一、扛红旗"已成为从普通一兵到营连班排的自觉追求。据统计，最近5年来，红军师有30余项工作受到军委、总部和军区表彰，师团营连上百次在上级组织的比武竞赛和重大演训任务中夺金摘银、创破纪录。

2015年7月至10月，红军师整建制参加高原使命课题训练，这是自1979年移

防新疆36年来，部队再一次万人千车整建制征战雪域高原。120天的高原驻训，官兵们用"征服生命禁区、挑战生理极限、笑傲喀喇昆仑"的豪迈情怀，瞄准实际作战对手苦练打赢硬功。

驻训期间，先后有121人主动延迟休假、推迟婚期，273人克服家庭困难坚持工作。

实兵实弹演习前夕，高炮团防空导弹连一班班长李步正接到父亲去世的噩耗。他强忍内心的悲痛，创造了在海拔5200米高原首发导弹直接命中目标的纪录。父亲留下遗言：儿子，好好在昆仑山训练，爸爸在天堂看得到！

最后实兵检验阶段，参演分队在极端海拔、极端严寒、极端距离上，30余类火器打出满堂彩，933个目标全部被精确摧毁，创造了机动距离最远、驻扎海拔最高、训练强度最大、完成任务最好等多项纪录。

这一仗也打出了红军师的高原雄风！演习总结中，新疆军区领导给予"实战意识强、工作标准高、作风养成好""值得军区首长机关学习"的高度评价。

"实践证明，'一不怕苦，二不怕死'的口号直到今天仍然具有很深的意义。"师长常万琦说，"在战争年代，红军师的老前辈们敢打恶仗硬仗、不怕牺牲，今天在改革强军新征程上，对于基层来说，不管改革怎么改，最需要的还是用红色基因祛除官兵娇骄二气，培育'当兵不怕苦、训练不怕累、执勤不怕险、打仗不怕死'的战斗作风。"

艰苦奋斗，本色不改

陕北17年，甘肃10年，西藏20年，新疆37年——一张往返缠绕的转战路线图记录着新疆军区某红军师官兵扎根西部大地、卫戍建设边疆的奋斗发展史。

从10余次移防调整白手起家到2997枚银圆"家底"完好无损——无论形势如

何变化，历届红军师党委都坚持把艰苦奋斗作为部队安身立家的根本，让永不变质的优良传统植入一代代官兵脑海。

与苦为伴，以苦为荣，以苦为乐

红军师自创建之日起，都与苦为伴、以苦为荣、以苦为乐，历经10余次换防，每次移防都是从一个艰苦地区到另一个更加艰苦的地区，住窑洞、钻山沟，上高原、战缺氧，入荒漠、斗风沙，但无论走到哪里，官兵们始终斗志昂扬、奋斗不息。

延安大生产运动中，红军师前身部队警备第3旅、385旅，积极响应毛主席号召，"自己动手，丰手足食"，一手拿枪、一手拿镐，投入轰轰烈烈的大生产运动中，涌现出"气死牛的开荒大王"郝树才等英雄模范。

郝树才是原警备第3旅8团2连4班战士。大生产运动中，他怀着对日本侵略者和国民党反动派的满腔仇恨，把开荒生产视为"打仗"，拼命苦干，开荒纪录直线上升，最后创造了一天开荒4亩3分的最高纪录，被边区军民称为"气死牛的英雄"。1943年底，郝树才被授予"甲等劳动模范"称号，受到毛主席亲切接见。

"气死牛"精神是西北红军艰苦奋斗的生动写照。在那片红色的土地，每一捧泥土都能攥出感天动地的故事，每一粒沙尘都烙印着勇士的坚韧不屈。

新中国成立后，红军师先后10余次挪窝搬家，早已习惯了自己动手盖房垒墙。1979年3月，红军师由西藏移防新疆，从世界最高的屋脊到最低的盆地，从银装素裹的寒极到高温酷暑的"火洲"，官兵们在瓦无一片、屋无一间、树无一棵的条件下，冒风沙、顶烈日、战酷暑，硬是在戈壁滩上自建营房扎下了根。

"艰苦奋斗是红军师安身立家的根本。现在条件好了，但勤俭节约、踏实务实的红色家风一样不能丢。"红军师政委邹仕辉告诉记者，红军师能吃苦、愿吃苦、敢吃苦的精神已经深深地根植于历代官兵心中，无论何时何地都让党和人民放心。

1986年，与黄土、风沙、戈壁、荒漠打了半个多世纪交道的红军师机关、直属分队奉命移防至乌鲁木齐，营院外车水马龙、熙熙攘攘。

30年来，无论社会如何发展、生活条件如何改变，11师官兵以红军前辈战争年代视死如归、和平年代艰苦奋斗的精神特质为学习标杆，始终做到面对腐蚀冲击不改本色、面对利益诱惑不失气节、面对风险考验不忘初心。

面对腐蚀冲击，始终不改本色

在权力、金钱和酒绿灯红面前，师党委"一班人"严格约法三章：管住自己的嘴，不该吃的不吃；管住自己的手，不该要的不要；管住自己的腿，不该去的地方不去。

几年前，曾经有人向师党委提出建议，推倒老房子，修建新营房，改善机关办公和官兵居住环境。"师党委'一班人'的意见高度统一，打仗的部队坚决不能有过日子的思想，更不能把提升战斗力的有限经费用来建楼堂馆所。"师长常万琦一语道出了历届党委班子的决心。

有钱不乱花，能为国家省一点是一点，红军师传承艰苦奋斗的优良传统没有丢。机关各科室至今还留用着从西藏带来的绿色铁皮柜，一层一层叠加起来，放置文件资料。师政委邹士辉介绍说，师机关现在还有三分之一办公设备是80年代购置的，一茬茬传递下来，虽然旧，但没有损坏，还能用。

2014年年底，师里打算购买折叠式行军床配发维稳执勤的应急分队，算一下账太贵。修理营官兵主动请缨，买来一张"样板床"，而后加班加点自制了更加结实耐用的500张折叠式行军床，为部队节省经费10多万元。

把所有精力都向战斗力聚焦，把每一分钱都用在"刀刃上"。最近三年来，师党委以严实作风有效破解了干部配备、士官选取、营建施工、安全管理等11类43个基层建设难题，集中财力建成侦察兵综合训练场、通信训练场等20多处训练场地，所属团队全部跨入基层建设先进行列。

面对利益诱惑，始终不失气节

随着改革开放不断深入，部队这片净土不同程度遭受到实用主义、利己主义、拜金主义等不良思潮的侵蚀。红军师坚持用老传统抵制新诱惑，用老故事诠释新内涵，用老物件升华新追求。

从陕北革命时期一直积攒下来的两千多枚"袁大头"银圆，历经部队10余次移防，依然完好无损保存在师财务科保险柜的2个木箱子里。在艰苦卓绝的战争年代，西北红军前辈草根果腹、粗布遮体，但他们还是一块一块把银圆节省下来，用在革命最需要的时候。就这样，银圆一枚枚增加，一代代官兵接递相传。

进疆30多年来，"银圆交接"成为历届师党委班子更替的隆重仪式，2个木箱子上贴了一层层交接清单。

"两千多枚银圆可以说是红军师最为宝贵的'家底'，折射出的是历代官兵勤俭节约的'家风'、不贪不占的'家规'。"师政委邹仕辉说。

"改革面前，触动利益比触动灵魂更难。"新疆军区司令员彭勇坦言，银圆虽小，反映的却是红军师官兵"不被金钱所诱、不受利益惑"的大精神，也是我党我军本色不改、永不变质的"活化石"。

面对风险考验，始终不忘初心

红军师纵横西北、功勋卓著，依靠的就是西北红军光荣传统的强大精神动力的支撑。无论走到哪里、无论什么时候，官兵们始终不忘革命初衷，永葆西北红军的纯洁，始终秉承全心全意为人民服务的宗旨。

陕甘革命时期，行军打仗，他们严肃群众纪律，不进院、不入户、不扰民，离去时都要把老乡的院子打扫干净，把百姓的水缸盛满水、灶台堆满柴，深受群众爱戴。驻扎少数民族地区，他们军纪严明、秋毫无犯，"宁肯不睡觉、不进喇嘛庙，宁可饿断肠、不吃百姓一只羊"折射出朴素的爱民情怀。

创建84年来，红军师战斗足迹走遍西部9省区，也把红军部队的好作风传遍西部大地。在陕西、甘肃、西藏的部队原驻地，红军师虽已离去多年，但20多座部队老营房直到今天还被当地各族群众悉心保存。

红军师每年也有计划地组织优秀官兵代表，按照部队转战历程，前往陕北、兰州、甘南、西藏等地寻访红军师事迹、瞻仰革命遗迹，让官兵在"寻根之旅"

中体悟道路艰辛；定期邀请红军师前辈回部队作优良传统报告，让官兵在追忆历史中激发进取意识。

2012年3月，在红军师建师80周年庆典时，红军师三位创始人刘志丹、谢子长、习仲勋的亲属，在红军师工作过的老领导、老战友，应邀从全国各地回到师里，与官兵一起缅怀革命先辈、回顾革命和工作历程，引起强烈反响。

老一辈革命家的亲属对这支部队给予了高度评价："八十年苦难辉煌，铸就了你们的铁血军魂。八十年战斗历程，证明了你们是一支不可战胜的队伍。"勉励部队"发扬革命传统，牢记我军宗旨，再立新功！"

目前，红军师师史馆已成为新疆重要的爱国主义教育基地，前来参观见学的各族群众络绎不绝。

06

"闽东独立师":
从南方游击队到首支轻机旅

南方游击炼劲旅，"未来战场"谋转型

作为一支没有进行过长征的红军部队，陆军第20集团军某机步旅的前身是南方八省游击队之———闽东独立师，在中央红军长征后，坚持了艰苦卓绝的三年游击战争，抗战时期成长为新四军第一师第一旅。

如今驻守中原的第20集团军某机步旅，是全军第一批实行军旅营体制的单位，是全军第一支轻型机械化步兵旅，也是担负陆军第三至第八代训练大纲编修试训任务的"试验田"。接触新事物、适应新情况，是这个旅一茬茬官兵再熟悉不过的事情。

然而近几年，官兵们却发现，需要适应的东西越来越多，适应的保鲜期也越来越短。听他们讲述种种努力适应的故事，发现那是战斗力建设高度活跃的表现，也是部队转型的必然结果，而这种"不适应"现在是将来也会是这支部队的常态。

别样硝烟

上士薛永良入伍已经第10个年头了，是个射击场上的老手。但今年3月初的一次训练，让他有点怀疑自己是不是真的会打枪。

手枪射击，18发子弹，要求12秒内全部打完。薛永良打完前9发，第二个弹匣还没换上，时间已经用完了。步枪射击不再是固定距离、固定目标、固定靶位，取而代之的是应用射击：变换距离动中打、仰角打、俯角打、穿戴防毒面具打……

"很不适应，太折腾了，可这样更像打仗。"薛永良说，这几年训练场上的花样变着法地换，但万变不离其宗的是实战化标准。

▲ 2013年10月8日至11月8日，第20集团军某机步旅赴确山基地参加"确山·前锋-2013B"涉外实兵对抗演习。图为演习中部队在直升机掩护下向蓝军发起进攻。（付晓飞 摄）

　　今年年初起，官兵们轻车熟路的轻武器射击，被"捆绑"了武装5公里越野、单兵掩体构筑两个项目，变成了组合套餐。

　　"虽然咱是炮兵，但打枪也不差，可这种打法，一开始确实有些吃不消。"旅炮兵团152榴弹炮营二连班长张立足半开玩笑地问："这几年旅里总强调步兵要特战化，看样子，炮兵是不是也要步兵化？"

　　张立足的问题，我们捎给了旅长张书杰。张书杰说，不管什么"化"，首先是要实战化，把那些内容串联组织实施，是为了把官兵逼向条件更严苛、节奏更紧张的临战状态，大家一时不适应是正常的，习惯就好了。

　　而这习惯的形成，靠时间，更靠高强度的训练。

　　在旅弹药库，弹药调拨批次直观反映出这个旅近几年训练强度的走势。2012年总计分发弹药150批，2013年220批，2014年275批，2015年321批。2016年截至3月24日，在1000多名官兵赴南苏丹执行国际维和任务的情况下，已消耗103批。

　　一条随时间轴持续上扬的曲线折算成弹药发数，同样涨势明显。

"基本上每周都有弹药出库,最多的一个月有66批。"弹药库主任胡雨露和几位战友每年发放的弹药,绝大多数被消耗在营区东北角的射击训练场上。

我们来到那里时,装步二营营长殷盘举正在组织部队打靶。他告诉我们,以前打靶必须一名旅领导到场,现在营一级就能组织,各营都怕比别人打得少吃亏,靶场闲不住,弹药消耗肯定少不了。

"很快又要变花样,更难打。"殷盘举说着,回头指了指不远处的8个大坑,那是他带着官兵用TNT炸出来,用来放置自动起倒靶机的。

这个新项目叫作"战斗射击",要求战士们从200米开始跃进,利用卧姿、跪姿、立姿三种姿势,无依托射击,靶子会在5个不同的距离上随机出现,不管是难度还是强度,与往常的100米卧姿精度射击不可同日而语。

官兵们先前来之不易的适应,已经开始了"失效"倒计时……

极限对抗

空军的伊尔-76运输机,下士曹贞林、万乾入伍前就知道,却没想到2015年7月自己也有机会坐进去。可现在问他们还想不想再坐,两人都说有点发怵。

那是一次临机战备拉动,统帅沙场点兵,这个旅奉命全员全装开赴朱日和训练基地。

对于那片塞北草原,官兵们并不陌生。2008年首战朱日和,他们与全军第一支数字化装甲团对决。2014年再战朱日和,他们成功实施"斩首"行动,夺占蓝军防御阵地核心要点。

但这次,实战的味道从一开始就比以往更加浓烈,甚至是惨烈。

曹贞林、万乾所属的先遣分队凌晨3时乘机起飞,落地时东方刚刚泛起鱼肚白。下飞机,集合,干粮刚拿出来,弹药也发到了每个人手上。他们接到命令,全副武装奔袭25公里,夺控一处模拟机场。

全副武装的意思,是荷枪实弹,戴头盔,穿作战靴,携挎包、水壶、防毒面具,背单兵携行背囊,扛弹药箱和120反坦克火箭的战士负重近40公斤。这种体力消耗强度,在日常训练中极为罕见。

▲ 2014年6月，第20集团军某机步旅全员全装、远程机动奔赴内蒙古参加"跨越–2014·朱日和C"实兵对抗演习。图为步战车在烟幕掩护下快速冲击。（张振兴 摄）

▲ 2014年6月，第20集团军某机步旅全员全装、远程机动奔赴内蒙古参加"跨越–2014·朱日和C"实兵对抗演习。图为主战装备编队开进。（张振兴 摄）

　　另一边，实施摩托化机动的官兵顶着高温酷暑，争分夺秒与先遣分队会合。

　　"几十个小时就没合过眼，除了加油、检修车辆，一路狂奔，步战车的转速表指针一直打在尽右位置。"408车车长王宗武说，"刚开始大家靠吃辣椒、掐大腿提神，后来都麻木了，全靠意志硬扛。"

　　1500公里的高强度机动，人、装备都在一步步逼近极限，一些车辆出现故障，在高速公路上"抛锚"。以往，这些车辆完成抢修后，会被编入后续梯队继续开进。这次，情况不同了。

　　"修好就接着往前跑，编队不会放慢速度等你，你也不用等谁。"四连连长吴明军说，"有的车跑了几十公里都看不到自己人，但只要能赶到战场就是胜利。"

　　这样做，意味着更高风险，也是对各级指挥员的考验。

　　在河北省境内，这个旅偶遇兄弟部队，同样的战车型号，同样的机动方向。不同的是，对方编队井然。吴明军所在的第一梯队官兵困意全无，加足油门往前冲，终于在100多公里后完成了对对方车队的整体超越。

其实，比起劳累，未知的战场才是官兵面临的最大难题。既没有脚本，也不给想定，情报又十分有限，在陌生的环境与陌生的对手交战，旅政委练伟称之为"活的对抗"。

"对手会跑会藏，会耍鬼点子，官兵们必须调动所有聪明才智，发挥主观能动性，才能生存下来。"练伟说，随着部队全域机动作战能力建设被提上日程，官兵的体能、技能尤其是智能在演训活动中被逼向极限将是一种常态。

当然，想要做好并不容易，要学习新鲜的知识，更要摒弃过时的思维。

现在，旅里要求所有基层指挥员搞战术串讲，营长、连长、排长、班长都要讲，既要讲怎么打，也要讲为什么这么打，再看看别人怎么打。

"他们在适应从'听话'到'说话'，我们也在适应从'放手'到'放心'。"练伟说。

信息化的"鞭子"

宋鸦森今年43岁，上校军衔，是旅通信营修理所的所长。战友们都说他老实、踏实，典型的"老黄牛"。但很多人并不知道，早在2008年，宋鸦森就曾口头提出过转业申请，上级领导不同意。

如今，宋鸦森又做好了走的准备。

"我确实到了该被淘汰的时候，这是部队发展的规律。"宋鸦森说，2009年，在转业申请没被批准后，他自费报了个研究生进修班，学了整整一年，勉强能跟上部队的信息化建设步伐。

宋鸦森掰着指头算了一下，从他1996年军校毕业到现在，光是单兵背负电台都至少换了5代。"知识、技术更新的速度越来越快，部队的人才结构自然也应该相应地更新。"他说。

修理所营房前的停车场，见证了宋鸦森所说的更新到底有多快。2011年，初级战术互联网列装，载着新型指控设备的"猛士"越野车出尽风头。但仅仅过了4年，新一代战术互联网高大威猛的8×8轮式装甲车辆就出现在了这里。现在，开设指挥所所耗费的时间，比以往的零头还要少。

◀ 2015年7月2日至8月15日，第20集团军某机步旅奉命赴俄参加国际"炮兵射击能手"竞赛，勇夺单炮赛冠军、季军和接力赛亚军。图为参赛官兵驾驶战车快速通过障碍。（单提哲 摄）

　　对宋鸦森和广大官兵而言，那些性能先进、快速更新的信息化装备，就像抽打在奔马身上的鞭子，既激起兴奋也触发痛感。人民军队机械化、信息化建设的双重历史任务分解到这个旅一茬茬官兵身上的，是催人奋进的紧迫和如芒在背的恐慌。

　　这种恐慌，在部队营区西北方向的一处机场以另一种形式呈现。

　　在那里，警卫侦察连上士高原和他的战友们，带着3架去年5月列装的新型无人侦察机，用从未有过的视角打量着驻地，也打量这支部队通向未来战场的路。

　　没有无人机的日子，他们为了摸清敌情，必须也只能冒险渗透到敌后。

　　"跨越2014-朱日和C"实兵对抗演习中，这个旅10组20名代号为"白狼"的侦察兵，在蓝军阵地潜伏4天3夜，引导炮火成功实施"斩首"行动，高原是其中之一。

　　"挖个坑，把自己藏起来，吃喝拉撒都坑里解决。"高原这样描述在敌后潜伏的生活，"没法活动，没人说话，还要随时防备对手拉网式的搜排，无聊、烦躁、恐惧……"

现在，无人机来了。高原和战友们只需坐在方舱里，便可将数十公里外的敌情尽收眼底，但新的恐慌也随之而来。

"更先进的型号已经配发了，飞得更远、更久，看得更清。"高原指着一排排来自兄弟单位的无人机方舱车辆，语气里有种跟宋鸦森一样的担忧。

闽东：红军两次会师"会"出一支抗日劲旅

陆军第20集团军某机步旅的前身，是中国工农红军闽东独立师。

自1932年9月在兰田暴动中公开打出共产党领导的游击队旗号，闽东红军逐步发展壮大，创建了中央红军长征开始前最后一块红色根据地，牵制了相当数量的敌人，为中国革命增加了战略支点，为长征胜利发挥了积极作用。

翻看那段鲜血写就的历史，我们发现，在闽东这片红色热土上，红军也曾先后两次会师。

第一次会师：红七军团与闽东千余新兵失之交臂

1934年7月，中共中央为了宣传党的抗日主张，推动抗日运动的发展，并调动和牵制敌人，策应中央红军第五次反"围剿"斗争，决定由红七军团组成中国工农红军北上抗日先遣队，经福建到浙皖边，建立新的根据地。

8月中旬，红七军团在闽东红军独立十三团的配合下，解放罗源县城后进入福建宁德境内。正率领闽东红军独立二团在宁德活动的叶飞、詹如柏，闻讯带部队赶来，在宁德赤溪阳谷村与红七军团胜利会师。

这是一次不寻常的会见。在红七军团指挥部里，军团长寻淮洲听叶飞汇报了闽东的情况，向叶飞等人介绍了中央红军面临的形势。

▲ 《中国工农红军闽东独立师成立》油画。（图片由部队提供）

"大块苏区被敌所占，主力红军损失巨大。"寻淮洲说，红七军团入闽前，中央有过交代，要与闽东红军取得联系。

那次见面，寻淮洲留下一些中央文件，让叶飞记下了党中央在上海的联络地址，并郑重提出，闽东红军应在已有的两个独立团的基础上，组建中国工农红军闽东独立师。

寻淮洲还说，红七军团离开中央根据地，长途跋涉，转战千里，兵员补充缺乏来源，伤病员也不易安置，"我们遇到了很大的困难。"

据叶飞回忆，红七军团当时到达闽东根据地时，枪多人少，不少战士背着两支枪，还有民工挑着枪。

于是就有了下面这段见于《叶飞传》的对话：

叶飞："你们要不要补充新兵？"

"你们有办法吗？"寻淮洲颇感吃惊。

"别的没有办法。苏区嘛，群众起来了，这个行。"叶飞又问，"你们要补充多少新兵？"

寻淮洲略加考虑，十分认真地说："300，行不行？"

"行，你们是有枪没有人，不像我们是有人没有枪。"叶飞爽快地答应了。

叶飞这么一说，寻淮洲陡地站了起来，伸出双手："500行不行？最好1000，能不能在3天之内动员好送到部队？"

"不要说1000，3000也不难，就是时间要长一点。7天，怎么样？"

此后的几天里，闽东临时特委发出紧急号召，动员翻身农民踊跃参军，7天时间，便有4000余名青年应征。就在闽东红军从中挑选了1000多人，准备送往红七军团驻地时，敌49师衔尾而至。随军的中央代表曾洪易（后叛变）惧敌怯战，等不及新兵到来，就命令部队撤离，匆忙向闽浙赣边界急进。

更为可惜的是，红七军团的转移路线，不是进入闽东基本根据地，而是直走西部边沿地带。这样，便失去了以闽东苏区为依托与敌周旋，创造条件继续北上的机会。

红七军团匆忙离去，如何安置1000多名被集中起来的翻身农民，成了闽东红军面临的当务之急。如果解散回家，无疑会打击他们的革命热情。闽东临时特委分析后决定，采纳寻淮洲的建议，把这些人补充进红军，建立一支主力部队，连同红七军团留下的100多名伤病员和枪支，成立中国工农红军闽东独立师。

就这样，闽东的第一次红军会师，在庆祝中国工农红军闽东独立师成立的欢呼声中落幕了。

第二次会师：艰苦游击战中的重逢

第五次反"围剿"斗争失败，中央红军被迫进行战略转移后，国民党反动派随即抽调兵力对中央苏区及各革命根据地展开全面"清剿"。

至1935年1月，闽东红军当面之敌，约有10万人。

由于闽东党组织一直没能和党中央取得联系，事先未能对局势有充分了解并做好准备，直到敌人一切部署就绪，重兵已推进到距闽东党、政、军领导机关只剩两天路程时，闽东特委和独立师方才发觉。

▲ 1932年9月初，中共福安县委在福安兰田举行武装暴动，成立闽东工农游击第一支队。
这是反映兰田暴动的油画。（图片由部队提供）

敌我兵力过于悬殊，红军节节失利，苏区面积越来越小。

1月中旬，独立师在西竹岔血战突围，只剩下500多人，跳到苏区外围开展游击作战。

随后，敌人像洪水一样，几乎淹没了整个根据地。他们采取"分兵清剿"的战术，较大的村庄都筑起碉堡，驻上部队，封锁大小路口，由地方反动分子做向导，搜山"清剿"，大批干部、群众惨遭杀害，党组织多数被破坏，革命元气大伤。

两三个月后，也就是1935年3、4月间，敌人以为革命力量已经被消灭，便逐渐把主力部队撤出苏区。闽东独立师抓住这一有利时机，开始秘密筹划返回苏区，进行反攻。

5月，独立师政委叶飞率领独立师一部与许旺领导的游击队，伏击敌浙江保安旅的一个加强连，全歼敌军，缴枪100余支。

这是独立师返回苏区后的第一个大胜仗，敌人散布的"闽东红军已被剿灭"的谎言不攻自破。

独立师乘胜扩大战果——

6月，叶飞等带领40多人化装成划船的、挑柴的伙计，袭击了福鼎港口重镇沙埕的警察局，将守敌一网打尽，缴获了所有枪支。

7月，在福寿地区伏击国民党军，击毙40多人，缴枪70多支。

8月，在宁屏古地区伏击敌保安团，击毙40多人；在龟子山诱击敌军，活捉敌营长以下40多人，缴轻机枪2挺、步枪80多支……

经过几个月的斗争，闽东又变成了红军游击队可以自由驰骋的区域。敌人派出6个团的兵力进行新的"围剿"，但由于独立师群众基础好，情报工作有力，总是能巧妙地避开敌人，并未遭受大的损失。

另一边，北上抗日先遣队于1935年1月在皖南遭10倍于己的敌人包围，粟裕等人收拢少数突围出来的部队，在江西横峰槎源坞与闽浙赣独立师一团组成"中国工农红军挺进师"，全师700余人进入浙西南地区开展游击战争，建立了浙西南游击根据地。

1935年8月，国民党军第十八军4个师全部到达浙西南，对挺进师进行"围剿"。挺进师在突围途中，被围在一个纵横只有30华里的狭小山谷中，处境危殆。粟裕以其沉着冷静的准确判断，把握了敌人的行动规律，经过三天三夜九死一生的拼搏，终于跳出了包围圈，全师仅剩下不到300人。

两个多月后，挺进师辗转来到福建省寿宁县，与同样九死一生的闽东独立师在郑家坑会师。

这次会师后，闽东红军力量进一步壮大，双方紧密配合，取得了一系列胜利，也为此后的北上抗日保留培养了一支劲旅。

风烟滚滚唱英雄
——"英雄儿女"杨根思部队名扬天下

第20集团军某机步旅诞生于1932年9月14日福建福安地区的"兰田暴动"，是我党一手缔造的红军部队。1934年10月，部队发展壮大为工农红军闽东独立师，开辟了我党在南方最后一块重要红色根据地——闽东苏区。

中央红军长征后，部队在长期与上级党组织失去联系、国民党反动派疯狂围剿镇压的情况下，坚持了艰苦卓绝的三年游击战争。抗日战争爆发后，东进苏南，深入华中，创建了苏北革命根据地。1941年2月，整编为新四军第一师第一旅。解放战争中，先后整编为新四军一纵一旅、山东野战军一纵一旅、华东野战军一纵一师、第三野战军二十军五十八师。

1998年10月，由步兵师改编为摩托化步兵旅，是全军第一批实行军旅营体制的单位。2000年10月，改编为全军第一支轻型机械化步兵旅。

在长期的战斗岁月中，部队涌现出了全国战斗英雄、特级战斗英雄杨根思等一大批英雄模范人物。

1944年2月，贫苦家庭出身的杨根思加入新四军一旅一团一营3连9班，开始了南征北战的生活，后历任班长、排长、连长，作战勇敢，屡立战功。在淮海战役中，杨根思先后多次荣立大功、小功，被评为战斗模范，荣获了"爆破大王""华东一级战斗英雄""全国战斗英雄"等光荣称号。1950年，时任连长的杨根思，参加全国战斗英雄代表大会，受到毛主席、朱德总司令的接见。

1950年10月，杨根思参加中国人民志愿军随部队赴朝作战。1950年11月25日，中朝军队发起了第二次战役，11月28日，杨根思奉命坚守1071高地-东南小高岭，负责切断美军南逃退路。11月29日，战斗持续一天一夜，杨根思率领全排接连击退美军8次进攻，当弹药用尽，美军发起了第9次进攻时，杨根思抱起最后的炸药包，冲入敌群，与40多个敌人同归于尽，完成了切断敌人退路的阻击任务。

1952年5月9日，中国人民志愿军领导机关为杨根思追记特等功，并追授"特级英雄"称号，命名他生前所在连为"杨根思连"。1953年6月25日，被追授"朝鲜民主主义人民共和国英雄"称号和金星奖章、一级国旗勋章。中国人民志愿军司令员彭德怀题词赞誉他是"中国人民的优秀儿子，国际主义的伟大战士，志愿军的模范指挥员"。

2009年9月，杨根思被中央宣传部、中央组织部等11个部门评为100位新中国成立以来感动中国人物之一。

"风烟滚滚唱英雄……勇士辉煌化金星！"至今，在杨根思生前所在连队——第20军某机步旅一营3连，每当连队播放电影《英雄儿女》时，战士们总是心潮澎湃、激动不已。影片里有老连长杨根思的影子，他的事迹曾鼓舞激励着亿万中国人民。

在部队营区广场的正中央，矗立着杨根思烈士的塑像，基座上刻着："不相信有完成不了的任务，不相信有克服不了的困难，不相信有战胜不了的敌人。"这是杨根思在朝鲜战场上立下的战斗誓言。

多年来，"杨根思连"坚持以"三不相信"精神来建连育人，每年杨根思牺牲纪念日、连队命名日、新兵下连、老兵退伍，官兵们都要重温老连长用鲜血与生命实践的战斗誓言。2008年2月16日，"杨根思连"再次被济南军区授予"基层全面建设模范连"荣誉称号。

07

秋收起义"红一团"：
强渡转型"大渡河"

"红一团"为什么这样"红"

诞生于秋收起义的"红一团",从井冈山一路走来,南征北战400余次,是中国人民解放军历史最悠久的部队之一。80多年来,部队番号虽历经30余次变更,但"红一团"的称号一直沿用至今。

历史不曾远去,未来战鼓催征。而今,改革强军大潮中,"红一团"正朝着"建设与历史荣誉相称的过硬团队"的奋斗目标,砥砺前行。

栉风沐雨,历久弥新,"红一团"为什么这样"红"?

理念:一支部队为外界熟知,最终靠的是战斗力

不是新型作战力量、不是应急机动部队,从整个中国陆军范围看,不管是比装备还是看担负的任务,作为一支传统摩托化步兵部队,"红一团"似乎已渐渐落后于其他数字化、特战化的兄弟部队。

"面对未来,这支老牌部队能否有一席之地?能否延续发展和生存、赓续红军血脉,进一步擦亮战斗力品牌?""红一团"所在师师长舒可说,部队上下,危机感很强!

危机,意味着危险与机遇并存。关键是如何在这一过程中发现机遇、创造机遇、把握机遇。

"历次改革,大浪淘沙,最后保存筋骨的大都是战斗力强的部队,光靠一支部队的出身和名号不仅走不远,也无法经受时代的考验。"舒可说,"改革为我们提供了一个重新打造自己品牌的契机:应急应战的多面手、转型建设的先行者。"

应急应战的多面手——装备较轻，反应灵活，保障容易，可以较快提高快速反应能力和独立作战能力，充实联合行动能力，打造升级版步兵，增强遂行多样化军事任务的能力水平。

转型建设的先行者——探索新形势下夜战夜训模式，扩展"夜老虎"的传统优势；积极探索步兵特战化训练，为步兵加载特战功能；实施训练监察常态化，训练考核全员化，有训必有考，人人有成绩，过关再升级；建立训练补偿机制，改变训练低层次循环，提升基层训练实战化水平。

理念指引方向，理念牵引行动。当师长三年来，舒可感受最深的是，部队弹药消耗一年比一年多，野外驻训时间一年比一年长，担负的大项任务一年比一年多，官兵打仗备战的心思更加集中。

细节：实战观念要深入人心，就要从点滴做起

春江水暖鸭先知。发展理念所带来的变化，直接体现在基层部队日常生活和训练演练的诸多细节之中。

▲ 2015年3月28日，"狼牙山五壮士班"第40任班长黄小虎传授技艺。（图片由部队提供）

▲ 2011年4月7日，"狼牙山五壮士连队"官兵训练中不抛弃、不放弃，齐心协力完成奔袭。（图片由部队提供）

2011年5月18日，"红一团"官兵正在进行实兵实弹演习。（图片由部队提供）

　　我们在"红一团"看到，上至团长，下至列兵，官兵们的迷彩服、作战靴几乎个个都受到不同程度的磨损，不少官兵作战靴鞋底磨损情况还很严重，迷彩服也被刮破，就连团宣传股杨佳林干事——这个经常拿笔杆子的"秀才"，迷彩服上也留着铁丝刮破的痕迹。

　　"除了周三、周末穿常服外，其余时间都要穿迷彩服，并且规定周二、周五必须穿作战靴参加高强度训练和战备演练，战术考核必须穿作战靴。"杨佳林说，"穿迷彩服和作战靴的时间比以前更多，训练也更加扎实，衣服和鞋磨损得自然就快。"杨干事告诉我们，近三年来，他已经穿坏了两双作战靴。

　　南方多雨，我们在"红一团"时，几乎天天阴雨绵绵。然而，在营区内却见不到一个打伞的：不论是上下班，还是露天活动，官兵们个个穿着部队配发的制式雨衣。

　　"战场上会有人打伞吗？实战观念要深入人心，就要从点滴做起，干部更要做好表率。""红一团"团长姚智翮告诉我们，前些年每逢下雨，营区里花花绿绿的雨伞到处是，反而把配发的雨衣束之高阁。"只有将实战化理念融入生活点滴，才能实实在在为提高打赢能力而练。"

2016年3月底，一场不打招呼的战备拉练在"红一团"展开。演练中，紧急集合、掩体构筑、野外宿营、战斗勤务、渗透袭扰等多种实战化课目连贯实施、硝烟味甚浓。

这其中，一个小小的、看似不起眼的米袋子，令人耳目一新。

晚上宿营时，按计划是吃热食，战士们纷纷从背囊里掏出米袋，生火做饭，下士曾焕基的米袋上收紧袋口的布条上甚至还打着结。

"最近米袋用多了，布带断了，我将它结起来。"曾焕基告诉记者，以往战备拉练，米袋只是作为战备物资携带，野炊时并没有动用里面的米。"以前米袋里面的米一放就是几个月，甚至一年都不动。现在每次拉练都要求食用米袋里面的米，米袋不再是应付物资检查的'摆设'，而是实实在在为了打仗而备。"

传承：红一团为什么这么"红"

翻阅厚厚一册"红一团"团史，80多年来，"铁心跟党走、永远忠于党"始终是流淌在这支部队的血脉灵魂：只要党旗所指，必定一往无前、冲锋陷阵，甘于牺牲决胜；只要党的事业所需，必定前赴后继、无怨无悔，甘于奉献一切。

"信念坚定、不畏艰难、英勇不屈、敢打必胜，是根植在每名官兵身上的红色基因。""红一团"所在师政治委员方明说。

坚持弘扬传统不断线——近年来，"红一团"广泛开展以"学传统历史、读传统书籍、讲传统故事、唱传统歌曲"为主题的系列活动，确保红色基因代代相传。每当新兵下连、新干部到任，第一件事就是参观团史馆，感悟英雄伟业。每逢英雄连队连庆，都会邀请曾在团队战斗和工作过的老首长、老前辈讲历史、话传统；每年都会组织评选"感动红一团先锋人物"和"强军先锋"，让青年官兵在学典型、找差距、定目标中，增进行动自觉。多年来，虽驻地偏僻、条件艰苦，但一代代"红一团"官兵始终默守忠诚，甘把艰苦当财富。

2015年7月，原总政宣传部与中央网信办专门到"红一团"联合举办"网络名人进军营"活动，该团官兵坚持弘扬传统不断线的事迹，赢得了全体媒体记者

▲ 2015年3月25日，"红一团"官兵集体向党旗宣誓。（图片由部队提供）

和网络名人的纷纷赞叹：英雄形象依然鲜活，英雄本色没有褪色。

坚持突出荣誉激发活力——近年来，"红一团"在全团大力推行"功臣进连史"仪式，现场为比武夺魁、立功受奖的个人宣读表彰通令、披红戴红，把功臣姓名庄重写进团史馆、连荣誉室的"功臣榜"，持续激发官兵的荣誉意识。大力开展"大渡河十七勇士新传人""狼牙山五壮士新传人"等评比竞赛，将训练成绩与评功评奖和提拔使用挂钩，有效激发官兵精武建功的激情和动力。

"近年来，'红一团'先后涌现出以全军爱军精武标兵、军事三项冠军吉勾日且、刘传波等为典型的训练尖子。"方明说，"师里每年组织的基础课目比武，'红一团'都是全师尖子人数最多的单位。"

坚持融入实践砥砺担当——近年来，"红一团"坚持把弘扬优良传统转化为官兵敢打必胜的信念和能力，结合担负的阅兵、夜训观摩等重大演训任务，激励官兵在做好样子中争当红军传人、争做"四有"军人。每逢训练演习、大项任务，都会组织官兵在英模雕塑前宣誓，激励官兵当先锋、打头阵、唱主角，部队连续三年被原广州军区评为"全面建设先进旅团单位"。

"'红一团'的'红'，是根子上的红，是铁心向党的红，是牺牲决胜的红，是信念永驻的红。"方明说，"改革大潮中，尽管老旧部队指的是我们这种纯摩托化部队，但未来作战，我们仍有生存发展空间。我相信，轮到我们传统陆军出场时，'节目'会同样精彩！"

踏碎关山风火路，吟成横刀马上歌

我的父亲杨得志，自1934年1月至长征结束，始终担任第一军团第一师第一团的团长，率领部队担负了中央红军战略转移的先遣任务。

突破乌江天险

1934年10月17日，杨得志和他"红一团"的战友们从雩都县梓山镇水口村的山峰坝渡口，跨过雩都河踏上战略转移的征程。红一方面军离开中央苏区根据地向西突围，先后突破了国民党军的三道封锁线。当红军遭受重大损失最终突破敌军在湘江布设的第四道封锁线后，蒋介石急忙调整部署，企图将中央红军消灭在去湘西与红二、六军团会合的途中。中央红军在国民党军队四面围堵的情况下，选择经广西进入敌军相对薄弱的贵州。1934年12月18日，中央革命军事委员会（简称"中革军委"）在黎平会议上接受了毛泽东的正确主张，放弃原定去湘西与红二、六军团会师的计划，改在川黔边建立新苏区，决定立即抢渡乌江、攻占遵义城。

杨得志率"红一团"强行军向西疾进，占剑河，越施秉、黄平，于1934年12月28日占领余庆，1935年1月1日占领龙溪镇的回龙场渡口。对岸有黔军的一个团防守，企图凭借乌江堵截红军，等待国民党中央军来援。

乌江是贵州省最大的河流，江面宽200多米，水深流急，两岸悬崖绝壁，难以攀登，素有"乌江天险"之称。"红一团"前卫营一进到江边，对岸敌人就开了火。杨得志命令军团加强给"红一团"的几门三七小炮对敌人山顶火力点压制射击，同时对敌人的兵力配备情况进行火力侦察。几炮过后，山顶的敌人就躲到山背后去了。

杨得志立即派出部队分别到沿江附近的村庄收购船只、木料，准备渡江。但敌人早对南岸的村庄进行了严重破坏，红军连一块木板都找不到，用船渡江显然不可能了；架桥没有材料，且水流太急，敌人又居高临下，也不行；凫水更不行，湍急汹涌的波涛毫不费力就可以把人吞没。站在风夹雨雪的江滩上，杨得志对过河做了多种设想又一个个被自己否定。

对岸的敌人看红军炮击后没有动静，又回到原阵地向岸边射击。杨得志拿起望远镜观察对岸山顶的敌情，忽然发现江中漂着一根粗竹，随着波浪冲击起伏。杨得志不由自主地喊出："扎竹排！"很快找来许多粗细、长短、干湿不同的竹子，用麻绳、草绳、竹皮，甚至绑腿都用上，捆扎好一个一丈多宽、两丈多长的竹排。战士们纷纷要求首先渡江，最后从前卫营挑选了8名水性好的同志，确定傍晚开始试渡。

竹竿和木棍代替船桨，竹排缓缓离开浅滩划向对岸。全团同志紧盯着竹排，10米，15米……竹排艰难地冲过一个个险浪，一会儿被浪托出江面，一会儿又好像被江水吞没，一会儿又像是被礁石卡住不动了……真难啊！大约过了几分钟，杨得志团长听到有人"哎呀"大叫了一声，急忙举起望远镜，隐约看到竹排在江心斜立起来，汹涌的江水霎时间把竹排推翻，迅速冲向下游。8位勇士成了8个黑点在浪涛中时隐时现，不一会儿，完全埋进了漩涡，再也没有浮出水面。岸上的喧嚷声一下子静了下来。江水的吼叫代替了同志们对战友的呼唤。

"再扎竹排！"杨得志大声吼道。他清楚地知道，除了扎竹排，没有第二种指望！战士们也没有被刚才的情景吓倒，立即动手捆扎新的竹排。一营营长孙继先挑选了十几名战士，在下游一侧水流较缓的地方再次出发，不同的是竹排扎成双层底板，面上也增加了几个扶手。

天全黑了，竹排离开浅滩，渐渐地竹片打击水面的声音也消失了，只有呼号的寒风从耳边掠过。杨得志心里十分焦急，如果竹排再出了问题，天一亮，一切暴露在敌人火力下，那……

"乓！乓！"对岸传来两声枪响。是敌人的冷枪，还是我们的信号？杨得志深深地吸了口气。"乓！乓！"又是两枪，"是从山下传来的！"政委黎林惊叫起来。杨得志无法抑制内心的喜悦，大手一挥，"开船！"早已整装待发的另一只竹排立即离岸，我们的机枪、步枪、三七小炮也一齐开火，掩护竹排破浪启程。

不多久，对面山顶红光闪闪，不时响起手榴弹在敌堡中的爆炸声，说明我们的勇士已经登上了敌人的山顶。杨得志对政委说："我们坐排子过去！"他们到达对岸，立即指挥后续部队扩大登陆场，夺占了敌人全部阵地。1935年1月1日的夜晚，"红一团"率先突破了天险乌江，确保主力部队顺利过江。

1935年1月7日红军迅速夺占了遵义。15日至17日，中共中央政治局在此召开扩大会议，终止了"左"倾路线在军事上的错误指挥。这就是我党历史上著名的遵义会议。

强渡大渡河

遵义会议恢复了毛泽东同志在中央的领导地位，之后中央红军经过四渡赤水、南渡乌江、威逼贵阳、乘虚入滇一系列行动，把围堵红军的敌军拖得疲惫不堪，始终弄不清红军到底要向哪去。1935年5月9日，中央红军2万多人全部渡过金沙江，进到四川西南部的会理地区。国民党军追兵赶到江边时，红军已经隔江休整了几日。5月12日，中央政治局在会理县城郊外的铁厂召开扩大会议，决定抢渡大渡河，北上与红四方面军会合。根据中革军委部署，15日杨得志奉命率"红一团"沿会理向西昌方向急进，16日在半站营、八斗冲一带击溃国民党川康边防军1个旅的拦阻并乘胜追击，17日占领德昌。21日中央红军从冕宁县泸沽地区分兵两路北进，主力经过彝族区向石棉县安顺场前进，另以一个团沿西昌到雅安的大道前进，迷惑牵制敌人。此时，蒋介石认为消灭红军的难得机会来了，因为1863年太平天国翼王石达开率4万余众走的就是这条路，渡河未成，全军覆没在大渡河畔。蒋介石一面命川军3个旅在泸定至富林之间布防堵截，一面命薛岳率国民党军加紧追击中央红军。

大渡河是岷江最大的支流，两岸丛山耸立，河道陡峻，险滩密布，水面约300米但水流湍急。又一道天险横在红军面前，如果不能突破大渡河敌军防线，整个中国革命的命运将无法预计。杨得志率"红一团"通过大凉山彝族区后，冒雨经过一天一夜140多里的急行军，5月24日夜赶到大渡河南岸离安顺场十几里的一个山坡上。

安顺场是个近百户人家的小镇。敌人为防我军渡河，经常有两个连在这里防守，并把当地所有船只都抢走、毁坏，只留一条船供他们自己过往使用。军委总部命令，要求"红一团"连夜偷袭安顺场，夺取船只，"抢渡"改为强渡。杨得志团长与黎林政委分工，政委带领二营至安顺场渡口下游佯攻，牵制敌人；杨得志带领一营夺取安顺场。

天漆黑，雨下个不停，部队踏着泥泞小路疾进。接近安顺场时，杨得志命令一营分成三路前进。安顺场的敌人做梦都没想到红军会来得这么快，根本没有戒备，不到30分钟两个连全部被红军打垮。

部队突进时，杨得志来到路旁一间茅屋向老乡了解船的情况，突然听到屋外警卫员喊道："不许动！缴枪不杀！"原来是几个管船的敌兵，听到枪声跑来问情况，正好送上门来。杨得志让警卫员把俘虏交给一营，尽快弄船来。这只船，成了"红一团"强渡大渡河唯一的渡河工具。

有了船，还要有船工。一营立即派人到周围山沟里去找船工。1个、2个、3个……等找来十几位船工，天已经大亮了。杨得志举起望远镜清楚看到，对岸离渡口不远处有个四五户人家的小村庄，渡口附近有敌人几个碉堡，旁边都是岩石。他估计敌人隐藏在小村里，待红军渡河人员接近渡口时就以反冲锋迫红军下水。杨得志随即命令炮兵连（军团配属给"红一团"的）3门迫击炮和数挺重机枪占领射击阵地，轻机枪和特等射手也尽量靠前配置。

火力部署好了，剩下的问题还是如何渡河。一只船容不下多少人，必须组织一支坚强精悍的渡河奋勇队。一营的战士都争着要参加第一船强渡，一营长孙继先从二连选出16名干部战士，这时，刚参军不到4个月的贵州籍战士陈万清哭着要参加奋勇队。孙营长激动地看着杨团长，杨团长觉得这种精神对全团也是个鼓舞，点头示意。陈万清破涕为笑，飞跑到16个人的队列里。一支17人的渡河奋勇队组成了，他们是：二连连长兼奋勇队长熊尚林、二排排长罗会明、三班班长刘长发、副班长张表克、战士张桂成、肖汉尧、王华停、廖洪山、赖秋发、曾先吉、四班班长郭世苍、副班长张成球、战士肖桂兰、朱祥云、谢良明、丁流民、连部通讯员陈万清。奋勇队员们每人带一把大刀、一支冲锋枪、一支短枪、五六枚手榴弹和其他必要的作业工具。

当地这种船一次只能承载17人，除必须上8名船工外，载员最多9人。杨得志决定分两次输送，第一批熊尚林带领，第二批孙继先带领。"红军的希望就在你们身上！"5月25日早上7点，渡船在热烈的鼓动声中离岸。

担任掩护任务的炮火、机枪一起开火。神炮手赵章成精确瞄准对岸的工事，随着炮弹的爆炸声，敌人的碉堡飞向半空中。

船工一篙一篙拼命撑船，渡船随着汹涌的波涛颠簸奋进。四周飞溅着子弹打起的浪花。突然，一发炮弹落在了船边，小船剧烈地晃荡起来，起伏了几下又平稳下来。对面山上敌人集中火力对船射击，企图阻止渡船前进。一梭子弹突然扫到了船上，杨团长从望远镜里看到，一位战士急忙捂住了手臂，同时渡船飞快向下游滑去几十米，撞在一块大礁石上。只见几位船工跳下船，在难以停留的急流中拼命用背顶着船，船上的船工尽力用篙撑住，他们密切协作，渡船终于脱离险境。

渡船靠对岸越来越近，渐渐只有五六米时，勇士们不顾敌人的疯狂射击，站起来准备跳上岸去。突然，对岸的小村子里冲出一股敌人涌向渡口。"给我轰！"杨得志大声命令。"轰！轰！"又是一阵炮火射击。在我军猛烈的火力掩护下，渡船靠上了对岸，勇士们迅速跳上岸去，一排手榴弹，一阵冲锋枪，很快占领了渡口工事。

渡船返回我岸，孙继先营长率领奋勇队的另外8名战士立即开船。第二船的勇士和第一船的战友们会合后，敌人仍在拼命挣扎，一次又一次地发起反扑。我们的支援火力集中射向敌群，勇士们锋利的大刀在敌群中左砍右劈，号称"双枪将"的川军向大渡河下游逃窜。

杨得志和"红一团"没有辜负中革军委及全体红军战友们的期望,在大渡河绝地把死路变成活路,为中央红军北上打开了一个缺口,开辟了一条通路,在中国革命战争史上写下了光辉的一页!

孙继先和奋勇队共18名勇士在强渡大渡河的战斗中无一人牺牲,中革军委为他们每人颁发了一枚"红星"奖章(中革军委自1933年起在红军中颁发的第一枚奖章,也是我军奖章制度建立的起点)。但经过抗日战争、解放战争、抗美援朝战争等残酷斗争后,1955年只有孙继先参加了授军衔,其他17位勇士均下落不明。

闯出人间炼狱

如果说,中央红军从1934年10月17日离开中央苏区后,一直在与国民党军一场接一场地进行殊死拼杀的话,那么大渡河战役后,威胁红军生存更直接的因素,便是极其恶劣的自然环境。红军在长征中所遭遇的难以想象的困难,是父亲对我们进行传统教育时必讲的重要内容。

1935年6月3日,中央红军迅速脱离大渡河谷继续北上。薛岳所率的国民党军队同样被大渡河天险所拦,只能看着红军的背影哀叹。6月8日,红军突破敌人芦山、宝兴防线,进到夹金山脚下的大硗碛地区。夹金山是中央红军长征途中翻越的第一座大雪山,海拔4000多米,终年积雪,空气稀薄,没有道路,没有人烟,气候变幻无常,时阴时晴,时雨时雪,忽而冰雹骤降,忽而狂风大作,有"神山"之称。衣着单薄的红军指战员们,要越过这人迹罕至、禽兽无踪的大雪山,困难和威胁是可以想见的。

上级要求所有人员准备白酒、辣椒等发热和抗寒的食品,还要每人备一根拐棍。靠近大雪山村庄很少,即便有几个小村庄也只是三五户人家,且都非常贫穷。虽然老乡家有酒,红军也有钱,但在那里,酒是老乡从几十里外买来的生活必需品,买了他们的酒就等于"与民争食"。尽管红军不少同志身上只有破旧的单衣,甚至还有人穿着不过膝盖的短裤,冻得周身发抖,但要开口买酒仍难以启齿。父亲在讲到这里时说："我们翻过雪山便可以脱离这高寒地区，而乡亲们要久居此地，不忍心啊。还是多买些当地可以生长的辣椒吧。"

上山下山70里左右的路程，必须在五六个小时内走完。团领导分工：政委带着伤员、病号走在前面防止掉队，团长走中间指挥部队，参谋长带担架走后面收容。开始行进时还有路，走出一个多小时就没路了，雪地更滑，气压更低。有的在冰路面上滑倒想站起来都很困难，有的因缺氧嘴里吐着白沫。后来父亲对我们讲，"每迈出一步都要付出巨大的努力。腿肚子里像灌了铅，沉得怎么也抬不起来，胸口上像压着石块透不过气来，心跳得特别快，好像一张嘴就会蹦出来。"

翻越夹金山，中央红军与红四方面军这两支各自为战的英雄部队会合在一起，壮大了红军的力量。但中革军委发现，红军所在的大、小金川及周围的川西北地区经济落后，多系少数民族聚居区，语言风俗均不通，不利于红军生存发展，不适合建立根据地。决定放弃遵义会议制订的计划，继续北上，到川陕甘建立根据地。

从毛尔盖到班佑要经过数百公里纵深的茫茫草地，气候恶劣，迷雾、风雨、骄阳、飞雪变化无常；无路无人烟；草丛下沟潭交错、泥泞不堪，腐草结成的"地面"一不小心陷进去就不能自拔，不少同志献出了生命。

我好奇地问父亲："你们粮食吃完了怎么办？"父亲回答："吃皮带，吃皮鞋，吃皮包，吃所有能吃的东西，以维持体力。如果下雨就赶紧接点雨水喝，没有雨水就接马尿喝，水泡子里的水有毒不能喝，但是马有个本领，天生就会辨别食草，所以马尿是无毒的。尽管如此，也不是人人能喝上马尿，因为活下来的马太少了。"

就在部队快要走出草地时，一天早上，团参谋长向杨得志报告，一营一个班的同志背靠背坐在草地上牺牲了！他们一个个像睡熟了一样，停止了呼吸。父亲后来对我们讲，当时并没有这种知识，实际上是因为沤烂的草会散发沼气，那天夜里气压低，空气不流动，造成呼吸中毒。

杨得志让同志们把牺牲的战友就地掩埋。红军帽和战士们采的野花端放在坟前，把他们的姓名、籍贯、单位刻在拐棍上。行进的队伍经过烈士墓，有人低声抽泣，更多的人两眼凝视着拐棍上的名字，无声无息，更增添了庄严和肃穆。一位老炊事员终于开口了："同志们呐，好好休息吧。我们谁也忘不了你们。等革命胜利了，再来看你们！"

红军翻越了雪山！红军战胜了草地！从今以后，再也不能说雪山草地是无人经过的绝地了！那里不仅留下了中国工农红军的脚印，也留下了他们年轻的生命！

1988年初，刚刚离开中国人民解放军总参谋长岗位的父亲，回到1928年他参加红军时的湖南郴州，出席纪念湘南起义六十周年活动。忆起当年一同报名参加红军的25位工友，不到一年就只剩下他一个人，后来又有多少不知姓名的战友牺牲在他的眼前……他激动地写下这样一首诗：

> 六十沧桑从何说？感慨郴州举镖梭。
>
> 纤尘幸留小痕印，滴水远去大江河。
>
> 踏碎关山风火路，吟成横刀马上歌。
>
> 若问来路英雄人，无名更比有名多！

（作者为杨得志将军之子杨建华）

背景链接

"红一团"经典之战：击毙"名将之花"，血战狼牙山

"红一团"诞生于1927年毛主席领导的秋收起义，1927年9月27日"三湾改编"时列编为工农革命军第一军第一师第一团，1928年4月，"朱毛红军"会合后红一团改编为中国工农红军第4军第31团，后经多次转隶整编，于1933年8月1日，在江西省永丰藤田改编为红一方面第一军团第一师第一团。

抗日战争爆发后，1937年8月改编为八路军115师独立团一营。1937年12月恢复团的建制，编为晋察冀军区一分区一团。1944年2月西返延安，担负保卫党中央、毛主席的重任，1944年3月编为陕甘宁边区教导二旅一团。解放战争时期，部队挺进东北，于1948年11月改为中国人民解放军第48军142

师424团。新中国成立后经多次转隶移防,1985年10月,改为陆军第42集团军某步兵团。

在89年的辉煌历史中,"红一团"先后出色完成了"强渡大渡河"、黄土岭歼灭战、血战狼牙山、鏖战密云城等战役战斗,成为军史上的不朽经典。

1935年5月25日,"红一团"二连17名勇士,在团长杨得志和营长孙继先的指挥下,利用仅有的一条小木船,在仅有几十挺轻重机枪和3门迫击炮的掩护下强渡大渡河,抢占了大渡河北岸渡口,为后续部队渡河创造了有利条件,粉碎了蒋介石企图把红军变为"石达开第二"的迷梦,为长征的胜利作出了重要贡献,17名勇士均获中革军委授予的"红星奖章",二连被誉为"大渡河连"。

此后,二连将"听党指挥、勇往直前、敢打必胜、顾全大局"的大渡河精神作为连队精神,先后参加了激战黄土岭、攻打锦州以及同登、谅山歼灭

▲ "狼牙山五壮士"幸存者葛振林回老部队参加狼牙山战斗35周年纪念活动。
(图片由部队提供)

战等著名战役战斗，相继荣获"大渡河连""大龙华歼灭战英雄连""光荣尖刀连""突击英雄连""全面建设模范连"等荣誉称号。2005年来，二连连续10年被师以上评为"先进连队"和"标兵连队"，先后荣立集体三等功3次。

1939年10月，日军调集2万余人，对晋察冀地区晋察冀边区重重包围，实施冬季大扫荡，被日寇誉为"名将之花"的阿部规秀中将，亲率"精锐师团"企图寻歼我一分区主力。"红一团"和兄弟部队一道，进行黄土岭歼灭战。11月7日，"红一团"奉命在黄土岭伏击敌人，炮手李二喜准确命中敌指挥所，成功实施"斩首行动"，击毙日军"名将之花"阿部规秀中将。这一重大胜利，振奋军心、激发斗志，彻底粉碎了日寇妄图消灭我抗日根据地的企图。炮手李二喜所在连队被誉为"黄土岭功臣炮连"。

1941年9月25日，日军两千余人围攻河北易县狼牙山。"红一团"七连六班马宝玉、葛振林、胡福才、胡德林、宋学义5名战士为掩护主力部队和群众转移，坚守狼牙山棋盘陀，与敌激战5小时，将敌人一步步引向悬崖绝路，子弹打光后，视死如归，宁死不屈，毅然决然砸枪跳崖。"狼牙山五壮士"坚贞不屈的革命气节，已成为中华民族的精神象征。

战后七连被誉为"狼牙山五壮士连"，1959年5月，聂荣臻元帅为狼牙山五勇士纪念塔题词："视死如归本革命军人应有精神，宁死不屈乃燕赵英雄光荣传统"。从此，七连将"视死如归、宁死不屈"当作连魂，1999年被原广州军区授予"全面建设模范连"荣誉称号。自1994年以来，连队已连续22年被集团军以上评为"标兵连队"。

1948年12月3日，"红一团"担任夺取密云城主攻任务，经过轮番激战，五连攻入城内后，与敌人展开激烈巷战，在全连战剩38人的情况下，个个志豪胆壮，把把刺刀见红。此役，"红一团"共歼敌500余人。密云城战斗是第四野战军向关里进军的第一仗，为我军挺进华北、包围北平扫清了道路。战后，"红一团"三连被师授予"英勇顽强连"称号，五连被师授予"密云尖刀连"称号，九连获师"勇猛机智"奖旗。

▲ 1935年5月25日，17勇士强渡大渡河。（图片由部队提供）

08

"平江起义团":
陆军信息化部队建设探路者

平江起义团：陆军"信息化"变革开路先锋

　　信息化（即数字化）部队，代表了当今世界各国尤其是军事强国美国军队发展的最高水平。

　　在人民解放军的编制序列中，诞生于平江起义、经受过长征洗礼的中部战区陆军第38集团军某红军团，如今已建设成为中国陆军第一支信息化部队，作战能力已发生本质变化，代表了中国陆军发展最新成就。

　　与机械化部队相比，信息化部队有何不同？中国信息化部队建设水平如何？在信息化转型过程中官兵们经历了哪些阵痛？请跟随我们走进这支备受关注的雄师劲旅，揭开它的神秘面纱。

▼　"9·3"阅兵期间，红军团作为装甲装备第一方队通过天安门。（图片由部队提供）

使 命

从彭德怀元帅88年前亲手创建伊始，红军团转型发展的每一步，都走在了人民解放军的最前列。

团长张炎东介绍，从第一支摩托化部队，到1985年成为我军第一支机械化部队，再到如今的第一支信息化部队，红军团一直是人民解放军现代化建设跨越式发展的试点先行单位。

"蹚新路，作示范，是我们义不容辞的神圣使命和责任！"张炎东说。

特别是在2009年，团在师编成内再一次被确定为全军信息化建设试点先行单位，争取用几年的时间，建设成为我军第一支具有"信息主导、体系支撑、精兵作战、联合制胜"鲜明特点的信息化部队。

在张炎东看来，这一次的转型升级，更具有划时代的意义。

20世纪90年代的海湾战争中，全世界都看到了美军数字化部队的强大威力。1997年，一份美军数字化部队的作战试验报告指出，数字化部队比非数字化部队的战斗力提高3至6倍。

何为信息化部队？张炎东解释道，信息化部队就是以计算机网络为支撑，通过数字通信技术和智能化装备，实现从指挥部到单兵信息联网的部队。指挥部能够看到前线每一名单兵的各种信息，单兵能调阅卫星信息、了解其他部队位置、呼唤地面和空中火力，不同军兵种能在共享信息的基础上融合作战。

张炎东认为，与机械化部队相比，信息化部队具有作战行动更迅速、作战指挥更简单、作战保障更便捷、作战能力更强等优势。

"比如，机械化条件下，火炮首发命中率约40%，而信息化部队火炮首发命中率则提高到70%以上。在反应速度方面，信息化炮兵火力反应时间仅为机械化炮兵的二分之一，甚至更短。炮兵连火力反应时间在40秒以内。"张炎东说。

如今，在这个具有光荣历史的英雄团队，作战理念已发生很大变化，每一名官兵都意识到，未来战争中，信息力将成为战斗力的倍增器，打节点、毁中枢、破体系将成为陆战的重要作战样式。

▲ "北剑-1410（s）"实兵对抗演习中，该团
坦克攻击群在出发阵地待机 。〔施振 摄〕

信息化素养，正成为这个红军团区别于其他部队最鲜明的特点！

阵　痛

早在1994年，美国陆军就启动了数字化，2000年，其第四机步师已实现数字化。在信息化部队建设领域，中国军队无疑是后来者。

作为中国陆军信息化部队建设的开路先锋，奋起直追的红军团官兵在实现从机械化到信息化的跨越征程中经历了一个又一个阵痛。

"最难转变的是观念。"二级军士长丁辉，是该团有名的"兵王"，1999年、2009年和2015年三次参加天安门阅兵，其中两次驾驶坦克"第一车"、一次驾驶"基准车"。

当多年前99A式坦克开进营区时，这位驾驶过16种车型的特级驾驶员、特级车长、特级炮长，感受到的最大变化就是信息化装备把电脑和数据链搬上了战车。

"许多战友还按旧有的机械化模式组训，很快在智能化装备面前败下阵来。"丁辉回忆，卫星导航使用复杂，新研制的数字电台不仅价格昂贵，而且难操作……面对嵌入99A式坦克和04A式步战车上的这些"新玩意儿"，许多经验丰富的训练尖子和老骨干普遍产生"还不如不用"的情绪。

团政委刘华生和团党委"一班人"利用一切机会扭转部队习惯思维和传统做

▲ "卫勤使命–2014"演习中，该团官兵向预定地域机动。（李斌 摄）

▲ "和平使命–2014"演习中，该团突击分队向目标阵地冲击。（图片由部队提供）

法，在部队掀起学习信息化知识的热潮。

"团班子成员带头讲授信息化建设理论，梳理出12种不相适应的观念，组织解放思想大讨论，让每位官兵冲破羁绊，踏入'信息之门'。"刘华生说。

观念一变天地宽。经过多年的筚路蓝缕，红军团探索出一条信息化部队建设路子：编写了信息化部队训练与考核大纲，为陆军信息化部队提供了第一部训练法规；组织编写了20类装备41本操作使用手册、教材教范……

我们看到，办公楼、宿舍等都是几十前的老建筑，唯一新建的就是"两室一站"——数据管理站、网络管理站和情报整编室。

"信息就是战斗力！"刘华生说，"两站一室"已成为团的"中枢神经"，在历次重大演训活动中发挥了重要作用。

传统的摩托化、机械化时代，沙盘推演是提高指挥员谋略水平和战术素养的重要方式。试点建设伊始，红军团许多营、连长还热衷于沙盘上排兵布阵。

为把排兵布阵从传统的沙盘转移到网上，全团信息化演兵现场会在二营举行。几台安装一体化信息系统的电脑一字排开，全营官兵就绪。营长李泽朝轻点鼠标，作战想定和敌情态势分发到各指挥席位；各指挥席位根据相应作战区域和任务划分迅速研究作战方案，利用指挥平台的数据库查询敌我兵力兵器对比、地形地貌、气象水文、电磁环境等信息，通过网络研究战法，部署兵力兵器，并在态势图上标绘上传。

此后，计算机取代了沙盘，全团官兵人人成为网上排兵布阵高手。

仅用了3年多时间，红军团官兵就摸索创造了信息化训练的"点、线、面、体"四步训练法等40多个训法。

面对实战化之险、信息化之难，红军团以强烈的使命和忧患意识，坚持高强度、超极限地锤炼部队，实现了作战能力的脱胎换骨。

2013年7月，红军团开展野战条件下99A式坦克的正向、侧向、反向射击等极限课目训练。

3辆坦克冲出山坳，接着一个大坡度漂移……在剧烈的颠簸和漫天尘烟中，排长闫孟军在指挥全排搜索目标时丢了方向，炮口直指团长所在的指挥所。

当时坦克全部炮弹在膛，随时可能开火。练兵要不要担这么大风险？团党委态度坚定："训不在危中施，兵不在险中练，信息化带来的战斗力就是虚的！"

此后，部队成功完成从排到连规模的大速度横向射击，并完成了后退射击、急转弯射击、向后射击等课目，99A式坦克实现了依托信息系统在高速机动中360度全方位打击。

蜕　变

2015年9月3日上午，举世瞩目的中国人民抗日战争暨世界反法西斯战争胜利70周年大阅兵在北京天安门广场隆重举行。

行进在27个装备方队最前面的，就是红军团官兵驾驶的我军最先进且完全信息化的99A式主战坦克。

99A式坦克主要用于压制、消灭反坦克武器，摧毁野战和坚固防御工事，歼灭有生力量。该坦克配备大功率电控柴油机、液力机械综合传动装置和性能先进的火控系统、信息系统，具有实时战场感知、高效指挥控制、快速机动突击、精确火力打击、信息综合防护等特点。

然而，这并非红军团官兵驾驶99A式坦克第一次公开在世界面前亮相。

2014年8月24至29日，中、俄、哈、吉、塔五国在内蒙古朱日和训练基地举行"和平使命—2014"上海合作组织联合反恐军事演习。

这次演习，红军团官兵驾驶着99A式主战坦克和04A式履带步兵战车首次亮

该团官兵广泛开展极限体能训练，锤炼官兵坚强意志。
（图片由部队提供）

该团自行火炮射击训练。▶
（图片由部队提供）

相，引起极大关注。

作为具有世界先进水平和我军最先进的步战车，04A式步战车用于伴随主战坦克遂行机动作战任务，具有强大的火力性能，具备全面的信息化能力、全时域打击能力、全域机动能力、全方位综合防护能力。

在那次演习中，99A式坦克、04A式步战车以及配套的一系列成建制、成体系的信息化装备，在红军团官兵手中，借助一体化信息系统融合作战，展现了强大作战能力。

演习中，红军团的作战行动首先在电子信息网络展开，目的是夺取和保持己方的信息优势，削弱对手的信息能力。

"制信息权已经成为夺取战场综合控制权的核心，只有实现战场感知、指挥控制、信息对抗和火力打击高效融合，才能达到发现即摧毁的作战目的。"团参谋长郑宇宏说。

悄然间，红军团迎来一场全新的军事革命——"信息"已逐步取代机械时代的钢铁、火力、速度，成为决定部队战斗力的核心要素。

2013年9月，红军团带着"随遇破击"新战法，作为原北京军区唯一代表队参加全军战法创新演示。

演示中，红军团充分发挥了信息化部队情报多元获取、指挥控制高效、火力打击精确等优势。军委首长称赞道："这才体现了信息化部队的新质作战能力。"

历经4000多次战斗的红军团

1928年7月22日，彭德怀、滕代远、黄公略等人在湖南省平江县发动著名的平江起义，创建了中国工农红军第五军。

到1933年6月，红五军已改编成为红一方面军第三军团第四师，下辖第10、11、12团，其中的第10团就是中部战区陆军第38集团军某红军团1营的前身，第11团5连则是机步团3营8连的前身。

长征中，红四师血战湘江，四渡赤水，巧渡金沙江，强渡大渡河，爬雪山过草地，历尽艰难险阻。

从平江起义的战火硝烟中走来的红军团，历经4000多次战斗的洗礼，为共和国培育出1位元帅、193位将军和1000多名战斗英雄，谱写了中国革命光辉的篇章。

血战湘江：一天牺牲两任团长

1934年11月下旬，始自赣南的长征已40多天了，连续突破三道封锁线的中央红军（红一方面军）抵达广西境内全州、兴安一线的湘江边。

此时，蒋介石已调集40万大军在湘江两岸围追堵截。

迅速突破湘江，冲出敌人第四道封锁线的重围，是关系到中央红军生死存亡的关键一战。

11月27日，红三军团第四师赶到湘江边。28日，10团首先渡过湘江进至界首。

红三军团政治部主任袁国平代表军团长彭德怀亲自赶到10团向团长沈述清和政委杨勇下达命令——

在界首以南光华铺、枫山铺地区构筑工事，保障渡河点，全力掩护中央机关、军委纵队和红九、五军团渡河。

袁国平还要求，要不惜一切代价坚守阵地，没有命令，不准撤出阵地。

与此同时，袁国平还派宣传部部长刘志坚到10团阵地上鼓励红军战士英勇杀敌。

大战一触即发！

就在10团官兵正构筑工事之时，白崇禧的桂军发动突然袭击。

至30日，敌军已向10团阵地发动10多次猛烈冲击，战斗打得异常艰苦惨烈。

团长沈述清指挥一营在坡岗上冲来杀去，在反击过程中被敌弹击中壮烈牺牲。

当天下午，红四师参谋长杜中美接任10团团长。当他交代完三营任务，刚刚爬上二营的山头，又在坡岗上与敌反复争夺阵地的战斗中，光荣殉职。

仅仅一天之内，10团牺牲两任团长，足见战斗之惨烈！

10团在政委杨勇的指挥下，与数倍于己的敌军展开殊死激战。突然，一块弹片飞来，嵌入杨勇的右大腿，他一把拔出弹片，冲出战壕，战士们随之蜂拥而上，与敌人展开了肉搏战。

中央军委原副主席张震时任10团3营营长，他生前回忆，"打得非常艰苦，全营指战员视死如归，英勇作战，但因伤亡过大，一度被转为团的第二梯队"。稍事休整后，张震又率部投入战斗。"敌我双方都没有工事作依托，在江边来回'拉锯'，反复拼杀。"

许多红军老战士后来回忆，人成片成片地倒下，整个湘江都染红了。甚至于当地老百姓还有一条不成文约定，三年不饮湘江水，十年不食湘江鱼。

至12月1日上午，奇迹般地完成掩护部队过江任务后，牺牲400多人的红10团撤离阵地向西转移。

经湘江一役，中央红军从出发时的8.6万余人，锐减至3万余人。

血战湘江，与后来的西路军蒙难和皖南事变，并称为我军历史上三大悲剧。

再占遵义：血战之后又迎血战

1935年2月10日，也就是挽救了党、挽救了红军的遵义会议结束半个月之后，遭受重大损失的中央红军发布《关于各军团缩编的命令》。

根据命令，红三军团取消师的建制，从师长、师政委到连、排长层层下放，全军团缩为4个充实团，原第四师所辖第10、11、12团番号不变。第10团领导班子调整为：团长张宗逊，政委黄克诚，参谋长钟伟剑，政治部主任杨勇。

此时，中央红军已从遵义城撤离，一渡赤水到扎西地区。

2月下旬，毛泽东重新掌握指挥权的中央红军二渡赤水后，三渡赤水前，必须重新占领遵义城。

这又是一场血战！

攻城之前，在强占娄山关的战斗中，红三军团遭受沉重打击：平江起义领导人之一、军团参谋长邓萍被敌人子弹击中头部，英勇牺牲。

邓萍牺牲时，红三军团主力已进至各自位置。27日晚，军团长彭德怀、政委杨尚昆满怀着对战友的哀思，下达攻城命令。

28日零时30分，攻城开始。各个突击组架上云梯，一个接一个地爬上城墙。此时，城内敌军正在睡梦中。经几小时巷战，中央红军再次占领遵义城。

然而，此时，真正的血战才刚刚开始！

当红军重占遵义城时，敌援军已进抵城南的忠庄铺和新站地区。

28日上午，11团奉命前进至红花岗迎击援敌。敌人2个团向11团正面发起疯狂反扑。与此同时，红花岗右侧的老鸭山主峰红10团主阵地，战斗也进行得异常激烈。

战斗至下午，敌人把主攻方向转向老鸭山主峰的10团，攻势一次比一次猛烈。虽然敌人死伤累累，但红10团也出付出了沉重代价——激战中，团长张宗逊负伤，参谋长钟伟剑壮烈牺牲。

后来，敌人又出动飞机进行狂轰滥炸，战斗更加激烈。15时许，敌人凭优势火力、兵力攻占了老鸭山主峰。

战斗已到最紧急关头，红军将士以惊人的牺牲精神，以一当十，奇迹般地击溃敌军。在不怕死的红军将士面前，敌人突然溃逃了。

红军各部乘胜猛追逃敌，红三军团紧追溃敌至鸭溪镇。

敌吴奇伟率残部一个团逃过乌江。他不等败兵全部过江，便下令斩断乌江上的浮桥保险索，1000多名被甩在乌江北岸的敌军，做了红军的俘虏。

此役，连同之前4天内取桐梓、夺娄山关，毙伤敌2400多人，俘敌3000余人，缴枪2000多支，成为中央红军长征以来取得的最大胜利。

当时的党中央、中革军委机关报《红星》报发表社论指出："遵义战役的胜利，是中央红军从反攻以来空前的伟大胜利，是反对五次'围剿'一年半中空前的伟大胜利。"

毛主席亲自指挥咱二连

据红军团政委刘华生介绍，长征最后一仗，毛泽东主席曾亲自指挥红军团二连作战，这是全团官兵最自豪的一段历史。

1935年11月初，中央红军刚刚抵达陕北，蒋介石即派重兵对陕甘革命根据地进行第三次"围剿"。

为粉碎敌人"围剿"，红一方面军在陕西省鄜县（今富县）直罗镇地区对国民党军发起进攻战役。

20日拂晓，战役打响。红二连奉命直扑直罗镇北山。

路上，二连巧遇毛主席，身边警戒力量薄弱的毛主席没有让连队担任警卫任务，而是直接给连长杨国夫、指导员杨树根部署了战斗任务。

"这是连队的巨大光荣。"谈起81年前的那段历史，"平江起义团"一营二连现任指导员刘超仍然感到无比自豪。

敌先头部队第109师师长牛元峰，借助飞机掩护，于20日16时前突进入直罗镇。

直罗镇是一个不满百户人家的小镇，三面环山，北边是一条小河，东面山坡筑有土围子，一条东西大道穿镇而过，地形险要，利于设伏。

红一方面军决定抓住109师比较突出的有利战机，集中两个军团的优势兵力，求歼该敌于直罗镇地区。

毛主席指着西北大山上敌人扼守的阵地，对二连连长和指导员说："牛元峰对这个地方还抱着很大的希望，现在你们连去配合13团，想办法尽快把它拿下来。"

毛主席接着说："你们完成任务后，把队伍压在这条沟口上，敌人从这里逃出来，要坚决堵住，想办法吃掉，不能让他们逃走！"

受领任务后，连长杨国夫针对敌阵地右侧是悬崖峭壁未加强防备的情况，下定了穿崖而过、迂回歼敌的决心，将迂回任务交给四班。

战斗中，待四班迂回到敌后方后，全连集中火力同时开火，争取全歼敌人。

"战斗打响后，全连轻重火力一起朝敌人猛扫，一下子把敌人的火力打哑了，敌人慌乱地把脑袋缩进工事里。"刘超在讲解到这段历史时说，当敌人再伸出来的时候，四班战士早已跃出工事，钻进靠近山崖的灌木丛，迅速沿山崖攀登而上。

不到半个小时，一营守敌，除死伤外，全成了俘虏。

"后来，毛主席在指导员杨树根的笔记本上手书'英勇胜利'四个大字，鼓励官兵们继续战斗，夺取更大胜利。"刘超说，这成为我连后来"战斗不息、奋斗不止"的精神旗帜。

直罗镇战役，红一方面军共歼敌1个师另1个团，毙敌师长牛元峰，俘敌5300余人，缴枪3500余支。被俘人员经过教育被释放回去后，对红军以后同东北军建立抗日民族统一战线起了积极作用。在战斗中，原红8军团政治委员黄甦不幸牺牲。

毛泽东主席说，直罗镇战役是"给党中央把全国革命大本营放在西北的任务，举行了一个奠基礼"。

在这个"奠基礼"中，英雄的"平江起义团"作出了自己的特殊贡献。

09

"神府红军"：
血脉传承八十年

强军路上，神府红军勇往直前

在过去的2015年，第54集团军红军铁甲旅在两项重大演训任务中的优异表现，在原济南军区部队中引起强烈震动。

当该旅受领上级赋予的"超越-2015D"网上指挥对抗演习和"跨越-2015·三界B"跨区实兵演习两项重大任务时，一些人不无担忧："这个旅刚组建3年多，部队新，装备旧，大项演训经验少，而对手都是多年经受实战化演练洗礼的蓝军，弄不好老红军部队这块牌子也受影响。"

▼ 2007年9月至2008年6月，神府红军团奉命组建赴苏丹维和工程兵大队。图为成立大会现场。（图片由闫荣琦提供）

让人意外的是，最终这个旅在网上对抗8个参演单位中战损最小，态势最好，得分最高；在三界地区参演单位中，同样得分最优！

年底，时任军区首长在一次会议上感慨地说："这支部队用全区最老旧的装备打出了最好的成绩！"

从来不信那个邪

这是一场真实版的"亮剑"。

1939年6月，神府红军团300余人与装备精良的日军200多人在山西朔州王老沟村遭遇。打还是撤？团长孙超群大吼一声："碰上了哪有退的道理，是夹生饭也要吃掉它！"8小时生死较量，最终，武士道精神在神府红军团面前彻底崩溃，来袭日军全部被歼。战后，三营七连被120师授予"王老沟英雄连"荣誉称号。

开国上将张宗逊在深情回忆率领神府红军团抗击日寇的激情岁月时，欣然题词："勇往直前！"2015年9月3日，在铿锵雄壮的军乐声中，镌刻着"王老沟英雄连"金色大字的旗帜走过天安门前，接受了全国人民检阅。

这是另一个版本的"集结号"。

1947年3月，率先攻入右玉的神府红军团二营由于没接到上级中途下达的撤退命令，陷入十余倍之敌的重围。即便如此，全营140余名官兵仍与敌展开激烈巷战，直至全部阵亡。最后，剩下的十几名重伤员在一处小院内全部自杀。

一年后的太原攻坚战中，二营特等功臣魏喜顺两次中弹。他把手伸进大腿，取出弹片交给战友，说："我如果牺牲了，你们要继续冲，让敌人看看是他们的碉堡硬还是我们的骨头硬！"是役，二营一下子诞生了"白家庄英雄连""聂家山英雄连"两个荣誉连队。

每当重温旅史，旅教导队队长辛伟峰都会骄傲地告诉身边官兵："在困难面前，神府红军传人从来不信那个邪！"

2012年3月，该旅组建不到4个月，辛伟峰担任警侦连主官还不足3个月，就迎来上级首次考核评估。看到连队轻武器射击考核优秀率不高，这个刚强的汉子

▲ 2015年9月，红军铁甲旅参加跨区演习的铁路输送梯队到达三界站。（武小文 摄）

泪洒沙场。

创业何其艰难！大家刚刚聚集互不相识，四周都是陌生面孔；部队分散在3个营区，机关干部都在连队暂时落脚……迎面而来的首考之痛，并非辛伟峰一人感受强烈。考核中暴露的战斗力建设理念滞后等7类29个问题，像一块块巨石，压在了全旅官兵尤其是旅党委"一班人"心头。

"不怕部队'考糊'、不怕部队拉垮、不怕推倒重来！越是面对挫折困难，越要士气高扬！"旅党委直面问题的战斗动员振聋发聩。

一场攻坚破难、励精图治的追赶赛在反思中展开。

2012年5月，旅炮兵营开始换装某型火炮。根据上级要求，4个月后就要携新装备参考。面对这个近乎不可能完成的任务，旅党委立下军令状。120多天时间里，官兵请专家，查资料，没日没夜猫在50℃的炮车里训练，最终高质量完成了任务。

同年10月底，旅时隔6月后再次接受上级考核评估。18项考核内容、16个兵种专业全部优秀……过硬的成绩让全旅官兵一卸胸中块垒。

目光看向山之外

"没有技术就没有装甲兵。"从步兵改为坦克兵的那一刻起，首任装甲兵司令员许光达大将的这句谆谆教导，就深深刻在了全旅官兵脑海。

去年，当铁甲红军旅120多项革新技术悄然亮相于跨区演习时，原本熟门熟路的蓝军在多次碰壁后直言想不到："想不到一进警戒范围就被他们发觉了，原来他们把生命探测仪改成了警戒探测仪；想不到他们在哨位上设置了战场识别卡，好几拨侦察员都被当场识破。"

战场上的怪招频出，源于该旅演习备战期间开展的军民融合式技术革新。官兵根据战场需求，大胆引进民用设备，再结合战场标准进行技术改造，摇身一变成为"沙场利器"。

对战斗力建设的探索创新，这个旅从来都是这样敢想敢为。

"单车实弹射击训练，能不能借助激光对抗系统让目标随机设置、隐形设置，看战斗员能自主发现几个、打掉几个。"去年初，该旅一个新的训法，让原本四平八稳的坦克单车战斗射击陡然间难度倍增，也让训练场变得危机四伏。

走进旅长陈晓楠的办公室，虽然空间不大，却堆满了作战研究资料，甚至包括了卫生部门降低训练伤的学术研究文章。谈到实战化训练强度大，陈旅长言语中满是急切："再苦再累都不怕，最怕的是落伍，是坐井观天，看不到差距，缺乏危机感。放眼四周，外军作战理念和方式的发展变化可以说是日新月异。我们

2015年9月，红军铁甲旅122榴炮营在三界训练场组织实弹射击。（武小文 摄）

▶ 2015年9月，红军铁甲旅
红四营正在组织誓师动员
大会。（武小文 摄）

▶ 2015年9月，红军铁甲旅
进行三界演习时，无人机
侦查分队正在操作无人机
进行侦查。（武小文 摄）

只有目光始终看向山外，才能跳出兵种局限甚至是国界线，用更为科学先进的理念指导部队建设。"

组建5年来，这个旅先后组织数十拨上千人次集中蹲点摸实情，多次召开按纲建连研讨交流会、转型建设座谈会、发挥旅营体制优势研讨会，在边探索研究边实践验证中不断创新，总结出的《适应旅营体制编制，抓好部队全面建设》等多个做法被上级转发。

骨干是啥样，部队就是啥样

历史，有时竟是如此惊人的相似。

1955年9月，朝鲜——

雨幕下，坦克连战术演习正在进行。铁流滚滚，没想到冲锋却在一个山坡处戛然而止。泥湿地滑，全连没有一辆坦克能开上去。

"让我来！"技师刘远近主动请缨。很快，他一次不停车不熄火把十几辆坦克接连开过了山顶。

2015年9月，安徽三界——

深夜3点，"跨越-2015·三界B"演习环场机动中。当这个旅履带分队行进到仅容一辆车通过的大下坡地段时，车队首车制动器突然反应迟钝，全车人员冒出一身冷汗：继续前进则随时存在制动失灵滑下深沟的危险，停车检修则会延误整个机动进程。

"让我来！"装步一营技师王红强赶来简单一看，拾起一把细沙撒在了制动带上，随后跃入驾驶室，直到车辆驶出危险地段。

说起"将军三试神枪手"的故事，铁甲红军旅官兵至今仍然津津乐道。

那年3月，上级工作组来旅拉动考核。在射击考核现场，刚刚全副武装跑完5公里的装步二连班长宋跃华5个点射打出上靶9发的好成绩。

看着密集的弹着点，一位带队的将军严肃地说："点射弹着点这么密很难，很有可能是作弊。"一句话让在场的旅领导顿时紧张起来，都神情凝重地看着靶子旁边的宋跃华。

这时，宋跃华一声响亮的报告："首长，我请求再打一遍！"

"好！"这个报告引得将军饶有兴致，却让旅领导心中捏了一把汗。

"啪、啪……"又是一阵枪响。靶纸送来，弹着点依然密集，子弹却多上了一发。

"我刚才看了这个小伙子的射击姿势，据枪很稳。但是打出这个好成绩，和他趴的那块地方硬也有一定关系，换个软一点的地方就不一定了。"将军点评完又看着宋跃华。

果不其然，宋跃华又打报告了："首长，我请求换个地方再打一遍！"

这次，宋跃华成绩依然优秀，在场的人不由地鼓起了掌。

事后，有人问宋跃华当时是怎么想的。他说："那个时候不站出来，要我这个班长有啥用？"

这个问题，或许全旅许多骨干都曾问过自己。

"在神府红军史册上，有多少次这样急难险重的关键时刻，就有多少位挺身而出的党员骨干。"旅参谋长葛明辉说："各级党员骨干是整个部队的主心骨。可以毫不夸张地说，骨干是啥样，部队就是啥样。"

"不管走多远，我们都不会忘记自己的根！"

题记——

"你们能紧紧依靠群众粉碎敌人的多次'围剿'，扩大和巩固根据地，壮大红军的力量，这是很大的成绩。现在，神府根据地已成为晋西北八路军的稳固后方，在抗战中作用很大。"

——毛泽东

"神府特区是陕甘宁边区的前哨阵地，它保卫了陕甘宁边区，保卫了党中央。"

——林伯渠

"王兆相将军是陕甘边、陕北红军和根据地的创始人之一，革命战争年代浴血战斗，为中国人民的解放事业作出了重大贡献。"

——习仲勋夫人齐心悼念神府红军首任团长王兆相的唁电

▲ 1998年长江流域发生特大洪水灾害，图为神府红军团官兵到抗洪一线。（图片由闫荣琦提供）

2016年4月25日不是什么重要的节庆日，然而，一向人流量不大的神木火车站一大早就挤满了接站的人群，县委书记、县长来了，老革命后代来了，学生代表来了，老战士拄着拐杖也来了！

他们翘首以盼的是未曾谋面的神木"亲人"——前来寻根的神府红军传人——陆军第54集团军红军铁甲旅的官兵代表。

这次寻根之旅的领队、旅副政委孙贵新感慨地说："这样的场景，我一辈子都忘不了！没想到80多年过去了，老区人民仍然像战争年代那样对我们子弟兵情深义重。不管部队走出去多久、多远，我们都不会忘记自己的根！"

七个人四杆枪，红军血脉传到今

这根脉与情谊，早已深植于神木大地。

131

　　80多年前，一块名为"神府苏区"的红色根据地在陕北生根发芽、成长壮大，成为中国共产党领导的西北革命根据地的重要组成部分。

　　创建这片红色根据地的，正是红军铁甲旅的前身——1933年10月18日在神木尚家岲一口窑洞里诞生的神府红军游击队。这支队伍刚成立时只有7个人：队长李成兰，政委王兆相，队员李成荣、高家德、贾兰枝、乔六十、刘增吉。他们手里的武器也只有4把土枪。

　　1933年，正值风雨如晦的白色恐怖时期，数不清的共产党人倒在了反动派的屠刀下，这其中就包括王兆相的哥哥——陕北特委军委书记王兆卿等"无定河畔六烈士"。

　　同年，由于"左"倾错误，刘志丹率领的红二团兵败终南山，时任警卫队长的王兆相也在战斗中与刘志丹失散，九死一生回到照金根据地。

　　怀着失去亲人的痛苦，想到部队被打散前刘志丹"就算剩一人，也要重建队伍，把红旗打到底"的讲话，带着陕甘边特委军委书记习仲勋和游击队总指挥部政委张秀山的指示，王兆相回到了家乡神木。

　　在神府红军成立的前夕，王兆相对赶来传达陕北特委精神的马文瑞说："我哥哥牺牲了，我一定接着干革命。党组织叫我干什么就干什么。"马文瑞想了想说："老大牺牲了，老二接着干，你就改名叫王二吧。"

　　一句"接着干"，或许就这样注入了神府红军的基因。成立不到一个月，这支七人游击队就在战斗中牺牲了李成兰、乔六十、李成荣3名党员，然而他们依然接着干了下去。

　　不到一年，红军游击队发展壮大为200多人的中国工农红军陕北独立师第三团，创建了神府苏区，并成功粉碎敌人第一次"围剿"；三年后，神府红军扩大为抗日人民红军独立第一师，全师1000多人。

　　毛主席曾对这支部队做出高度评价："你们能紧紧依靠群众粉碎敌人的多次'围剿'，扩大和巩固根据地，壮大红军的力量，这是很大的成绩。"

　　抗战时期，神府根据地作为党中央的抗日前哨，是八路军120师和晋绥抗日根据地的可靠后方，成为巩固河防、护卫党中央的东大门。

　　1991年，神府红军创建58周年之际，王兆相欣然为新时期神府红军传人题词："昔日七人红军游击队威震敌胆，如今千名英勇坦克手再展雄风。"

如今的红军铁甲旅，已经建设成为集坦克、装甲车、自行火炮等各类轻重机械化装备于一体的中部战区铁甲劲旅，肩负起保卫首都、驰援四方、全域作战的神圣使命。

世殊时异，但七勇士从未远去。83年来，这支老红军部队历经13次转隶、18次改编，部队驻地从祖国边陲到中原腹地，走过12个省市，先后隶属于近十个大单位，级别在营、团、旅、师之间多次升降并改，战争年代血染的那一抹"红色"经受住了现实的重重考验，代代相传。

旅政委李军介绍说，在红军铁甲旅，每年一次的"新时期七勇士"表彰典礼是全旅官兵瞩目期盼的盛事，谁若荣膺"新时期七勇士"殊荣，则是所有官兵羡慕佩服的对象。

"哪里有群众呼救声，就往哪里冲！"

在神府红军革命纪念馆，当看到"菜园沟惨案"展板和陈列的一把铡刀时，红军铁甲旅的官兵代表不约而同地脱帽默哀，向为保护红军大义舍身的18名老区群众致敬。

1934年8月14日，敌人将菜园沟村几百村民驱赶到几口铡刀前，逼问共产党员和红军下落。敌连长从人群中恶狠狠地拉出一位壮年男子："说，谁是共产党，谁是红军，谁是赤卫队，你敢不说，老子就铡了你的脑袋！"然而，这个庄稼汉仰着头，始终不吭声，就这样第一个倒在了铡刀下。

接着，敌人又拉出第2个、第3个……一直铡到第16个，铡刀卷了刃，鲜血染红了土地。无奈之下，敌人想到从妇女和孩子身上突破，于是拉出一位年轻妇女，以家庭、孩子、未来日子来"开导"她，这位妇女却大声喊道："不知道！要杀就杀！还问什么？"敌人气急败坏地把她也杀害了。最后是个小男孩，年仅14岁，他一句话没说，主动走向了铡刀……

看着地上18具身首异处的尸体，看着群众仇视的目光，敌人只能一无所得地狼狈而去。

在神府红军五次反"围剿"保卫神府苏区的斗争中，根据地百姓和红军子弟兵同生死的感人故事不胜枚举。

深情难忘！

2002年，当回忆起战争年代那段血肉相融的生死鱼水情时，97岁高龄的王兆相依然十分动容："在神府苏区被敌人占去三分之二，部队被迫分散行动的最艰难时期，是群众冒着生命危险保护了红军。红军怎么能丢下群众，离开神府苏区？每到一处，我们都会向群众解释，不管敌人的'围剿'多么残酷，共产党绝不离开苏区，红军坚决同白军斗争到底！共产党、红军是死是活都会和乡亲们在一起的！"

在物质贫乏、战火纷飞的艰苦岁月，神府老区群众用自己的一切无私哺育了红军子弟兵。现在，富裕起来的神木依然深情关爱着这支从神府走出去的部队。在红军铁甲旅旅史册上，仅最近10年来就留下了20多次神木人民慰问官兵的感人记录。

2007年，部队红军史馆开馆时，神木派代表赶来了；2013年10月，神府红军创建80周年时，时任神木县委书记尉俊东带领神木县四大班子16人赶来了……

这段深情，子弟兵从未曾忘却。每逢神木县举办红色纪念活动，部队都会派代表参加；官兵还自发建立了"神府基金"，用于资助老区生活困难的老战士和小学生；部队建设取得了成绩，都会第一时间向老区人民汇报。

军民深情，历久弥坚。红军铁甲旅官兵把老区人民的关爱化作服务人民的更大动力。1975年，豫南发生百年不遇的特大洪水，神府红军官兵闻令而动。

"不管是哪里，哪里有呼救声，就往哪里冲！"部队一位老同志至今记得，当时首长一声号召，他就带领已经20个小时没吃饭的全连官兵再次冲向洪魔。这次救灾，官兵们共解救出被困群众1万余人。

在1998长江抗洪的怒涛里，在2008汶川抗震的第一线，都留下了神府红军官兵奋战的身影。

2008年，当一场罕见雨雪冰冻灾害让数万群众滞留旅途时，红军铁甲旅战士朱应武在探亲途中加入了抗灾大军。一次次资助受困旅客、参加破冰除雪、协助维护秩序，原本3天的路，朱应武足足走了18天，原本给母亲看病的5000块钱到家时只剩下300元。那年，他被中宣部表彰为"抗击雨雪冰冻灾害先进个人"。

今年夏天，江淮大地发生严重洪涝灾害。从7月1日到7月31日，红军铁甲旅出动690余人，高强度连续作战，先后机动3000多公里、转战5县市20多个地方，转移被困群众916人，抢修道路3900余米，加固堤坝约14990米，挖运土石9570余土方，书写下"学人民、爱人民、为人民"的铮铮誓言！

永远会呼吸的传统

继承传统，不是守住炉灰的温度，而是传递火焰的能量。

"铁流滚滚战车隆隆，我们是英雄的红军铁骑兵。神府红军震敌胆，红三团陕北驰骋……"每天，当清晨的缕缕阳光照射到准备操课的官兵脸上时，这首他们自己谱曲填词的旅歌总会回荡在铁甲旅营区。

旅政委李军告诉记者："红色血脉是我们过去打胜仗的根，也是今天我们担重任的根。无论时代怎样变化，对红色血脉的传承赓续永远不能变、不能丢。"

2008年，一部名为《神府红军游击队》的20集电视连续剧在中央电视台热播。剧中再现了神府红军从七人游击队发展成威武坚强的红三团，创建神府根据地并同敌人殊死斗争的一幕幕动人故事。

为了真实再现那段风起云涌的历史画卷，毛泽东女婿王景清毅然担起了电视剧编剧任务，多次深入到榆林市、神木县、府谷县等地，走访老革命者、查阅史实资料，几经整理修改，方才拿出了满意的剧本。

部队老首长薛清池，1988年退休后花费了整整10年时间，沿着战争年代神府红军战斗过的足迹走了一遍，采访了百余位老红军、老八路，和神木作家杨文岩一起编写出版了《神府红军团征战记》《铁甲雄风》等军史书籍，并协助老部队建立了荣誉史馆。

抚今追昔，全旅官兵倍加珍视部队光荣历史，把丰富完善旅史作为一项长期不懈的追求。近年来，部队4次派人赴陕北神府老区寻访革命前辈战斗历程，对每一个荣誉连队和功勋战将、英模人物、知名战例都进行了深入发掘，陆续编撰了《红军铁甲旅光荣传统丛书》《装甲旅旅史》等传统读本，拍摄了《铁骑丹心铸荣光》旅史纪录片，丰富充实了旅史馆和连队荣誉室，建起了旅史文化墙。

与此同时，一个以传承红色传统、励志精武建功为主题的"学旅史、唱旅歌、铸旅魂"活动也在部队蓬勃开展起来。他们通过读书演讲、歌咏比赛、编创文艺节目，依托展览橱窗、军营电视台、局域网传播，大力宣扬部队光荣历史、弘扬红色文化，用神府红军精神引领、感召和激励新一代官兵。

好作风是打胜仗的传家宝

雪白的墙壁上，错落有致地挂着风景工艺画。阳光穿过窗户，照得屋子亮堂堂的。崭新的空调静静地吹着凉风，配发的新被子摸上去柔软舒服。屋内大到电视、冰箱，小到锅碗瓢盆一应俱全。

当我们走进陆军第54集团军红军铁甲旅新建士官公寓时，眼前所见，已与5年前迥然不同。2011年该旅刚组建时，住房十分紧张，机关办公室就在仓库里，机关干部只能挤在连队住，官兵家属来队更是无法保障。

"越是改革困难期，领导干部越要吃苦在前，带头发扬艰苦奋斗作风。"旅政委李军告诉记者，在拟制营房改建方案时，旅党委坚持战士优先、部属优先、分队优先。如今，新建的士官公寓率先实现了拎包入住，而旅常委依然住在20世纪70年代建的旧瓦房里。

路过还在施工的连队营房时，副旅长阮凌云正专注地拿着尺子测量着工程尺寸，丝毫没注意到我们从路边经过。

"阮副旅长真是把营房当自己家来建，一年到头跑在工地看进度，查质量，这股较真劲儿一点不输我们的老领导刘华。"李政委随口又讲起了一件往事。

1964年，红军铁甲旅前身某团移防河南确山，新营房建设随之展开。时任团政委刘华身带一把卷尺，走到哪量到哪，每天从早到晚都在施工现场。看见一块砖斜了，他都要求返工重来，甚至把整面墙推倒重垒的事也不少见。

营房春天开工，秋天就竣工入住。营建速度之快，质量之好，被当时的武汉军区树为样板工程。战士们为此编了顺口溜："一级地震还睡觉，七级地震摇一摇，八级地震房不倒。"

"我们旅历经多次转隶改编，但历届党委班子有一个共同的信条，那就是带头苦干、敢为人先的作风不能变，这是我们这支老红军部队始终能够保持先进、履立新功的传家宝。"李政委边介绍边带领我们走进旅史馆。

这支部队的前身是1933年刘志丹、谢子长、习仲勋领导创建的神府红军游击队，83年来13次转隶、18次改编，历经上千次战斗，足迹踏遍黄河内外，先后涌现出140多名英雄模范，3000多名革命先辈为国捐躯。

在烈士英名谱前，旅政治部主任曲国辉向记者讲述了一个个感人故事：李成兰，神府红军游击队首任队长，因创建神府红军被捕牺牲；刘鸿飞，神府红军团首任参谋长，在第一次反"围剿"战斗中牺牲；红二营营长白兴元、代理教导员王金相，在王老沟血战中牺牲；旅前身警备六团参谋长罗天泽、红二营营长黄光福，在血战右玉中牺牲……

领导干部的牺牲，几乎成了大仗恶仗的代名词！

打开陈列在旅史馆中的一本回忆录，该旅老主任陈克刚的一段记录似乎道出了其中缘由："一打起仗来，总有一位团干下到突击营，总有一位营干下到突击连。团在解放战争中的每一次战斗，开始还能分清各级指挥，一旦战斗打响就团营连三级指挥到一块儿了。"

曲主任感慨地说，每当险要关头，领导干部冲在第一线几乎成了这支部队80多年不变的惯例。2008年四川发生地震后，现任54集团军军长、时任该旅前身某师师长的石正露第一时间率领官兵挺进震中，统筹协调各方资源，凝聚各方救援力量，被媒体誉为抗震一线的"聚能"指挥长。

去年，该旅迎来了总部组织的网上指挥对抗演习和跨区实兵演习两项重大任务。对于这支有着83年悠久历史但组建仅4年的老红军部队来讲，这无异于荣誉之考，而友邻部队败多胜少的参演经历则更是让全旅上下倍感压力。

"这一仗如果打不好，我们就是神府红军的千古罪人。"为了不耽误训练，旅长陈晓楠把早就定好的胃部手术一推再推，最后干脆选在了大年初一，术后不到一周就赶回部队。由于当时还处于术后康复阶段，陈旅长经常是挂着吊瓶聆听来旅专家授课。

去年7月，当李军从老政委裴晓昌手中接过接力棒后，上任第一天就赶到外训场，二话没说便钻入了闷热的坦克中……

桃李不言，下自成蹊。我们在该旅干部科看到，在去年长达200多天的演习准备期间里，全旅先后有37名官兵推迟婚期，382名官兵放弃休假，46人次因患病、家庭变故仅请假几天就匆匆返营。当演习时间与退伍时间冲突时，300多名满服役期二年度兵纷纷上交请战书要求推迟退伍，为红军铁甲旅再打一次仗。

在对抗演习中，有的官兵因高强度持续作战虚脱，醒来第一句话却是"障碍破了没有，高地冲上去没有"；有的官兵目睹战友一个接一个被碉堡里的蓝军"打掉"，不顾危险抱起爆破筒就冲向碉堡；还有装步六连连长邓飞，强忍坐骨神经痛带领连队夺占135高地，被导调员评价为"不要命的连长"。

最终，这个旅在两场演习中都取得了优异成绩，以实际行动捍卫了老红军部队的不朽荣光。

10

"模范红五团"：
"生命线"焕发新活力

"模范红五团"：在谋打赢的土壤上深耕发力

美国西点军校的一位教员曾为到访的中国记者讲解朝鲜战争时说，美军不怕中国军队现代化，怕的是中国军队毛泽东化。

令西方惧怕的"毛泽东化"，其实是我军特有的被称作"军队生命线"的政治工作。我军的"生命线"到底有何"魔力"？在改革强军的新征程上，又发挥出怎样的生命力？

日前，我们来到发源于南昌起义部队的陆军第16集团军"模范红五团"，这个团"红九连"是"全军政治工作的一面旗帜"。在这里，我们找到了答案。

"政治工作紧紧围绕强军实践"

"开始！"

随着"模范红五团"炮兵营营长刘胜志一声令下，锹镐齐鸣，尘土翻飞，全营干部各自在选定的位置上挖起了掩体。

7月14日，正在驻训的"模范红五团"炮兵营又把全营干部拉到野外，组织起掩体构筑训练。对于射击完成即转移的炮兵干部来说，平时练这个科目并不多。

"构筑完毕！""灰头土脸"的榴炮一连指导员吕青山20分钟内就挖好了掩体。深30厘米、伪装得体，营长当场评定优秀。

一旁的战士单华伟过来"参观"，脱口称赞："我们要挖也不一定赶上指导员的标准！"

吕青山刚想喘口气，营长"集合"的口令传来。全副武装的他一边往车上

▲ 2014年6月，"模范红五团"红九连作为主攻连取得红蓝对抗胜利后合影。（杨再新 摄）

跑，一边看地图。跳到车上发现已经有同志进行标图作业了，马上又进入了紧张状态。

"基础过硬是实战化训练的基础。"团长王铁峰介绍，"今年驻训最大特点就是实打实，每个课目所有干部逐个过。"

像吕青山一样，今年全团野外驻训干部压力很大，尤其是政工干部。团里实行军事素质一票否决，他们既要练编组作业，抓理论教育，还要在平时做好官兵的思想工作。

这个团9连拥有"平型关大战突击连""学习毛主席著作的模范红九连"两项殊荣，历来政治工作、军事训练都在团里站排头。源自9连的"党员创纪录，群众破纪录"活动，已推广为团里的"九连创纪录，全团破纪录"活动。身为9连主官，可谓压力爆棚。他们如何疏解？

在训练场，我们见到了正在进行连贯作业训练的9连指导员张效诚。

对照现场地形，黑蓝橙绿铅笔交互使用，张效诚用30分钟先完成了调制略图；而后，他头顶钢盔、全副武装，又用55分钟完成了5公里按图行进，半途拐点还用北斗发送指令；紧接着，3分钟内自动步枪精确射击，然后依次进行手枪分解结合、30秒手枪射击、自救互救、掩体构筑、防护、武装5公里考核。

一场连贯作业下来，张效诚的迷彩服像从水里刚拎出来一样。成绩公布，个别课目还没有达到优秀水平的张效诚有些不满意。

"压力就是动力，训练水平上去了，一切工作难题都会迎刃而解，我们还得练。"张效诚说。

前几天干部调整，团里空出几个指导员位置，9连一排长赵健等团里军事素质排名靠前的排长得以升任。而素质认证不合格的某连指导员，尽管个人工作和连队建设都十分优异，不仅没有调职，政治机关选调也没有被批准。

政工干部选人用人的标准和导向，直接影响着政治工作的成效。"模范红五团"政委张宏说，"在我军建设发展历程中，军队政治工作始终坚持'围绕党和军队中心任务发挥服务保证作用'。新形势下，深入学习贯彻全军政治工作会议精神，政治工作必然紧紧围绕强军实践，在谋打赢的土壤上深耕发力。"

"干部走到哪里哪里红，党员照到哪里哪里亮"

2016年1月1日，元旦假期第一天。下午体能训练时间到了，"模范红五团"的千米跑道上全是自发跑步锻炼的官兵。其中，一个100多人的队伍，正在进行5公里考核，引人注目。

这支队伍，团长王铁峰打头阵，其后是全团值班干部，而后是营连干部。一旁的战士边让着跑道边议论，"团长带着跑5公里，谁还敢掉队呀！"

前3圈，大家都能跟上。等跑到4公里的时候，年龄稍长的干部就有些上气不接下气、速度下降。见状，队伍中有人带头喊起了号子，大家相互鼓励继续坚持……

王铁峰带头冲过终点，一看手表除极个别人员，大部分人及格一点问题都没有，紧绷的脸上露出了笑容。

就像一个简单的5公里一样，在"模范红五团"军事课目考核比武，干部实行普考排名且逐科目过，特别是各级党组织的正副书记。

▲ 2016年7月12日，"模范红五团"战士许宁、徐翻进行搜索训练。（杨再新 摄）

▲ 2012年9月，"模范红五团"官兵进行步坦协同训练。（杨再新 摄）

近两年，他们在各级党组织成员中持续开展"上场训练、上台授课、上网指挥、上车驾驶"岗位练兵活动，团8名常委参加素质认证考核成绩全部优秀，2人被评为全军优秀指挥员，营连党组织正副书记参加师以上集训比武综合成绩次次第一。

"在我连连史上，战争年代，每一次打仗，几乎都是连长定下战斗决心，指挥全连战斗，指导员带着敢死队去'冲山头'、啃'硬骨头'，往往都是指导员先牺牲，这就是最好的政治工作。"红3连指导员李瑞对记者说，"和平时期也一样，要想政治工作出成效，战士愿意听、跟着走，书记、副书记等首先要以身作则当表率，做好党代表。"

政工干部练军事赶超军事干部，军事干部也见缝插针做好政治工作。同为党组织成员，岗位有分工，但谋打赢目标一致、铸军魂同有担当、作风建设齐站排头，这是我们对"模范红五团"干部群体最深的印象。

当然，提到政治工作，战士中也有思想骨干，他们和干部同标准、同方向。

二炮连士官支委肖龙是一位有着14年兵龄的老兵。入伍以来，他先后担任炮手、文书、120班长、炊事班长、代理司务长、营部文书，以及指挥班长，职职过得硬，岗岗叫得响。在参加团建制连武装5公里考核时，他除了背着规定的步枪外，还帮炊事班背两口大锅，帮炮班背三根迫击炮标杆，整个过程中一直领跑，受到团长点名表扬。

"党员当代表，群众信代表。可以说，干部走到哪里哪里红，党员照到哪里哪里亮"。9连的这句老话，在整个"模范红五团"代代相传。

政治工作要始终做"一江活水"

"抢红包""发朋友圈""建微信群"，对于这些移动互联时代人们沟通交流的潮流方式，本以为在严肃、封闭、保密要求高的"模范红五团"寻不到踪迹，没想到恰恰相反，官兵们按规定使用上网手机，不但玩，还玩得"溜溜转"。

▶ 2016年4月26日，16集团军各政工领导在现场会上观看"模范红五团"网络安全哨功能介绍。（刘家宁 摄）

▶ 2016年4月26日，16集团军政委卢少平在现场会上与驻香港的"大渡河连"视屏连线。（刘家宁 摄）

只不过，这个团官兵玩的内容既高大上，又接地气。除了基本的信息获取反馈，他们主要用这些平台来学时政、学理论、学军事，提高思想政治水平和打仗能力。

上级让这个团总结了做法。前不久，第16集团军组织全集团军政工干部到这个团参观学习，召开了"网络政治工作现场会"。目前，这一经验做法正在推向整个北部战区陆军部队。

张宏介绍说："制约战斗力生成的瓶颈在哪里，政治工作的发展创新就要进行到哪里。政治工作要始终做'一江活水'，贯穿到战斗力建设各个环节。"

范春飞是团高炮连的一名老兵，入伍8年、工作中规中矩的他，团里素质考核，每次达到合格没问题。只是，以往团里组织比武都是选拔尖子上，他从来没上过"擂台"，这一度是他难以释怀的遗憾。

而今，这个遗憾没有了。近两年，团里组织比武，所有人都得上，单项考核、分队作业都计入团体成绩，这激发了范春飞军旅生涯的"第二春"，各项训练成绩直线上升。

范春飞说："每个人都有荣誉感，既有个人的，更有集体的。考核的目标是通过，比武我要为荣誉而战。"

在"模范红五团"，严格把军事工作和政治工作区分开很难，因为政治工作沁润在每一个练为战、战为胜的角落。

去年7月的一天夜里，军委总部突然临机拉动这个团到指定地域，并下达"作战"任务。

全团70分钟就完成全员全装出动准备，以夜行军75公里每小时的速度，提前5小时到达指定地域。红蓝对抗中，官兵发扬连续作战战斗作风，勇猛向前、直插要害，受到军委首长高度肯定。

官兵良好的精神风貌、部队过得硬的战斗力，正是得益于强有力的政治工作保证，也直接推动这支红军部队在改革强军的新征程上屡创佳绩。2014年以来，这个团荣立集体三等功一次，连年被评为"基层建设先进团""正规化建设先进团""军事训练一级团"。

司号员"八斤半"的长征故事

陆军第16集团军"模范红五团"是从南昌起义走出来的"铁军",历经井冈山斗争、长征、抗日战争、解放战争、抗美援朝等战火硝烟洗礼,先后参加3000余次战役战斗。

英雄侠骨,更有柔情。我们来到这支战绩辉煌的红军团,搜寻到司号员"八斤半"在长征路上的感人故事。

"山神"挡路

哒哒哒……

1935年6月14日,红一军团第二师五团急促的号音响了。

强渡大渡河后,摆脱国民党追兵的红军部队无法松口气。红五团自大硗碛出发向西北走,一座晶莹耀眼、高耸入云的大山矗立在面前。

这是红军长征中的第一座大雪山——海拔4900米的夹金山。

听说红军要过雪山,一位长满花白胡子的老汉摇头叹道:"这里上午9点至中午12点,是由开山神掌权。要是12点一过,就是落山神挡道,它关闭山门,你们可就寸步难行了……"

老人说的是神话。可雪山的神秘和险峻,却是事实。

队伍爬到垭口的时候,司号员"八斤半"问团长张振山:"团长,老大爷说山里有神,是真的吗?"

张振山望着这个小鬼:个子矮小,圆溜溜的脸上长着一双机灵的眼睛,一眼看上去,就知道是个很早就参加劳动过艰苦日子的穷孩子。

他故意吓唬他："当然有了。"

"在哪？"

张振山指指他的心窝，笑道："在这儿！"

"八斤半"不好意思地红了脸。

"八斤半！"边上的团政委谢友勋也喊着司号员的小名逗他，"你怎么取了这么个怪名？"

"噢，为了安葬我妈，我把自己换成了八斤半稻谷。"

"你多大了？"

"八斤半"脑袋一扬，挺着胸踮起脚尽装的大人气一些，说："不小了，十好几的大小伙子了！"

谢友勋看着他头上的绷带，问："伤好点了吗？"

"不要紧，有时候吹号鼓得有点疼。"

"过了雪山，你给我当通信员吧。当通信员有马骑。"

"我服从组织，可我还是爱当司号员，我一吹号，谁都得听我的！"他不时用舌尖舔着嘴唇，流露着孩子的稚气。

"好小子，爱调遣人，有出息！"张振山亲切地拍了一下他的肩膀，"吹休息号！"

军号哒哒响，系在"八斤半"军号上面的红布在风中飘舞着，号声把全团召集到张振山、谢友勋旁边休息。

视粮如命

次日凌晨，张振山命令："整好行装，马上开饭，继续前进。"

"八斤半"的号声再次响起。

走了半个小时，山风呼呼由远而近，呛得人透不过气。人在积雪中行进，上面是雪的陡壁，下面是雪的深渊，风夹着雪花不时扑打在脸上，官兵艰难地跋涉在积雪带中。

到了凝冰带，咆哮的山风卷着冰碴雪片，打在脸上、身上，真像滚油泼、刀子割。有的病号披着的毯子或裹着的雨衣，被无情地撕烂卷走；有的同志稍不留神，连人带物一起抛下山去；有的同志身体虚弱，加上高山缺氧，倒下去再也没有爬起来……

张振山不时发出"不准停留"的口令，谢友勋也在大声鼓动："同志们，拉起手来，跨过雪山，就是胜利！"

风雪，吞没一个又一个红军战士。张振山最担心的是那个"八斤半"。

"八斤半"的草鞋，已经冻成了两个大冰砣，头发梢结出冰霜。他脸皮白了，嘴唇紫了，头重脚轻趔趔趄趄，眼看要一头倒下去。张振山急忙背起他往山顶上爬去……

7月2日，连过夹金山、梦笔山、长板山三座大雪山的红五团来到黑水芦花地区。带的干粮早已经吃完了，谢友勋望着饿得直打晃的"八斤半"，望着在死亡线上挣扎的战士，眼含热泪心如刀扎，心里很清楚粮食不解决就意味着死亡。

情急之下，谢友勋带人到藏民地区宣传我党我军的民族政策，筹集粮食。因语言不通加上国民党煽动民族怨恨，谢友勋被反动分子杀害了。

"八斤半"和战友们含悲忍泪，在从军机关回团接任政委职务的赖传珠和张振山带领下默默北去，于7月10日翻过了第四座大雪山——打鼓山，进到松潘江以西的毛尔盖地区。

1935年8月21日，红五团自毛尔盖向西出发，又踏上了一片荒无人烟的草地。只见这里迷雾腾腾、水草丛生，是一望无际的茫茫泽国，令人毛骨悚然。

自从谢友勋政委为筹粮牺牲后，红五团官兵悲痛之余，个个都把粮食看得格外珍贵。每次发干粮时，"八斤半"总以"自己个头小背不动"为由把干粮分给老大哥们"背"。

一天，在行军途中，刚刚发完干粮，张振山发现"八斤半"背的干粮袋比别人矮一半。

"为什么背这么点？"团长问"八斤半"。

"我人小吃得少。""八斤半"回答得很平静。

"贪吃"被骂

风雨、泥泞、寒冷、饥饿的煎熬，使人们明显衰弱下去。

每当熬过一个饥寒交迫的夜晚，漫漫草滩上就会多出几具红军的遗体。饥饿严重威胁着人们。前面的部队还能靠野菜充饥，后面的部队连野菜也吃不上，树皮和腰带也煮着吃了。

第三天，张振山发现"八斤半"的粮袋越发短了，他一边走，一边掏炒面吃，怎么一点儿不知节省呢？

"你这样怎么行？"张振山开始责备他。

"走着走着就想吃。"

"吃光了，以后怎么办？草地还这么远。"

"八斤半"低头不语。其实他一路上根本就没动他的干粮，他把炒面都分给了伤病员，怕大家为他担心，便有意在团长面前吃。

张振山看着边走边吃炒面的"八斤半"真的有点生气了，平时很好的小鬼，现在这样不听话，他想把小号兵的炒面控制下来，便伸手过去拿粮袋。

"八斤半"双手紧护着，连声说："我不吃了！"

看着他眼里含着泪花，张振山心里一热，手松开了。

"草地还远吗"

有一天，部队小休息，"八斤半"不见了。文书说他掉队了。张振山在潮湿的草地上躺了一会儿，"八斤半"一拐一颠地走过来了。他看见张振山躺在一旁，就小心地绕过去。但还是被张振山叫住："小鬼，骑我的马走一会儿。"

"八斤半"拿出一副满不在乎的样子，盯着张振山的脸说："团长，我的体力可比你强多了，你快骑上马走吧！"

张振山命令他："上去，骑一段再说！"

小鬼倔强地说："你要我同你的马比赛吗？那就比一比吧。"他把腿一挺，

149

做出个准备跑的姿势。

张振山无奈，从身上取下一小包青稞面，递给"八斤半"："你把他吃了！"

"八斤半"轻轻拍拍身上的青稞袋："这次，我可装满了。看，比你的还要多哩。团长，你快骑上马走吧。"

张振山拍马追上前面的队伍。他越想越不对头，突然大叫一声："这孩子脸色不对！"他掉转马头，又朝来的路上奔去。

已经晚了。"八斤半"卧倒在草丛上。张振山俯下身，把"八斤半"抱在怀里，轻轻抚摸他额上的绷带。

好半天，"八斤半"才睁开眼睛，慢慢地问团长：

"草地还远吗？"

"不远了。"

"等过了草地，我给你当通信兵吧！"

"小鬼，挺住！"

不大一会儿，"八斤半"不再动弹，嘴角含着微笑，两颗很大很大的泪珠挂在眼角……

后面赶上来的伤病员见团长抱着小号兵，都停下围了上来，看见紧闭双眼的小号兵的胸脯已经不动了，眼泪也忍不住扑啦扑啦地滴下来。

"八斤半"的干粮袋硌了张振山一下。怎么硬邦邦的？他打开一看，是一块烧得发黑的牛膝骨，上面还有几颗牙印。这不是小鬼干粮袋里的鼓鼓的"干粮"吗？

伤病员们哭得更厉害了。其中一个狠狠地打了自己一个嘴巴，"我不是人，我还不如一个孩子，我怎么能轻信小号兵的话，吃了他的炒面！"

大家共同掩埋了小号兵的遗体。张振山策马跑到队列前头，号啕大哭。

……

9月1日下午，水汽蒸腾的草地边缘，朦朦胧胧现出一条黄色的带子。走在前面的部队突然爆发出一阵嘶哑的欢呼声："我们走出草地了！""红军万岁！""胜利万岁！"

军政双优的长白山"猛虎团"

陆军第16集团军某红军团前身为叶挺独立团和朱德军官教育团各一部，是南昌起义部队之一，先后为红4军10师28团3营、红1军团2师5团、八路军115师685团2营、冀鲁豫军区1纵1旅7团、二野5兵团16军某步兵团。

作为党创建的第一支革命武装，毛泽东、周恩来、朱德、邓小平等领导人都曾亲自组编、培育和指挥过这支部队，罗荣桓、粟裕、杨成武等168位将帅曾在团队工作。

红军成立6周年大会上，周恩来亲手为他们授予印有"中国工农红军模范红五团"的奖旗；强渡金沙江、大渡河，他们伪装成红军主力牵制敌军；湘江血战，他们以全团伤亡过半的代价，成功掩护红军主力突围；平型关大战，他们有唯一授称"平型关大战突击连"的英雄连队；军事博物馆收藏着他们在潘溪渡伏击战中缴获的日军九二式步兵炮。

战争年代，团队先后征战全国27个省区及朝鲜北部，历经重要战役战斗3000余次，歼敌20余万人，锻造了能打硬仗、能挑重担的顽强作风，曾被红1军团授予"铁军"称号，先后涌现出"平型关大战突击连""龚子美英雄班"等13个英雄集体，渡江战役特等战斗英雄高如意、杨子荣式剿匪英雄王耀荣等27名英模人物。

1932年2月，红11师（这个团前身当时为红11师31团）为配合红3军攻打赣州，阻击广东增援之敌，在对南康县新城的进攻战斗中，面对占据有利地形、依托坚固工事的敌第1军独立第2旅，英勇顽强，连续冲锋，歼敌千余人，缴枪4000余支。作战中，师政委张赤男壮烈牺牲。战后，红1军团授予红11师"铁军"光荣称号，朱德总司令亲自主持召开张赤男追悼大会。多年后，毛泽东仍十分怀念张赤男，称赞他"是个非常好的同志"。

1936年2月，红5团随2师在军团首长指挥下，参与了围歼阎锡山部独立

2旅的战斗，在兄弟部队的配合下，5团利用灵活机动的夜战战术与敌厮杀至午夜，一举将阎锡山的独立第2旅全歼，凭借在关上村战斗中的英勇表现，红5团被红1军团授予"夜老虎团"称号。

1937年8月25日，红1军团2师5团改编为八路军115师343旅685团2营后，随115师出征北上抗日。9月25日，部队参加了平型关大战。此战，115师共歼日军精锐坂垣师团第21旅团1000多人，击毁汽车100多辆、大车200多辆，缴获大量器物资，打破了"日军不可战胜"的神话，打出了中华民族争取抗战胜利的信心。2营5连（现9连）被343旅授予"平型关大战突击连"称号。

1953年7月21日，为配合金城战役，红军团9连奉命进攻位于朝鲜金化西北10公里的527.7高地南无名高地。该高地是美军第二师防御前沿的重要支撑点，由该师第38团1个加强连防守，筑有地堡、盖沟，并设有多层障碍物。战斗中，9连采取小群多路、多点进攻的战法，歼灭整个加强步兵连。这一战例被载入《中国军事百科全书》。战斗中，9连班长李国海，只身捣毁敌连指挥所，杀敌30余人，战后被朝鲜政府授予一级国旗勋章。

新中国成立后，红军团步兵二连1951年被原西南军区授予"萧国宝英雄连"称号，步兵九连1964年被国防部命名为"学习毛主席著作的模范红九连"称号，步兵七连1983年被原沈阳军区授予"基础训练先锋连"称号。

和平时期，团队继承发扬光荣传统，扎实抓好战备训练，部队实战能力稳步提升，连年被集团军评为"军事训练一级团"。

11

"钢铁红军师"：
接力走上强军新长征

"钢铁红军师"：强军路上锻造铁一般的担当

　　陆军第21集团军钢铁红军师是一支历史悠久、功勋卓著、英雄辈出的红军部队，在80多年的风雨历程中，始终继承和发扬人民军队听党指挥、能打胜仗、作风优良的光荣传统，形成了"坚如钢铁、智勇顽强、所向无敌"的不朽师魂。

　　新的历史时期，师党委深入学习贯彻习主席改革强军战略思想，突出红色基因培育，突出红军精神砥砺，在锻造"四铁"过硬部队的征程中，引导官兵自觉当好老红军、新四军传人，接力走上实现强军梦想的新长征。

在重温优良传统中锤炼铁一般的信仰

——荣誉史馆构建"精神高地"

　　这个师诞生于1928年3月，是延续黄麻起义火种，从大别山区走出的一支老红军部队，在长期的战斗历程中，先后涌现出被授予"金刚钻""铁锤子""钢铁团"荣誉称号的88个英雄模范单位和赵怡忠、李润虎、牛先民等390名英雄模范人物，走出了徐海东、张云逸、罗炳辉等158名高级将领和286名省部级领导。

　　丰富的红色资源是部队的传家宝。师里充分运用这些宝贵的精神财富，为所属各团建起团史馆，为全师所有连队建立荣誉室，使荣誉史馆成为强化官兵精神支柱、发扬优良传统、培育当代革命军人核心价值观的重要载体。

　　"我是××连第×名战士，我宣誓……"在这个师所属部队，电视剧《士兵突击》里战士入伍的仪式教育随处可见。每年新兵入营、新学员报到，连队干部都会带着他们参观师、团史馆，在连队荣誉室里组织宣誓；每逢执行重大任务，营连第一个步骤就是到荣誉室里组织誓师动员，让官兵在厚重的历史和荣誉面前

"火力–2015·青铜峡"实兵对抗演习中，由该师部队组成的蓝军穿插分队采取机降攻击的方法直插敌后，对敌炮兵阵地进行精确打击。（图片由部队提供）

挑应战。

在"铁锤子"团9连荣誉室，有一面绣着"铁锤突击队"的锦旗是这个连的镇连之宝。20世纪80年代，在一次边境防御作战中，9连作为全团的"刀尖"担负出击拔点作战任务。临行前，官兵争相写血书请命，最终确定由49名党员成立"铁锤突击队"带头打主攻，他们的名字被一一绣在锦旗的右下角。战斗结束后，副连长、烈士赵怡忠被中央军委授予"一级战斗英雄"荣誉称号，9连被中央军委授予"攻坚英雄连"荣誉称号。

"面对这样的一面旗帜，我们怎能不热血沸腾，怎能不为了祖国和人民披肝沥胆、舍生忘死？"指导员习天激动地说。

红色传统已成为官兵心中的"精神高地"，始终激励着一代代官兵奋勇前行。师政治部主任徐俊告诉记者，着眼持续发挥红色传统的育人功能，近年来，师里先后走访20多位革命前辈和部队曾经战斗过的15个县（市），挖掘红军团、红军医院、红军连队和英模先辈的先进事迹，编印了《钢铁红军师英模风采录》，采写反映官兵战斗历程的故事集和抗震救灾伟大斗争的宣传画册，拍摄制作《历史的考验》纪录片等，极大地丰富了红军传统的内涵和外延。

▲ 2014年，该师万人千车千里机动，奔赴海拔4300多米的昆仑山地区进行为期4个月的高原使命课题训练。十一国庆期间，他们在高原上组织升旗仪式，向国庆献礼。（袁宏彦 摄）

今年3月，师依托政工网建成的3D数字史馆，区分土地革命、抗日战争、解放战争等6个时期构建"六厅一库"，利用数字模拟技术全场景再现发展历程，全方位展现历史实物，全视角解读历史事件，给官兵提供了新的学习交流平台，让大家在运用现代化手段解读历史、追根溯源中得到精神洗礼。

在解读精神实质中铸牢铁一般的信念
——特色冠名诠释"钢铁战魂"

贺兰山麓，戈壁深处，"钢铁红军师铁锤子团"的旗帜在蓝天下格外醒目。颁奖台上，12名精武标兵依次登上主席台，由团常委向他们颁发"铁锤勇士"勋章，并戴上鲜艳的大红花。战士们高举刻有自己姓名的勋章，庄严地行了一个标准的军礼。这是该师所属某团开展特色冠名活动的一次颁奖仪式。

"这样的仪式每年都要举行，每次举行都能带动和感染一大批官兵。"团领导介绍说，战争年代，师涌现出"金刚钻""铁锤子""攻坚英雄连""夜老虎连"等英模单位，师里注重运用这些资源，结合岗位练兵、岗位成才活动，广泛开展"金刚钻头""等级铁锤子""钢铁战士""神炮尖兵""铁甲勇士""利箭之星"等特色冠名活动，持续激发官兵爱师强师、岗位建功的动力热情。

野外驻训期间，陆军21集团军某红军团9连将部队拉至陌生复杂地域开展特战化训练，他们按照"将环境设险、将情况设真、将任务设难"的原则从严从难磨炼摔打部队。（顾靖 摄）

该师某装甲团政委林继刚告诉记者，特色冠名活动开展以来，官兵紧贴本职岗位，逐渐形成了师团营连排班六级以特色冠名推动全员创先争优的风气。

师所属某团炮兵连士官代理排长袁锋，入伍7年来，坚持用"老山神炮连"精神不断激励自己，至今保持着集团军400米障碍纪录。去年7月，他带领所在小组在全军特种兵比武竞赛中取得1金2铜的好成绩。

该师还注重挖掘团队的特色精神，通过打造"金刚钻""铁锤子""钢铁团"等文化品牌，发动官兵创作团歌、连歌和红色情景剧，用战斗精神浓厚的文化传统激励官兵的血性虎气。去年底，该师战士业余演出队以师史为背景编排的"红色战歌"主题晚会，在各单位先后巡演16场次，激发了官兵练打赢、谋打赢的决心和斗志。

去年9月3日，在纪念抗战胜利70周年的胜利日大阅兵上，该师163名官兵高举"金刚钻""铁锤子"荣誉旗帜，作为集团军"攻坚英雄连"阅兵方阵的队员，接受了全国人民的检阅，向世界展示了新一代红军传人的赤胆忠诚和飒爽英姿。

师长盖立民告诉记者，传承"钢铁战魂"，就是要让听党指挥、忠于使命的钢铁信念，坚韧不拔、百折不挠的钢铁意志，顾全大局、勇于担当的钢铁品德，英勇顽强、所向无敌的钢铁作风绵延成为具有鲜明时代特色的传统精神，成为钢

野外驻训期间，陆军21集团军某红军团9连组织官兵进行格斗训练，全面提升官兵血性虎气。（顾靖 摄）

铁红军师所向披靡、永葆红军本色的力量源泉。

在看齐革命先辈中固守铁一般的纪律

——红色故事引领行为自觉

这个师在历史上曾经改编、整编过多次。不论是扩编还是精减，不论哪支部队编入还是调出，从来没有不服从命令的现象，从来都是不折不扣按照中央的要求完成整编任务。

红28军转战大别山的艰苦岁月里，面对国民党的反复"清剿"，没有一个红军战士投敌变节，没有发生一起逃离部队的问题。不论是军长、政委，还是普通士兵，都严格执行"三大纪律、八项注意"，每到一地，都要救济群众、扶危帮困。大别山区的老百姓把红28军称作"红福"，意思是红军带来了幸福。

解放战争时期，这个师多次攻克和占领大城市、进驻富裕地区。1948年11月，师遵照华东野战军的指示，在徐州城南不到3公里的地域追击围歼黄百韬兵团。完成任务后，本可以进军徐州，但接到总前委关于挥师南下、包围黄维兵团的指示后，全师官兵连夜出发，迅速赶到集结地域参加围歼作战。

▲ 2015年初，这个师担负原兰州军区基础训练组织法集训任务。图为军官手枪射击教学示范。（图片由部队提供）

▲ 2015年，师所属部队参加演习期间，组织战场机动。（图片由部队提供）

1949年5月3日，该师胜利解放杭州，大军入城露宿街头、秋毫无犯，向国民党统治下的城市民众展示了我军胜利之师、文明之师的良好形象。第3天，该师坚决执行上级命令，将防务移交23军兄弟部队后迅速挥师东进继续追歼残敌。新中国成立后，该师还有过驻防大同、西安等大城市的机会，但都坚决服从上级指示，转移到最需要部队的艰苦地区。

可以说，不论是坚守大别山革命根据地，还是开创苏北根据地；不论是在抗美援朝中担负开挖坑道的艰巨任务，还是开赴青藏高原平叛剿匪，全师官兵都无怨无悔、坚决执行。

新的历史时期，师党委始终把弘扬红军传统作为强师育人的"铸魂工程"常抓不懈，努力将红色基因融入官兵血脉，引导官兵在学习红色故事中，培育顽强意志，提升行为自觉。

他们利用"清明""五四"等时机，组织官兵瞻仰余家桥、涝河桥烈士陵园，开展网上"向英模献花""我向先烈表决心"等活动，围绕"英模成长靠什么，我向英模学什么"组织群众性大讨论，不断激励官兵向英模学习、向典型看

▲ 2013年，这个师担负原兰州军区战法创新任务，训练中喷火兵摧毁敌人碉堡。（图片由部队提供）

齐、靠实干进步的热情和动力。

师所属某团5连下士高天航刚到团里时，是一个典型的"许三多"，各类评比中常常是连队的"老末"。然而，当他在师里编撰的《钢铁红军师英模风采录》中看到"战斗英雄"牛先民肠穿肚烂仍然坚持战斗到最后一刻的感人事迹后，思想上有了彻底的转变。

"我是红军师的一员，只有给她增光的义务，没有给她抹黑的权利。"他把自己的切身感受写成格言贴在床头，时时刻刻激励自己。

在今年初的"精武赛"中，高天航单杠卷身上一口气做了40多个，手都磨掉了一层皮，但他仍然没有放弃，直到做了109个，体力完全耗尽后才下单杠，创造了整个集团军部队的新纪录。

在强化岗位实践中打造铁一般的担当

——演训任务砥砺"打赢先锋"

"我认为投身改革强军，最现实的平台是本职岗位，最有效的途径是履职尽责。"前不久，在该师通信兵千米综合演练"精武赛"前，一场别开生面的"军队改革，我该做什么"的群众性大讨论活动拉开帷幕。通信营三级军士长李斌率先登台，讲述了自己入伍19年来，坚持干一行、爱一行、精一行，精通全营所有信息化通信装备，先后40多次在军区、集团军专业比武中摘金夺银的精武故事。

"当好红军传人，首先要干好本职工作。"师领导告诉我们，部队每次执行急难险重任务，师里都注重用红军传统来鼓舞士气、激发斗志，注重用重大演训任务锤炼官兵的血性虎气，做到任务推进到哪里，钢铁红军师精神就发扬到哪里，引导官兵将红色基因内化于心、外化于形、固化于魂。

2013年7月22日，甘肃岷县、漳县交界地区发生6.6级地震。接到上级命令后，师团留守和部分外训部队，立即从天水、陇西、青铜峡向灾区机动，于当日11时30分最早到达灾区并展开救援。

连续18个日日夜夜，官兵们进村入户，生死搜救，扶难帮困，纪律严明，宁愿在烂泥滩、碎石堆安营扎寨，也绝不破坏群众的一草一木。岷县梅川镇永兴村93岁高龄的范老人动情地讲："当年红军长征路过岷县时，将士们为老百姓打土豪分田地送温暖，如今我们遭了天灾，红军又回来了，你们真是我们的大恩人啊！"

2014年，这个师整建制奔赴海拔4300多米的雪域高原开展使命课题训练，万余名官兵迎着风雪练技能、精指挥、强素质，在茫茫雪域掀起新一轮实战化练兵热潮。

师所属某团二营炮兵连战士马超，担任迫击炮班一炮手。在上级考核中，面对导调组随机出的各种"情况"，他都能灵活应对。在"班长阵亡、三炮手、弹药手负伤，全班仅剩马超一人"的情况下，他扛起炮管、拿着炮弹跃进占领炮阵地。

为了完成任务，他加大装药号数，目测射击距离，单手持筒进行简便射击。然而，由于后坐力过大，炮管在回弹过程中，将马超左手虎口撕裂，右手大面积擦伤，双手血流如注。但他强忍疼痛，调整射向，打出最后一发，稳稳命中靶心。当他双手缠满胶布，面带笑容，走上观礼台时，现场观摩的首长和战友们无不为之感动和钦佩。

"异常艰苦的自然条件，既为官兵增强军事技能提供了天然的练兵场，更为官兵锤炼一不怕苦、二不怕死的战斗精神锻造了难得的'大熔炉'。"师政委时镇介绍说，在实战化训练中，一大批素质过硬、精神可贵的标兵典型脱颖而出，成为全师官兵提振士气、砺兵雪域的楷模。

高原寒区使命课题训练期间，该师出色完成武器效能试验、作战要素集成演练、合成课目演练等多个重难点训练内容，实案化检验数十种高原创新战法，破解各类训练难题30多个，部队实战化训练水平得到全方位提升。

去年夏秋，在全军组织的"火力－2015·青铜峡"实兵对抗演习中，该师以"钢铁团"蓝军对抗分队为基础，抽组装甲、炮兵、电子对抗等多兵种力量，组建成近4000人的模拟蓝军旅。在与原七大军区炮兵部队的轮番对抗中，官兵充分发挥联合作战威力，越打越精神，越打越灵光，最终取得七战七捷的优异成绩。

去年底，师所属3个团被上级评为军事训练一级单位，师参加原兰州军区一级师考评名列第一。

"钢铁"是这样炼成的

"金刚钻""铁锤子""钢铁团"……在陆军第21集团军某红军师，主力团队响当当的名号，均与"钢铁"有关。

作为西北地区首屈一指的应急利剑，这是一支在血雨腥风中诞生成长，在枪林弹雨中发展壮大，在烽火硝烟中铸就辉煌的英雄部队。自1928年创建以来，先后转战16个省区和朝鲜等地，创造了光辉灿烂的业绩，作出了卓越不朽的贡献，形成了"坚如钢铁、智勇顽强、所向无敌"的钢铁战魂。

钢铁红军师起源于1928年河南固始县大荒坡暴动后成立的固始独立团。土地革命战争时期，该师曾两次支援红四方面军反"围剿"斗争和红25军长征。

1934年冬，国民党以56个团的兵力，对鄂豫皖边区实施重点"清剿"，鄂豫皖省委被迫率红25军放弃苏区，向西突围。师前身一部，在师长周世觉带领下奉命阻击敌人，掩护主力转移。700多人死守长山冲一带6个昼夜，抗击近50倍于自己的敌人，为主力红军突围赢得了宝贵时间。此役，400多名红军官兵阵亡，师长周世觉光荣牺牲。

大别山红军主力长征后，1935年2月，师所属部队余部由著名将领高敬亭组建为中国工农红军第28军。在和党中央、主力红军失去联系，内无粮草、外无援兵的情况下，红28军孤军奋战鄂豫皖边区，开展敌后游击战争，将游击区扩大到50多个县市，粉碎国民党4次大"清剿"，拖住国民党17万军队，累计歼敌5000余人，发展成为南方八省最大的一支红军部队。后来，毛泽东主席在延安听说红28军仍然在大别山区浴血奋战的消息时，含泪盛赞："很有成绩，很了不起。"

抗日战争时期，师改编为新四军第四支队。1938年3月，四支队告别大别山区，挺进皖中抗日战场，创建敌后抗日根据地。1938年5月12日，四支队在安徽巢县蒋家河口率先打响新四军对日作战第一枪，鼓舞了全国人民的抗日热情。就连蒋介石闻讯后，也致电新四军军长叶挺，称赞四支队"出奇挫敌，殊堪嘉慰"。

1941年，"皖南事变"后，四支队改编为新四军二师四旅，部队转战津浦路东路西，挺进淮北淮南，打击日伪军，创造了收复古河镇、鏖战复兴集，夜袭程驾桥、破袭天仪杨、巧战金牛山、路西打攻坚等经典战例。在8年敌后抗战中，共经历大小战斗300多次，涌现出"铁锤子""金刚钻"等功垂军史的荣誉团队。

解放战争期间，师先后编入津浦前线野战军、山东野战军、华东野战军和第三野战军序列。1946年6月，蒋介石集结58个正规旅，46万人向解放区发起进攻。四旅被迫转入运河反击战。在金马驹战斗中，12团攻守兼备、果断出击，全歼敌339团，被新四军二纵授予"钢铁团"荣誉称号。

山东野战军和华中野战军会合后，四旅扩编为华野二纵第四师。鲁南战役结束后，四师主力在二纵编成内参加了全歼国民党42集团军的白塔阜战役。此战，四师生俘中将军长郝鹏举以下3000多人，随后又参加了莱芜战役、孟良崮战役、南麻战役、临朐战役、胶河战役、益林战役、盐南战役、淮海战役等重大战役战斗。淮海战役结束后，华野第二纵队整编为第三野战军第七兵团第21军，四师改为现在的番号。随后，部队南下参加渡江战役，继而参加解放杭州、奉化、溪口、宁海、温州等战役战斗。

新中国成立后，该师担负起解放舟山群岛及浙东沿海岛域的任务。在解放桃花岛、登步岛、大碶庄等地后，协同兄弟部队解放了舟山群岛全境。1958年6月，从朝鲜撤回国内后，出色完成了边境反击、西宁维稳、国防施工、抢险救灾、军事斗争准备等重大任务，发展成为西北地区首屈一指的应急利剑。

纵观钢铁红军师80多年成长、发展、壮大的历史，是一部战斗的诗史，英雄的诗史。"金刚钻"团、"铁锤子"团、"钢铁团"3个荣誉团队，鼎立钢铁劲旅；"坚守英雄连""攻坚英雄连""战斗模范连""拥政爱民模范连"等88个英雄模范单位，光耀精锐之师；"一级人民英雄吴克斌""全国战斗英雄魏尚友""爱兵模范党翻身""钢铁战士牛先民"等380多名饮誉全军的英雄模范，闪烁红军师魂。

新的历史时期，钢铁红军师这支英雄劲旅，紧紧围绕听党指挥、能打胜仗、作风优良的强军目标，持续发扬红军传统，不断夯实部队基础，聚力提升实战能力，努力为建设一支强大的现代化新型陆军而奋斗。

金刚钻团"战斗模范连"连魂背后的故事

陆军第21集团军金刚钻团"战斗模范连"（红9连），创建于1928年3月的鄂豫皖根据地。

建连以来，历经敌后三年游击战争、抗日战争、解放战争、抗美援朝、青海平叛和边境防御作战等多次战火洗礼,勇敢顽强,屡建功勋,涌现出"吴克斌英雄排""益林战功班"和华东一级人民英雄刘正昌、魏尚友等英模单位及个人,形成了"没有克服不了的困难、没有完成不了的任务、没有战胜不了的敌人"的连魂。连队先后荣立集体一等功2次、二等功9次、三等功6次,1949年被华东野战军授予"战斗模范连"荣誉称号,1999年被原兰州军区授予"全面建设模范连"荣誉称号。

解放战争时期,红9连参加了泗县攻坚、孟良崮阻击、益林战斗、围歼杜聿明、渡江战役等大大小小数百次战役战斗。1946年8月,红9连在参加泗县攻坚战时担任主攻敌小窑据点任务,为了拔掉敌人据点,红9连在指导员刘正昌带领下同敌人展开殊死搏斗。

面对疯狂的敌人,红9连两次进攻受挫,人员伤亡很大。危急时刻,身负重伤的刘正昌从担架上爬了起来,再次回到前线坚持指挥战斗。第三次发起进攻时,面对敌人强大的火力压制,二排长吴克斌高喊:"共产党员跟我来!"勇敢冲在最前面,全连官兵奋勇向前,最终全歼守敌。战后,红9连二排被命名为"吴克斌英雄排",吴克斌被追认为"一等人民英雄"。

硝烟岁月已经远去,但历史不会忘记。每名红9连官兵入连的第一课都是重温连队光荣历史,在精神洗礼中强化"当兵打仗、带兵打仗、练兵打仗"的责任与担当。

在一次团里组织"隐显靶应用射击"例行性考核中,红9连的合格率仅为68%。射击场上,连长吕明生没有批评任何人,而是指挥全连唱红9连连歌,胸腔里吼出的歌声振聋发聩。连歌唱完,许多官兵都流下了眼泪。

就在连队从射击场带回营区的路上,士官班长王义龙突然停下脚步,"扑通"卧倒在布满煤渣的路上,他大吼一声:"兄弟们,今天没打好我只有爬着回去的资格!"

紧接着,21名没打及格的战士、连长、指导员及全连官兵跟着卧倒在地,全连低姿匍匐爬回离训练场800米的营区!

在哪里跌倒就在哪里站起。连着两个月,红9连的官兵不唱连歌,不打连旗,心里始终憋着一口气,无论干部战士人人铆在训练场上苦练技能。在半年考核中，红9连一举取得14个共同课目、10个专业课目的第一名，再次将红9连的旗帜高高擎起！

自1989年以来，连队26次被评为"基层建设先进连"。连队党支部坚持用强军目标要求凝聚力量，形成了"思想引领铸连、打仗标准建连、人才群体兴连、依法从严治连"的抓建思路，连队不断焕发新气象，不断创出新成绩。

12

"百将劲旅"：
从摩步到特战的华丽转身

步兵改特战，总共分几步？

仲夏时节，苏北某地。

陆军第12集团军某特战旅训练场上空，十余名官兵从直升机上跳下，打开降落伞，在蓝天下绽放出朵朵白花。

类似这样的伞降训练，在这个特战旅已经是家常便饭。可谁能想得到，这个单位，在3年前还是一支摩托化步兵部队。

3年时间，如何实现从摩步到特战的华丽转身？

第一步：减编"瘦身"，引进人才

传统作战的步兵单位，编制人员比同级别的特种作战单位多了一倍多。改特战，多出的人怎么办？

原先归属于摩步旅的炮兵团，划归给别的单位。再多出来的人，继续分流；实在不能再分流的，那就转业、退伍。

要想跑得快，必须先瘦身。减肥瘦身的过程并不会轻松，甚至还伴着不由言说的阵痛。"一下子裁掉这么多人，确实难度非常大。"旅政治部主任李德祥感慨。

光瘦身，身体里却没有特战的基因，怎么办？那就注入几剂"造血干细胞"吧！

旅党委费尽心思，协调上级机关和相关单位，引进特种作战各个专业的骨干人才。

王世周，原来是某部侦察营的特战指挥和组训专家，曾参加赴北约特种兵集

2014年6月27日，特战旅战士示范穿越火障训练。（图片由部队提供）

2015年10月8日，官兵正快速通过泥潭。特战旅着眼实战广泛开展大练兵活动，在恶劣的环境下不断锤炼官兵英勇的战斗作风和顽强的战斗意志。（图片由部队提供）

训，是全军优秀特战尖子；徐敬文，原某部无人机工程师，在几类主战机型的操作使用和维护保养等方面颇有建树；赵洪亮、张俊，曾经是空降兵某部的优秀教练员，两人伞降次数都在200次以上……

如今，在第12集团军某特战旅的大力"挥锄"下，他们成功地被挖了过来。

专家骨干引进了门，原先一抹黑的专业训练之路就点上了灯。旅里区分专业成立了集训队，几名骨干勇挑重担，立足现有条件，积极发挥酵母作用，把专业技能悉心传授给全旅官兵。三年过去，王世周带出来的训练尖子遍布各个连队，徐敬文带领无人机大队研发了好几套飞行训练系统，而两名伞降教练也培养了一茬又一茬的徒弟。

当然，被请进来的也不仅仅限于王世周等人：外单位的训练骨干，装备厂

171

家、陆军院校的专家……凡是对专业训练有促进作用的，这个旅都会下大力气邀请来授课培训。专业集训队一个接一个，在这个旅基本就没断过。

除了请进来，送出去也是一条好路子。新课目开训前、新装备入列前，他们都会选派人员到外单位和厂家进行培训。无人机侦察队班长李勇回忆在厂家学习的情景时，用了"没日没夜"这个词，为的就是能够获得更多的指导。

经过3年的精心培育，这个旅的专业人才呈现"井喷"之势。他们不仅有了一支专业素质过硬、教学能力突出的骨干队伍，一个个后起之秀也在日常考核和重大任务中，如雨后春笋般冒了出来。

第二步：改观"换脑"，更新理念

改革要先换"脑"，转型就要转变观念。

"不是穿上特战的衣服、挂上特战的标志，就是特战队员了。"特战一营教导员胡秀良说，"最难的，还是要把步兵的思维，更新到特战的理念。"

说到特战理念，二营营长王世周也深有体会。2年前，他还是作训参谋，去基层检查训练情况。战士们都在练得热火朝天，连长却只是站在一旁进行指挥。当王世周问这名连长为何不一同参与训练时，连长如此回答："一直以来，连长都只是负责组织指挥。"

王世周并没作过多解释，只是给连长出了个题目：与2名战士协作，翻越一堵7米高墙。结果，这位连长没有成功。

在步兵单位，通常是班长就能把单位的训练带起来，排长连长也只是充当组织者和指挥者。不过在特战部队，讲究的是模块化，营长也可能是模块中的一员，要随小组遂行作战任务。"在特战部队，人人都要学特战，人人都要懂特战。"王世周说。

这个旅的兵，还真是不好当——所有特战课目必须全部考核合格，过不了就集训，直到过了再放人，再不行就调整岗位，甚至淘汰。"要进炊事班，先劈五块砖。"上士顾立保说，在他们特战旅，没有轻松的岗位。

记者在伞降模拟训练场，见到了宣传科长邱小飞，他正随着一营的官兵在训

▲ 2015年7月，特战旅组织机降训练。（图片由部队提供）

练。副旅长刘勇介绍，如今，他们旅不仅仅是基层政工干部要学特战，就连旅领导和机关干部都要求一人不落，把特战课目训完。

让指挥员参与训练容易，可让他们升级指挥理念却并非易事。转型之初，连队在战术训练的时候，还是步兵的老一套——"一班左，二班右，三班中，四班殿后"。

"特种作战是区分火力，按照班组编排，使用的是无人机、夜视器、大口径狙击步枪等高精尖武器，与传统步兵作战相差甚远。"旅党委一班人很快认识到这个问题，他们以担负的战备任务为牵引，加强对作战问题的研究，借鉴全军一些成熟的特战经验，慢慢让特战思维在各级指挥员脑子里生根发芽。

三连长潜正是在这个旅当了5年步兵后提的干，既是旅转型的见证者，又是参与者。他说："现在连里战士一拨刚集训回来，另外一拨又要出去，长期在位人数不到三四十，流动性很强，跟以前手下带着一百多号人完全不是一个感觉，管理模式也不一样了。"

旅东营区的攀登和射击训练场，在2年前还是一片蔬菜种植大棚。这是前几届党委班子留下的家底之一，为改善官兵伙食作了不少贡献。特战训练展开以后，旅里毫不犹豫就把菜棚夷为平地，建起了标准化的特战训练场。

思想理念正了向，部队建设才算起了航。在这个旅，从普通战士到党委常委，人人都学特战理论，谈论起来也是特战话语体系，全旅上下形成了一种学特

173

战、研特战的浓厚氛围。

第三步：猛练"增肌"，铸就精兵

采访过程中，女子特战班的女兵们给我们留下了深刻印象。

班长杨旭娇左手背上一块暗红色伤疤特别扎眼。在一次考核中，她在匍匐穿越火障时不慎被烧伤，可她全然不放在心上，紧接着又把涉水课目完成了。这个浙江女孩并未觉得伤疤让自己的颜值减了分，反倒认为这是自己的荣誉勋章。

"组建女子特战班的时候，我是第一个报名的。"杨旭娇之前在集团军某通信团话务班，虽然工作辛苦，却用不着在训练场上冲锋拼杀，这是很多女兵理想的岗位。从小听爷爷讲抗日经历的杨旭娇却不这么想："我要的部队生活是充满汗水和激情的。"

这个曾经恐高的"90后"姑娘，现在攀登、滑降、伞降等都练得得心应手，其他课目更是不在话下。就在今年，她还因为成绩突出，被评为全国"三八"红旗手。

2016年4月，特战旅在新建的攀登楼上组织快速滑降训练。【图片由部队提供】

2016年5月，特战旅女子特
战班女兵正在进行弓弩射击
训练。（图片由部队提供）

　　不仅仅是杨旭娇，女子特战班敢打敢拼的"女汉子"太多了。

　　生理期遇上考核，钱仁谁也没告诉，忍着剧痛划完冲锋舟、游完一公里，再冲刺到山顶。到达终点时，她脸色刷白，人都快虚脱了。

　　为了练胆量，旅里组织女兵比杀鸡。黄安琪第一次见到血都害怕，现在是能一把抓住鸡脖子，一刀下去割个大口子，再用手往肚子里一伸，把内脏一掏，翻过来洗洗，5分钟不到就解决"战斗"，真的是"杀鸡不眨眼"。

　　在旅里，大家都开玩笑说，他们是"女兵当男兵练，男兵当牲口练"。官兵们格外能战斗、格外敢牺牲。

　　"我们全旅所有特战连队全都是红军连队，身体里有着不畏困难、敢于冲锋的红色基因。"旅政委唐开喜说。

　　确实，旅里的官兵们真是够拼的！

　　冬天射击，有时会要求大家在冷水里把手泡得麻木了再拿枪，"谁敢保证以后战场上你的手一直是温暖状态？"新兵野外生存训练，让大家抓蛇、吃生肉，夜间行军还专门挑坟地多的路线。信任射击，让战友在靶标前行走，刚一走过目标时就得抠下扳机……

　　特种作战，不仅要敢拼，还得"走心"。

无人机大队，2014年把两型"宝贝疙瘩"接回了旅。他们在厂家人员走了之后，主动探索、胆大心细、攻坚克难，从装备原理入手，练操作使用、研战场指挥、钻情报分析，短短4个月就实现了首飞。不到2年的时间里，他们整理出飞行操纵、维护保养、情报研判等手册30多本。

某型无人机的理论极限飞行时间是×小时，他们科学调整飞行角度、把握飞行姿态，紧盯着剩余油量，硬是飞出了比理论值少半小时的飞行时间，创造了该机型在全军的飞行纪录。

3年时间里，这个旅的训练有了质的提高，特种作战能力实现了从零到强的飞越。不久前，他们参加作战能力评估，各个课目均为优等。作为新型作战力量，他们也先后参加了各类实兵对抗演习十余场，打出了实力、打出了名声。

"草地党支部"、夜袭阳明堡……营区广场，一尊尊重现着部队经典战例和历史故事的雕塑，向官兵们时刻提醒着：这是一支根正苗红的红军部队。

80年前，长征路上那群穿着草鞋、扛着土枪的红军，哪里能想到，80年后的今天，他们的队伍会转型发展成一支现代化的特种作战部队？

再过80年，这支老红军部队又会展现出怎样的面貌？

"太行山上的拳头、主力中的主力"

陆军第12集团军某特种作战旅是一支与人民军队同龄的老红军部队，前身由1927年11月黄麻起义组建的红28团，1928年9月组建的红四军特务营，1929年10月江西星子、港口起义组建的红32团组成。1945年10月，正式组建于山西省襄垣县，编为晋冀鲁豫军区第3纵队第7旅。1949年扩旅建师，改番号为11军某师，1985年10月改称为某摩托化步兵师，2003年12月改编为摩托化步兵旅，2013年12月整编为陆军第12集团军某特种作战旅。

▲ 1927年11月14日，黄麻起义爆发。图为特战旅前身部队鄂东军保卫黄安油画。（图片由部队提供）

战争年代，这支部队先后参加战役战斗1500余次。土地革命战争时期，参加五次反"围剿"，经历二万五千里长征；抗日战争时期，参加了夜袭阳明堡、响堂铺伏击战、百团大战、黄崖洞保卫战等著名战斗，被刘邓首长亲切地称为"太行山上的拳头、主力中的主力"；解放战争时期，三出陇海线、强渡黄河、挺进鲁西南，千里跃进大别山，转战冀鲁豫，参加淮海战役、渡江战役，因战功卓著，被誉为"中野虎师"；新中国成立以后，先后参加了金城防御战、上甘岭战役、赴滇轮战、"海州"系列演习以及安徽蚌埠、淮南和苏北地区抗洪抢险任务。

卢沟桥事变后，日本帝国主义发动了全面侵华战争。日寇以5万兵力分兵南下，大举进犯，长驱直入、气焰嚣张，国民党军队节节败退。当时太原已处于晋北、晋东两路日寇的钳击之中，不断受到日军飞机频繁轰炸，坚守忻口的爱国将领蒋梦麟部更是损失惨重，连最基本的组织战斗都难以为继。

当时，部队的前身八路军129师769团团长陈锡联临危受命赶赴前线配合忻口作战，途中发现敌机不断飞向前线轰炸忻口、太原，于是当机立断寻找机会打击日军机场。面对一没有高端侦察装备，二没有专业人才的困难局面，不要说炸毁敌机场，就连敌机在哪都找不到，陈锡联深知责任重大，不断派人侦察，果然功夫不负有心人，终于查明敌机场就在阳明堡西南约3公里处，守卫机场的鬼子不到200人，附近阳明堡镇里的鬼子也仅有500人左右。

在陈锡联团长的指挥下，一营、二营担任阻击任务，三营在当地群众的配合下夜袭阳明堡机场。战斗中，全体官兵充分发挥近战夜战的特长，不怕牺牲勇猛拼杀，以伤亡30余人的较小代价，一举击毁敌机24架、歼敌100多名，消灭了日寇在晋北战场上的一支空中突击力量，沉重打击了日寇嚣张气焰，极大提振了民心士气。

自创建以来，部队先后涌现出"草地党支部""党支部建设模范红三连""军事训练模范红四连""神炮连""史玉伦班"等17个著名英模单位和"战斗英雄"李长林、"朝鲜民主主义人民共和国英雄"胡修道、"勇于献身的好连长"傅永先、"排雷英雄"范中华、"模范指导员"韦情等60个英模个人；走出了王树声、陈锡联、李德生、王近山等165位共和国将军。

在长期革命斗争与和平建设实践中，部队涵养出丰厚的传统底蕴和鲜明的建设特点。

一是传承"一魂"。锻造形成了"铁心跟党、勇挑重担、百折不挠、敢打必胜"的旅魂，孕育了"铁心跟党走、一步不掉队"的"草地党支部"精神、"狭路相逢勇者胜"的"亮剑"精神以及"倒也要向前倒"的"上甘岭"精神。

二是升华"两气"。该旅历来是一支特别能吃苦、特别能战斗、特别能攻坚、敢啃硬骨头的拳头部队，急难险重任务面前敢打头阵，始终充盈着"压倒一切困难的虎气、战胜一切敌人的杀气"。

三是恪守"三实"。该旅坚持用"勇于献身的好连长"傅永先"三句话"（"谁家没有困难，咬咬牙就过去了！""走留是组织上的事，自己瞎操什么心！""职务上不去，工作要上去！"）教育激励部队，老实做人、扎实做事、务实建设，坚持"举步为战、步步为战、全员为战、全程为战"，每走一步路、每干一件事，都像组织打仗一样高标准、严要求，促进了部队全面建设发展。

四是坚持"四敢"。党委班子坚持躬身践行"工作标准敢站排头、廉洁自律敢拍胸脯、较真碰硬敢严规矩、敬业奉献敢舍名利"的"四敢"精神，做到大项任务靠前指挥、选人用人公道正派、敏感问题阳光操作、落实制度毫不走样，在坚持原则中扬正气、树导向。

临时党支部，死亡草地上亮起的灯塔

1935年深秋，茫茫草地上沼泽密布，年仅13岁的父亲追随大部队走了整整27天，因为长时间在黑水里浸泡，父亲的脚已经烂了，起初还能一瘸一拐地跟着部队，但因为好几天没吃东西，禁不住头晕、肚饿、脚伤的多重煎熬，父亲掉队了。

天色渐黑，人也越来越少，父亲越走心中越忐忑，最后，他索性坐了下来，心想完了，粮食没有，伤口又疼，什么时候能出草地也不知道。万一遇上国民党的骑兵队，也是一样没命，想着想着，眼泪开始在眼眶打转……

"小鬼，你是哪个单位的？"忽然，父亲听到有人询问，他抬头一看，只见一个挂着拐杖的人正瞪眼看着他，这人的右腿已经受伤，不时渗出殷红的鲜血。不等父亲回答，他已经一把把父亲拉了起来，父亲发现，在他们周边，东倒西歪地站着二十多个掉队的战士，都筋疲力尽，不住地喘着粗气。

"同志们，要咬紧牙关，坚持到底就是胜利，我是四方面军二十八团三连副连长。"因为时间久远，父亲已经不记得那位副连长自报的姓名，直到后来多方查探，才知道副连长的名字叫李玉胜。大家听了他的话，也纷纷提起精神作了自我介绍，众人相互扶持，一起向不远处的一个山上走去。

山上有一棵四五人合抱不住的大树，中间都空了，大树周围有一块较干燥的地方，大家就在那儿休息，斜倚着枪，伛着腰，蜷着腿，闷声不响地坐了下来。听不见往日的歌声，看不见黄昏的营火，心里沉甸甸的……

看见大家无精打采的样子，李副连长发火似的冲着他们说："干吗这个模样！铁尺男儿，怎能垂头丧气！我们要活，一定要想办法活下去！"他给大家分析了当前的形势，并提议成立临时党支部，"只有团结起来，靠组织的力量才能把咱们带出草地，请党员、团员举手！"

大家一致选举李副连长为支部书记，统计结果出来，29名伤员中，有13名正式党员，4名预备党员，6名团员，父亲是团员，也被编到了小组中。

"同志们，今夜我们就在这里宿营，现在，我召集开我们支部第一个会。"父亲说，李副连长讲的不多，但是意思大家都很清楚，李副连长说，大伙虽然来自不同的部队，但同属于红军这支大队伍；部队按行动方案北上前进了，我们要努力跟上不能掉队；临时党支部对29名伤员统一领导，带领大家先走出草地再赶上队伍。

接着李副连长和几位支委具体分配了任务：找野菜的找野菜、拾草的拾草、烧火的烧火……父亲告诉我，那一刻，临时党支部就像那刚点着的篝火一样，在大家心中燃起熊熊的希望。

从那时起，他们相互扶持，忽然感觉自己又有了依靠，因为有了副连长这个主心骨，他们又能众志成城与死神相抗争。

"副连长……"一天行军，伴随一声撕心裂肺的呼叫，战士周炳忽然陷入沼泽，紧跟周炳身后的一名战士急忙去拉，可泥潭差点把他也拖进去。

"不要动，你动得越大，陷得越快，你不要动，我们来救你。"李副连长大声喊道，他让大家迅速把绑带接起来，自己带着一头，匍匐着爬到周炳身边，将绑带递到周炳的手上，大家一起慢慢用力，终于将周炳拉出了泥潭。

"谢谢副连长，是您救了我的性命。"小周激动地眼泪直掉。

李副连长摆着手安慰周炳："小周，是党救了你！同志们救了你！我们党支部这个战斗集体救了你！"

茫茫草地上，危险总是不期而至，但最大的危险还是饥饿，很多人走着走着都会突然摔倒在地上，要不是相互关照，大家早就坚持不下去了。

一天傍晚，大家围坐在一起烧水煮野菜，焦急地等待着李副连长。说是煮野菜，不仅野菜味道难吃，关键菜叶还少得可怜。但大家都没急着吃，因为李副连长还没回来。

正在这时，在黑糊糊的天光中，看见他和另外一人回来了，身上斜挂着枪，还拖着一只死山羊。大家一下乐开了，真是好多天来没尝过油腥味了，于是又忙得不亦乐乎，七手八脚地剥开皮洗干净就整只烧来吃。

当大家兴高采烈地吃着山羊肉的时候，李副连长却一声不响地躲在一边光吃野菜，被父亲发觉了，父亲一定要他来吃，李副连长却说："让伤重的同志多吃点吧，我还能动呢！"这下更弄得大家也不吃了，后来还是通信员给他分了一块羊肝，他接了过去啃了起来，大家才如释重负，狼吞虎咽地吃了起来。肚子饱了，精神也振作了，大家的劲头一下高昂了起来。

接下来的行军，大家走得精神了些，可到傍晚，战士小张还是饿晕了过去。

"副连长，小张是饿的，吃羊肉的时候，小张为了照顾伤病员，吃得最少。"李副连长二话没说，掏出树叶包裹着的羊肝，这时大家才知道，原来副连长只在羊肝上咬了几口，趁大家不注意便偷偷藏了起来。小张睁眼看到，感动得说不出话来……咬了两口，他再也舍不得吃了，把它递给了重伤的战友。

最终，一块羊肝你传我，我传你，还是传到副连长手上，见此情形，李副连长决定，给重伤员每人分了一块："我还能撑下去，多活一个人就多一粒革命的种子，多一份胜利的希望。"大家含着泪把这块羊肝吃完了。

"草地虽然大，但总有一天会走到头的！"一次休息，副连长主动和父亲聊上了天，他摸着父亲的手，和蔼地说："你是共青团员吧！你知道战胜困难就是胜利这句话吗？我们的革命才开始呢，你们小青年是有远大前途的，我们这个党支部一定会带领大家走出草地的，你也要好好坚持下去！"他又讲故事给父亲听，说以前有个飞毛腿，本事很大，一天能跑好多里，在草地上疾步如飞，身上负了伤还和敌人作战，副连长的话让父亲充满了斗志……

终于一天，几个支委带着小组在前面发现了大部队的足迹，队伍里大家都高兴极了，鼓足精神向着茫茫无边的草地边沿继续前进。就这样一路走，饿了就吃野草，过了三天，父亲他们终于在李副连长率领下走出了草地。更令人高兴的是，大部队正好也在就地休整，好像专门在等待掉队的人员，父亲他们很快找到各自单位，患难相逢的大家各自分手了。找到红10师新剧团之后，父亲就向上级报告了李副连长带自己走出困境的经历，并郑重地向组织递交了入党申请书。

（作者为罗沙粒）

作者简介

罗沙粒（女），父亲罗玉琪，曾任上海警备区司令部防化处处长、上海警备区后勤部部长，在长征时是红四方面军4军10师新剧团的一名战士。从罗沙粒小时候开始，父亲就经常给她讲那些战斗的故事，而罗沙粒印象最深刻的，还是父亲跟着"草地党支部"突出重围的经过。

13

"红一师"：
从长征勇士到合成劲旅

未来，因"合"而成

历史的车轮隆隆向前，在每一支红军部队留下独特的印迹。

对陆军第65集团军某机步旅而言，这串印迹中，有中国工农红军第一方面军第一军团第一师的猎猎战旗，也有17勇士强渡大渡河的拍岸惊涛；有阿部规秀命丧太行的大快人心，也有"狼牙山五壮士"纵身一跃的壮烈悲歌……

2013年12月，正当他们将师史馆修葺一新，准备迎接建师80周年的时候，新的时代变革不期而至——部队由摩步师改为机步旅，开始了探索合成营建设的步伐。

2年多来，他们经历了什么？收获了什么？合成营建得如何？带着一连串问号，我们走进了塞北这座威名远播的营盘。

结缘合成营

今年32岁的鄢俊，已是合成营营长。职务前加上"合成"二字，意味着相比传统机步旅的营长，他的手里掌握了十余个兵种、数十种专业，是后者的数倍之多。

对于合成营，作训参谋出身的鄢俊并不陌生。早在2010年，部队就曾组织过合成营演练。那时，合成营也会被叫作加强营。

"那次演练，没有坦克、步战车这些装备，也没有信息化的指挥系统，全是由官兵扛着旗子'扮演'的。"鄢俊回忆说。

那为什么在基本条件都不完备的情况下，还要组织合成营训练呢？这就得从合成营的构成与优势说起了。

▲ 2013年4月9日，65集团军某旅组织官兵在陌生地域进行野外搜索，有效锤炼部队官兵打赢本领。（图片由部队提供）

▲ 2014年6月15日，在"狼牙山五壮士"精神的感召激励下，训练场上敢打硬拼、永争第一已经成为该旅官兵的不懈追求。图为65集团军某旅官兵正在组织紧急出动演练。（图片由部队提供）

与传统的单一兵种营相比，合成营集装甲步兵、炮兵、侦察兵、通信兵、工兵等诸多兵种于一体，反应快、火力猛、信息化程度高，具备一定的独立作战能力，更适应信息化战争快节奏、高强度的特点。

"当时，世界主要军事强国都在进行合成营建设探索。"鄢俊说，"不管在其他国家，还是在我国，合成营都是陆军调整转型的方向之一。"

正因如此，2011年，集团军也专门组织研合成营先遣攻击行动，演练任务被交给了这支部队。受领任务后，部队抽调了几个连队组成合成营，由师副参谋长担任营长。也就是说，这个合成营是因任务而组建的，平时并不存在。

▲ 每逢大项任务前，65集团军某旅都要组织向党旗宣誓，坚定官兵强军信念。（图片由部队提供）

▲ 2015年6月4日，65集团军某旅"狼牙山五壮士"英模方队雨中训练间隙，官兵将鞋内的雨水倒出来，该旅注意从难从严锻炼官兵意志品质。（图片由部队提供）

由于是临时"拼凑"，再加上信息系统尚未实现完全互联互通，那次演习中，部队在互相配合上出了不少乱子，担负主攻的5连已到达敌前沿，但负责破障的工兵分队却迟迟未到；穿插分队早已到达指定地域，但助攻分队却迟迟不能发起攻击……

"尽管问题不少，但大家还是看到了合成营的威力，都觉得应该朝着这个方向努力。"彼时，刘长安还担任副师长，但合成营将各兵种攥指成拳，攻坚势如破竹，固守稳如泰山的作战效能让他惊叹不已。部队由师改旅、探索合成营，刘长安成为首任旅长。

探索就意味着，要从建、管、用全面总结研究，不论平时还是战时，部队都要处于合成状态，合成着训练，也合成着生活。这标志着，靠抽组才能攥起合成拳头的日子一去不返了。

"这是一种全新的部队形态，与之相对应，战备、训练、管理、作战、保障等方方面面全都跟着变。"刘长安说，"转型建设的任务很艰巨，但一想到我们是在为陆军的未来蹚路子，就浑身充满了干劲儿。"

理解合成营

2014年9月，在合成营组建近10个月时，原北京军区对合成营进行了一次实装实弹临机战备拉动。

"第一次在上级机关面前亮相，大家很紧张也很兴奋，都想好好表现，把合成营的优势发挥出来。"营教导员邹海兵说。当时，他的职务是营参谋长。

可谁也没想到，弹药迟迟不能到位，数十台主战装备眼巴巴干等着。

"除了作战分队，合成营还编有专门的支援、保障力量，大家都觉得它无所不能。"邹海兵说，"过度的自信，让大家忽略了仅靠一个运输班是不可能完成弹药请领分发任务的。"

事实上，勤务保障分队的职能设定并非大包大揽合成营自身的所有保障任务。但那段时间，许多官兵眼中的合成营却是偏离这种设定的，一些人甚至把营参谋机构与团机关等同起来，认为几名营参谋应该训练、政工、后勤、装备各管一摊。

而这在围绕合成营的思想迷雾中，只是一个局部——

一次演练中，一位营长放着指挥信息系统不用，花了近1个小时把连长们召

2016年3月31日，65集团军某旅组织召开授装仪式，有效激发官兵爱装管装责任，提升能打仗打胜仗的战斗力。（图片由部队提供）

集起来，面对面开起了作战会；

安排军事训练，各营一门心思考虑如何把各连训精训强，却对各兵种协同训练关注不够，穿着合成营的新鞋走了单一兵种营的老路；

一次考核中，一名连长阐述作战思路时，要求突击炮进行火力支援，并指定了配置地域，却说不出突击炮机动能力如何、火炮射程多少……

"只有先做到正确理解合成营，才能更进一步地谈建好用好合成营，而建好用好合成营的关键在那个'合'字。"旅长刘长安说，"合的过程，必然少不了磨合、煎熬还有痛苦。"

基于这一认识，旅里先后11次邀请国防大学、军事科学院等8所院校42位专家教授集智攻关，对合成营的日常运转、作战样式、指挥方式、保障模式等展开研究论证，并在官兵中广泛开展学习讨论，帮助大家换思想、转观念。

2年间，该旅先后8次组织专题研讨，40余次集中课题组与营连对口审议，搜集完善训练数据1205组，完成合成营作战运用26个课题的理论攻关，梳理形成了23项研究成果。

如今，全旅从上到下，不管问到哪名官兵，他都会告诉你"合成营具备的是一定的独立作战能力"，并且会把"一定"二字加重语气或者进行重复。

兵种与兵种之间的了解，也在一次次的互动交流与合成训练中日益加深。排长赵斌毕业不到2年时间，说起合成营各连的主战装备技术性能、战术运用却是如数家珍。

"我们都是一家人，哪有不了解的道理。"赵斌说。

期待合成营

入伍前，"特功五连"狙击手、下士曾翔宇是武汉理工大学的大三学生。2013年，两年服役期满，他没有像多数大学生士兵那样返校继续学业，而是选择了留在部队。

面对很多人的不理解，曾翔宇说，合成营让他看到了大有可为的舞台。

合成营为何有如此魔力？透过一次演习可知一二：

▲ 2016年3月17日，65集团军某旅组织官兵进行实爆课目训练，把训练贴近实战，聚焦打胜仗，才能谋打赢。（图片由部队提供）

演练中，营参谋长付亚宾与几名参谋密切配合，处理情报、调控兵力、提出决心……全营数十种装备、近百个专业力量都在他们敲击键盘声中，灵活运用。

保障连开辟通路，通信排实施抗电磁干扰，突击炮随时准备抵近火力支援，炮兵连远程打击和防空火力也已准备就绪……

"战术互联网能够分层分类综合显示战场态势，部队位置信息30秒刷新一次，敌情侦察情报系统实时更新，天候、气象、水文信息更新周期也不会大于2小时。"付亚宾说，各类情报信息实时传递共享，经过情报处理终端汇总分析后，会自动为各级指挥机构生成决策辅助信息。

点击进入这个旅的作战数据库，部队所有任务地域和主要作战方向的地形、路况、水文等信息一目了然，各类数据达数十万条，并且数据终端与当地气象、国土、市政、城建等部门加密连接，实现了数据实时更新。

一次，部队出发前，作战数据库通过自动比对发现，列装不久的防空导弹车体高于预定行军道路中的一处涵洞，指挥系统据此及时作出路线调整。

当然，玩转信息化必须有几把刷子。曾翔宇这样的高学历官兵无疑是部队的"香饽饽"。该旅成立以来，60%立功受奖的官兵具备大专以上学历。

"每次在各种演习报道中，看到战车驰骋、战机轰鸣的场景，我就想，那也是我的未来战场。"曾翔宇说，他实在不能割舍那样的激情与热血。而全旅百余个士官长岗位，也为他的成长提供了广阔空间。

与此同时，干部也在经历前所未有的历练。这两年，旅里通过换岗锻炼、交叉任职、跨专业培训，培养了一批军政兼通、指技合一的干部骨干，85%以上的干部具备多岗位交叉任职经历。

"只要人的问题解决了，不管还有再多困难都不怕。"采访结束时，旅政委刘海成说，"尽管目前合成营建设仍处于摸索完善阶段，但未来值得期待，对此我们有充足的信心。"

大渡河畔，红军英雄不留名

中部战区陆军第65集团军某机步旅的前身是由毛泽东主席在秋收起义中缔造的。1933年6月，这支部队在江西省永丰县藤田镇整编为中国工农红军第一方面军第一军团第一师，简称"红一师"。

1934年10月，"红一师"从江西于都县出发，开始艰苦卓绝的二万五千里长征。

在整整一年的战略转移中，"红一师"多次担负前锋主攻任务，抢险飞渡，斩关夺隘，作战62次，参加了突破四道封锁线、四渡赤水、两渡乌江、强渡大渡河、夹夺泸定桥等一系列著名战役战斗，涌现出闻名遐迩的"大渡河十七勇士"，为中央红军长征的胜利作出了突出贡献。

突破乌江，为全军开路

1934年12月，中央红军经湘江一役，由出发时的8万6千人锐减至3万余人，损失惨重。

当时面临的情况是，疲惫至极的中央红军要摆脱国民党军几十万人的围追堵截，必须迅速突破乌江。

乌江，由此成为决定中央红军命运的"生死江"。

乌江，自古称天险，两岸高山壁立，江宽浪急，难以逾越。更为可怕的是，蒋介石已在乌江北岸部署重兵。

开路先锋"红一师"再次承担为全军开路的任务。12月31日，"红一师"接军团"强渡乌江，北上遵义"的电令，当日遂以杨得志任团长的1团为先遣团，冒雨向乌江疾进。

这是一场抢时间比速度的战斗！红军和尾追的国民党中央军谁先到乌江，谁就有可能获得胜利。

杨得志和政委黎林率1团拼命开赴乌江。当时，贵州雨雪连绵不断，落地结冰，路面像泼了一层桐油，当地群众称"桐油凌"。一路行军，官兵不知摔了多少"桐油跤"。为加快行军速度，官兵们把急行军转为强行军。经三昼夜强行军，先遣团于1935年1月2日抢在国民党中央军之前到达乌江渡口——龙溪。

红军到来之前，国民党黔军一个团，不但在乌江北岸构筑了坚固的江防工事，而且还抢走了南岸所有船只木料，船夫也都不知去向。

形势万分危急。红1团迅速集中全团枪、炮向对岸敌人开火，敌人山顶工事飞上了天，残敌退往山后。敌人被暂时压了下去，但渡江成了难题。

怎么办？关键时刻，杨得志和黎林发现江中有一根竹子，他们灵机一动，决定扎竹排强渡。竹排扎成后，战士们奋勇争当渡江第一人。傍晚，电闪雷鸣，暴雨如注，前卫营8名勇士登上竹排，行至江心不幸被巨浪吞没，首次强渡失败。

"一定要渡过去！"1营十几名同志又勇敢地承担了第二次渡江任务。他们从渡口下游水势较缓处起渡，一个小时后终于登上北岸。至3日11时，1团胜利渡过乌江，将江防守敌全线击溃，占领了登陆场。4日午夜，"红一师"突破乌江天险。

过江后，"红一师"立即跟踪追击向遵义溃逃之敌。黔军王家烈的"双枪兵"（步枪、烟枪）溃不成军，丢盔卸甲，"红一师"一路俘敌数百人。

1月7日，红军胜利占领遵义。至此，中央红军把国民党"追剿"大军甩在乌江以东以南，赢得了长征开始以来第一个喘息时机，为遵义会议的召开提供了必要条件。

强渡大渡河，夹夺泸定桥

1935年5月，又一道天然屏障——大渡河，横亘在中央红军的面前。

大渡河是岷江的一条支流，传说太平天国农民起义军领袖石达开，曾在此全军覆没。

蒋介石梦想红军成为第二个"石达开"。他接受了乌江行动迟缓的教训，严令薛岳、周浑元、吴奇伟等率数十万大军火速奔往大渡河。电促四川军阀刘湘、刘文辉死守大渡河所有渡口。

毛泽东和中革军委也深知大渡河的重要性和渡河的难度，在命令"红一师"于安顺场强渡大渡河的同时，又命令杨成武率领"红二师"4团在大渡河上游飞夺泸定桥。

5月23日20时，"红一师"1团冒雨赶到大渡河南岸安顺场右侧的山上。中央红军总参谋长刘伯承、第一军团政委聂荣臻向"红一师"师长李聚奎、师参谋长耿飚和1团团长杨得志、政委黎林介绍敌情、部署任务。

安顺场地处深山峡谷，回旋余地很小，兵力展开亦难。渡口附近水流湍急，不便徒涉，渡河船只也被敌人抢走。刘伯承、聂荣臻对1团官兵们说："这次渡河，关系着中央红军的存亡，你们一定要战胜一切困难，完成任务，为全军打开一条胜利的通路！"

23时，黎林带2营向下游佯攻，杨得志率1营直扑山下安顺场渡口。次日凌晨1时，1营搞到南岸仅有的一条渡船，又找到了十几个船工。

黎明，第一军团炮兵连的3门82迫击炮和数挺重机枪安放在有利阵地上，轻机枪和特等射手也进入河岸阵地。1营营长孙继先从2连挑选了连长熊尚林等16名同志组成渡河奋勇队。后来，2连通信员陈万清哭喊着要求参加第一船渡河，孙继先十分感动，当场批准。这就是著名的"大渡河十七勇士"。

17勇士每人带着一把大刀，一支冲锋枪，一支短枪，五六个手榴弹和其他必要的作业工具。9时整，熊尚林带领第一批渡河的8名同志登船离岸，破浪击流，直扑对岸。敌人拼命地向小船射击，神炮手赵章成将炮口瞄准对岸敌工事，一发炮弹让敌人的碉堡飞到半空。在强大火力掩护下，小船穿过敌人炮弹炸起的层层急浪，飞速向北岸前进。勇士们随着渡船冲过一个个巨浪，顶着一阵阵弹雨，勇往直前。

渡船离北岸只有五六米距离时，勇士们不顾敌人的疯狂射击，一齐站了起来，准备冲上岸去。这时，200多敌人突然从渡口后方的小村庄冲出，对红军实施反冲击。赵章成在南岸迅速准确地将两发炮弹送入敌群，敌死伤大片，慌忙缩回。

在猛烈的炮火掩护下，渡船靠了岸，勇士们飞一样跳上岸去，乘势冲入渡口工事，与敌人厮打。接着，孙继先带另外8名同志乘船冲到北岸。

17勇士汇合一股，17挺冲锋枪火舌喷吐，17把大刀上下翻飞，杀得敌血肉横飞，余者拼命夺路逃生，17勇士完全占领了渡口。

紧接着，杨得志坐第3船过河，率部队追击敌人，并在北岸渡口下游又缴获两只渡船。

"红一师"全部渡过大渡河之后，迅速扫清北岸守敌。因渡船奇缺，主力一时难以通过，且后面追兵将至。中革军委命令"红一师"为右路军，由刘伯承、聂荣臻率领，与南岸"红二师"夹河北上，共同夺取泸定桥。

敌人两个旅的兵力在北岸利用险要地形沿河布防，处处设障。"红一师"以2团为先头，不顾连日阴雨山路崎岖湿滑，一路穿山越岭，争分夺秒攻击前进。

5月29日，"红一师"在化林坪追上了增援泸定桥守敌的刘元堂旅。2团以一部由右侧山腰绕至敌侧后，与正面部队同时冲击，一举攻占了铁丝沟隘口。这时，3团赶到，打掉了守军设在泸定桥头的碉堡火力点，并共同发起进攻，彻底打垮了该旅，为夺取泸定桥创造了有利条件。

尤其是3团及时发现敌人已在铁索桥东端预先埋好了炸药，正在动手炸桥，官兵们立即将导火索拔除，从而使从河西岸往东打的红4团勇士们有铁索可攀。

"红3团"的这一行动，为"红一师"与"红二师"成功实施夹岸而击、合力夺取泸定桥，保证党中央和中央红军主力渡过大渡河脱出危境，立下大功。

后来，上级赠送给17勇士和团长杨得志、神炮手赵章成每人一件列宁服。当时，红军条件非常艰苦，而这就是极高的物质奖励。

实际上，当时渡河的包括孙继先在内应该是18人，有人认为应该叫18勇士。但后人在整理史料时，却把孙继先排除在外。

孙继先之子孙东宁接受新华社记者采访时说："在1991年，父亲去世1周年的时候，杨得志伯伯题写了字幅：'长征路上先锋，大渡河畔英雄'，以表对父亲的祭奠。同时正式向军委写信，反映强渡大渡河的史料与事实有出入的问题，他认为强渡大渡河应是18勇士。"

孙东宁说，父亲对于自己是不是"大渡河勇士"一事，一直保持缄默、低调。我们几个孩子小时候都听父亲讲过强渡大渡河战斗的故事，上学时也都学过《大渡河畔英雄多》的课文，也为父亲光荣的战斗经历感到自豪。可是后来，当听到有关强渡大渡河是"十七勇士"，而不是"十八勇士"的说法时，我们都很疑惑，曾多次追问父亲："怎么少了一个勇士？"想得到父亲一个正确的解释。

孙东宁说，父亲平和淡定地对我们说："在革命战争年代，无数先烈献出了自己的宝贵生命，有些同志牺牲后连名字都没有留下。我们这些幸存者想起他们就心里难过。如果再去争什么'勇士'，我感到很羞耻！"

雪山草地写风流

1935年6月至9月，中央红军迎来了长征中自然环境最险恶、生活条件最艰苦的日子——爬雪山过草地！

6月12日，"红一师"进抵川西宝兴县境内夹金山脚下的陇东镇。

海拔4000多米的夹金山，终年白雪皑皑，空气稀薄，没有道路，没有人烟，忽而冰雹骤降，忽而狂风大作，被当地汉藏居民视为"神山"，据说从没有人翻越过。

时值盛夏，全师干部战士每人只有一身单衣。经过动员，全师决心"征服雪山，气死神仙"。

13日9时许，"红一师"开始向夹金山进发。刚到山下，寒气逼人，如入冰窖。上得山腰，只见左右雪崖陡立，道路辟于其间，晶亮溜滑，稍不注意，即有坠涧之危。山上，气候变化无常，时而雨雪飞扬，奇寒袭身；时而阳光喷薄，刺得人眼"失明"，难辨东西。

在艰苦的行军中，全师从师长到每个战士，手拉手，奋力向前。有的伤病员经不住风雹雨雪的煎熬而倒在雪地上，再也没有站起来。

到达山顶，大家精疲力竭，极想坐下来休息，师长李聚奎连忙大声呼喊："同志们，人不能停住，坐下就起不来了！"师宣传队也随机鼓动："同志们，再加把劲儿，山下就到懋功了！"

当时，绝境中的红军曾流传一首短诗："天空鸟飞绝，群山兽迹灭。红色英雄汉，飞步踏冰雪！"

经过六七个小时的与风雪搏斗，"红一师"当天傍晚翻过了死神般的夹金山，在懋功城与红四方面军会师。

对红军而言，翻越雪山过后，另一场生死考验是过草地。

8月21日，"红一师"跟随毛主席踏上了毛尔盖、松潘以西那片荒无人烟的草地。草地内野草丛生，沼泽遍布，被称为"死亡的绝地"。

一路上，那些漫无边际的齐腰深或高过腰际或高过头顶的野草，掩盖着软如豆腐的沼泽，掉进沼泽里的人，伙伴还没来得及拉，便消失了。有时连救援者也会同被救者一起消失在泥潭中。3团战士崔华义陷进泥潭，刚要呼救就被泥浆吞没了头顶。

当行进到班佑南之河花滩，突然从侧翼冲来敌一个骑兵团，"红一师"1、2团干部战士拖着极度疲乏的身体，奋勇向敌包围过去。战斗半个小时，将敌击溃，保证了主力安全行军。

饥饿，成为草地行军中最大的威胁。有的同志误食毒草，轻者痉挛呕吐，重者中毒而死。后来，官兵们把皮带、皮包、乘马、驮骡也充作食物，仍难以挽救许多同志的生命。但在"团结互助,为了革命"的口号下,"红一师"上下一致,同甘共苦,把生的希望留给别人,把死的危险留给自己,终于走出了死亡之地。

李聚奎后来回忆说:"在万恶的水草地中,红军官兵忍饥受寒,心中只有一个信念:北上!胜利!许多同志牺牲前仍念念不忘革命成功,叮嘱跟着毛主席革命到底!我们活着的同志,掩埋了战友的遗体,背起他们的枪,没有悲伤,没有悔恨,唯有继续前进的信心!"

背景链接

"血与火"的洗礼:那些永留史册的战例

"红一师"是一支具有光荣传统的老红军部队,于1933年6月在江西省永丰县藤田镇诞生,时称中国工农红军第一方面军第一军团第一师,简称"红一师"。

"红一师"部队早期源头主要有三支。一支源于毛泽东领导的湘赣边界秋收起义部队;另一支源于1927-1928年冬春在中共赣西南地方党组织领导的当地各县秋收起义中产生的工农革命武装,这些起义武装不久组建成为4个地方红军团。

1935年9月,红军长征到达甘肃省岷县哈达铺后进行整编,"红一师"被改编为中国工农红军陕甘支队第1纵队第1、第2两个大队。1936年1月在陕西省宜川县临镇重新恢复"红一师"番号。中国工农红军陕甘支队第13大队编入"红一师",成为第13团,这支革命武装是"红一师"部队的第三个历史源头,该部前身是1929年12月邓小平、张云逸等领导的百色起义部队红7军。

抗日战争时期,在1937年8月、10月和12月,红1师先后在陕西省三原县云阳镇、察哈尔省蔚县和河北省涞源县,依次改编为国民革命军第八路军第115师独立团、第八路军独立第1师、晋察冀军区（冀察军区）第1军分区。

从抗日战争胜利到全国解放战争期间，部队先后在察哈尔省怀安县、怀来县和河北省易县改称或改编为晋察冀军区冀察纵队野战第6旅（1945年10月）、晋察冀野战军第2纵队第4旅（1946年3月）和华北野战军第8纵队第22旅（1948年11月）。解放战争后期全军按统一编制进行整编，于1949年1月在河北省昌平县改编为中国人民解放军第65军某师。

1985年7月，全军精简整编，部队改编为陆军第65集团军某步兵师，1993年12月改称陆军第65集团军某摩托化步兵师，2013年12月整编为某机械化步兵旅。

在漫长的革命战争中，部队创造了一个个永留史册的光辉战例。长征路上，先后参加了北渡乌江追逃敌、强渡大渡河、夹夺泸定桥、直罗镇战役等著名战役战斗；抗日战争时期，先后取得了平型关战斗、雁宿崖战斗、黄土岭战役的胜利，击毙了号称"名将之花"的日本侵华中将阿部规秀。

1941年8月25日凌晨，误以为山上是八路军主力的日军，向狼牙山发起进攻。7连命令6班长马宝玉率全班留下阻击敌人至12时，完成任务后再想办法归队。6班战士利用有利地形，接连打退敌人几次进攻。战斗至12时，6班已完成任务，但为给主力部队及地方干部和广大群众安全转移尽量多争取时间，他们登上了四面峭壁的棋盘陀顶峰。日军紧紧追来，战士们坚守阵地，弹药用光后就用石头向敌人砸去，身边能搬动的石头用光了，敌人又步步进逼，五勇士砸碎手中枪支，相继跳向深涧。

在血与火的战争洗礼中，部队涌现了大渡河十七勇士、"神炮手"赵章成、"特功连长"黄树英、以假乱真"马团长"、魏成科英雄连、打坦克英雄魏存祥、爱兵班长吕顺保等英雄模范。

1946年10月3日晨，敌向我阵地前沿发起猛攻。经两天两夜的战斗，敌大部被歼，5日拂晓，敌人企图在坦克掩护下溃逃。当时既没有手雷，又没有打坦克的经验，六连一班长郑学珠、战士魏存祥、刘忠福挺身而出，在火力掩护下接近敌坦克。魏存祥把手榴弹塞到坦克履带里爆炸，又撬开另一辆坦克，扔进一颗手榴弹。3人连续炸毁敌三辆坦克，俘虏乘员7人，保证了反击战斗的胜利，开创了晋察冀军区部队用手榴弹打坦克的先例，3人都荣立大功。军区司令员聂荣臻接见授予魏存祥"打坦克英雄"称号，全区掀起了打坦克的高潮。

在艰苦卓绝的革命战争年代，革命前辈用信念与忠诚、生命和鲜血，凝铸成了"红一师"特有的优良传统，集中体现为"一个坚持、四种精神"。"一个坚持"就是：坚持忠心耿耿听党指挥；"四种精神"就是：敢打头阵的大渡河精神、视死如归的狼牙山精神、勇猛如虎的清风店精神、官兵友爱的吕顺保精神。在和平建设时期，"红一师"官兵投身教育训练、战备演习、抢险救灾、国际维和、支援奥运、国庆阅兵、联合演习、胜利日阅兵等工作任务，进一步丰富和发展了光荣传统，成为"红一师"官兵的共同精神财富。

14

"红七军"传人：
转型，从打破"老规矩"开始

"红七军"传人：不忘初心紧贴实战谋转型

日前，我们来到陆军第40集团军某摩步旅采访。营区门口公交站牌上的"红军部队"四个字向世人宣告——这是一支有着红军血脉的人民军队。

走进这支历史悠久的老部队，深入营区、训练场，看部队面貌，观训练战备，感受到的却是一股浓浓的现代化陆军气息。

"老思想"正在被刷新

"努力建设一支强大的现代化新型陆军"——机关办公楼上的这句LED标语，在夜幕下最为闪亮。

在灯光的映射下，隐约看到3个士兵正在巡逻。走近一看，巡逻哨兵头戴钢盔、手持钢枪、身背弹夹，全副武装。然而，他们的步伐却不统一，队形也未成列。

难道部队不应该是整齐划一的吗？

"他们按前三角或后三角的战斗队形进行巡逻，这样便于观察各个方向的情况，更符合战时巡逻要求。"同行的政治部主任刁志强解开了我们心中的疑问。

像这样的疑问，在采访的过程中，俯拾即是。

不管是队列行进，还是集合站队，我们看到的一支支队伍，都是"此起彼伏"。"我们的队列不再是按大小个排列，而是按照战斗编组站队。"

班长，正、副轻机枪手；副班长，正、副反坦克火箭手……这些在战场上的作战单元，在生活中也被"捆绑"在了一起。

在"红三连"，指导员杨光带我们参观了战士们的宿舍。床铺上的"豆腐

▲ "红三连"官兵始终崇尚闻战则喜的勇气、敢打硬拼的虎气、
力挫群雄的霸气。（王海青 何成桂 摄）

块"不见了，取而代之的是装满单兵战备物资的背囊。"一有情况，背起背囊就能走。"

被子等生活物资去哪儿了？打开床铺下的柜子，它们正安静地在里面躺着呢。背囊里的那一套，是另外加配的。

在连队门口，值日员同样是一身迷彩、全副武装，身上还配备了单兵通信设备。在这个旅，连值日在原有的职责基础上，还被赋予了战备职责。

我们观察连值日发现，水壶和挎包没有了背带，直接被别在了腰上，取用十分方便。

……

旅长邢原铭感慨，随着部队现代化建设进程的推进，这两年，一些陆军的"老规矩""老思想"正在他们旅不断被打破、不断被刷新。

"两眼一睁，忙到熄灯；两眼一闭，提高警惕"

一日傍晚，官兵们刚踏入饭堂，正在排队打饭。忽然，警笛声大作——"战斗警报！"

扔下碗筷，奔回连队，冲入战备库室。官兵们通力合作，把一箱箱战备物资运上紧急出动的车辆。

为了提高装车速度，官兵们把战备物资按箱存放，利用装有滚轮的托盘推送；同时，在车厢后方，搭建了两条临时轨道。

不一会儿，所有物资装载完毕，人员登车。我们计了下时间，整个出动过程不到20分钟。

杨光向我们介绍，在几年前，这个成绩还停留在半小时以上。这两年，全旅统一把战备库房改建到了一楼，个人使用物资发放到班，战备用油直接加到车里。

这个驻守在边境线上的部队，战备拉动已是家常便饭：集会、训练、上课、睡觉、吃饭、洗澡，任何时段皆有可能。"两眼一睁，忙到熄灯；两眼一闭，提高警惕。"官兵们说，这就是他们的生活写照。

▲ 部队常年坚持开展争当"小老虎"活动，注重在训练中培育官兵战斗精神。（王海青 何成桂 摄）

战备拉动不是儿戏。旅指挥所指挥平台上，当面军情、社情等一目了然，值班人员全天候值守，确保一有状况，能快速响应、快速机动、快速应对。

"红三连"的战士赵玉超已经不记得今年战备拉动演练搞过多少回了，但他对自己所要携带的物资却记得清清楚楚。打开他的背囊，除了急救药品、攀登工具、强光手电、多功能军刀等东西外，我们还发现了一堆新鲜物件：折叠脸盆、充气垫、加绒睡袋……

背囊里的很多物资，是旅里根据部队担负的任务专门定制和配发的。为了提高部队的战备水平，他们也是想尽了招数。

杨光还告诉我们，食堂每周二不开伙，各个班排自己去领食材，"能不能吃上饭，自个儿想辙去。"当然了，每名官兵还有背囊里的单兵自热食品，即便没有给养，也能自持两天。

"敌人怎么会对你手软呢"

上等兵蒲王杰入伍才一年半，他投过的手榴弹就有七八枚："第一次还挺紧张的，现在这都不是事儿。"

轻武器射击训练，连队之间比弹药消耗量，生怕打得比别人少、成绩比别人差。

实弹实爆的训练越来越多了，难度也越来越大了。想要把子弹打出去，还得先把枪支分解再结合；爆破器材使用，装绑TNT炸药，鞭炮模拟的枪声说不准什么时候响起，必须及时卧倒隐蔽，"有时两三分钟能卧倒三四回"；埋雷排雷，再也不指定作业区域，大家互埋互排，有时候一找就是一上午……

如此训练，成绩下降了不少，过去的"优秀"甚至被判"不合格"，可效果却大大提升了。

下士曹宗帅，是"韦拔群班"的班长，不到四个月的时间，他就把一双作战靴的跟磨平了；身上的体能服，有时一天要换好几套。"因为我们跑得多、练得猛。"

在旅里，体能训练有个"五四二一"套餐：武装5公里＋400米障碍+200米战

▲ 闻令而动、部队连队紧急出动如狂飙、
  似雷霆。（王海青 何成桂 摄）

斗射击+100米冲刺。4个项目必须连贯组织、一气呵成。"真打起仗来，光有一个5公里的体能，哪够啊？！"

上等兵宋炫林，一开始以为给战友当徒手擒敌的陪练是个好差事。可他没想到，战友们这么狠，水泥地上一阵猛摔，用绳子捆绑的时候，勒得他喘不过气。"我可算明白了，敌人怎么会对你手软呢。"

采访中，我们恰好赶上了旅里的阶段性考核。体能、伪装、通信、武器使用等课目一一展开，训练场上一片热火朝天。一营教导员张亮说："旅里实行营与营交叉互考，你的考官就是你的竞争对手，能不拼吗？"

谈起这两年的训练，官兵们说得最多的是"练得多了，考得严了，实战的味道越来越浓了"。

在该旅近日组织的一场夜训中，几十辆车闭灯行驶，在漆黑的山间仅依靠前车尾部一盏由1节5号电池供电的LED灯指引，连夜机动至上百公里外的地域。徒步行进途中，使用针孔手电、夜视地图托盘、荧光地图等器材，连走路都是左右倒脚横向行进，不发出一点儿声响，做到了"部队过村狗不叫"。

令我们惊讶的是，诸如针孔手电之类的官兵自创的夜视器材，数量已达到11类459种。其中，有不少的专利属于"发明达人"高岩："只要一想起训练打仗，我就根本停不下来。"

"不忘初心，不忘传统"

　　两代伟人亲手缔造，两支血脉于此交融——对于部队的历史，全旅官兵如数家珍。

　　秋收精神代代相传，百色雄风至今犹在。训练场下来，战士们比谁的衣服脏、谁的衣服破；徒步行军间隙，他们脱袜子、亮血泡。

　　22岁的大学生士兵蒲王杰，却有着一双老农民般的手：皮肤粗糙黝黑、关节粗壮变形、指甲破裂脱落、满手的老茧和伤口。他说，这些是他的"荣誉勋章"。

　　连队组织"爱军精武亮绝活"比赛，他单手拎起80多斤的杠铃，一举就是20多个。像蒲王杰这样的兵，这个旅太多了。有人单手两指俯卧撑，一分钟做了18个；有人腹部绕杠，做了上百个还不知累……

　　从土地革命到解放战争，这支红军部队，几乎经历了我军所有的重大战斗，基因里最不缺的，就是血性和担当。

　　去年的一场演习中，"红四连"作为二营的主攻部队，奔袭逾10公里，拿下了目标阵地。正当转入防御时，他们又临时接到新任务。官兵们此时已浑身湿透，体力接近极限，但他们二话没说，再次发起战斗，一口气翻越了5个山头，成功夺占蓝军指挥所。

　　演习结束，连长苏文彪的痔疮发作，他在厕所蹲了半个小时，鲜血染红了整个便池。

　　"为什么这么拼？"我们问苏文彪。

　　"部队的老前辈们打了一辈子仗，个个不怕苦、不怕死，我们不能当孬种，这个传统不能丢在我们这儿。"苏文彪的回答很实诚。

　　这支已经走过近90年历程的部队，如今又面临一场新的"战斗"。陆军领导机构成立后，提出陆军部队要由区域防卫型向全域作战型转变。落到这个摩步旅，则是要实现高度轻型化、快速反应机动。

　　"新型装备暂时还没列装到位，但我们的训练水平、作战保障和思想认识得先到位。"旅政委王洪刚说。

现在，这个旅的作战大数据工程已接近尾声，针对新装备的库房建设和军民融合保障也正在调研论证……

王洪刚深知，改革转型不会一路坦途，甚至会伴着破茧成蝶的阵痛，但他依然信心很足："不忘初心，不忘传统，总能事成功毕。"

采访结束离开时，我们迎面碰上一群从训练场归营的官兵。一张张满是泥土却意气风发的脸庞在眼前掠过，让我们联想起在该旅史馆看到的一张照片——一次反"围剿"斗争中，该部官兵正扛着土枪紧急行进。

时空变换，不一样的面孔，同一样的豪迈。

当年的那场斗争以及其后的长征，都以胜利告终。如今，这支红军部队，在新的起点，又毅然出发……

你们的姓名无人知晓 你们的功勋永世长存

父亲是1992年去世的。

记得安放骨灰那天，四月的闽西细雨蒙蒙，当我来到闽西革命公墓时，我吃惊了：上百位老人聚集在骨灰堂外的台阶上。邱副书记告诉我，这些老同志和老人家，是来给韩老这个"扩红团长"送行的。说"韩团长"带出去的几千闽西子弟兵都牺牲了，如今他以自己的骨灰来告慰他那些战友的父老乡亲啦，我们来看看他，也给他送送行……

蓦地，我想起，有一次我陪父亲去看望时任民政部部长的程子华伯伯。民政部一位主管优抚工作的司长也如约来到，谈话开门见山：韩老，您要求给红34师6000官兵追认烈士，可是按规定……爸爸拍着桌子站了起来：34师只剩了我一个团以上干部，我上哪儿去找证明人？！

是啊，红34师那6000闽西子弟兵在哪里呢？他们的师长在哪里呢？

从此我追寻着父亲的思绪和足迹，从文家市到三湾，从井冈山到闽西再到湘江畔，查阅了许多史料，慢慢解读着父亲《红34师浴血奋战湘江之侧》这篇饱含悲壮和期望的文章。

闽西这片红土地曾走出了10万红军，活到新中国诞生的老红军却不足千人，"十之九九"都为新中国捐躯了，在册的烈士不足2万。据统计，有2万多闽西家庭绝了后。在闽西上杭才溪乡纪念馆中，陈列着毛主席的《才溪乡调查》一文，才溪是将军乡啊，当年"扩红"，数千青、少、壮年男子参加了红军，但也仅仅是活下来了刘忠将军等"九军十八师"，总共不足50人。

新中国成立后毛主席为才溪乡亲书了"光荣亭"。纪念馆中还陈列着1931年时任红34师100团团长韩伟、政委罗震霆写给地方政府的扩红介绍信原件。我查阅了《中国人民解放军历史资料丛书》"组织沿革·序列表"和"组织沿革·大事记"才弄清了"三个红34师"的由来。

1933年3月，根据中革军委决定，将福建红军独立第7、第8、第9、第10师合编为第55、第56师，并组建红军第19军，叶剑英兼任军长、杨尚昆兼任政委，由东南战区指挥部指挥。1933年6月，红一方面军根据中革军委指示，按照新编制进行整编：取消军一级机构，师以下部队逐级缩编。红19军奉命缩编为红34师。这就是由闽西子弟组成、在中央红军长征中担任全军总后卫的第3个红34师。

红34师于1933年6月组建后，归福建军区指挥，同年10月28日，中央红军决定组建红军第7军团，即后来的北上抗日先遣队，红34师转隶红7军团；至当年12月，红34师又奉命调归红5军团建制；在第5次反"围剿"中还曾转归红3军团指挥，参加高虎瑙战斗。几经转隶，红34师始终无条件地坚决执行中革军委的命令，一切服从全局。湘江战役时，红34师是中央红军少数几个配备了"大功率电台"的主力师之一。

湘江战役中朱德总司令为指挥作战与各军团和纵队有大量往来电报。其中，在中央纵队过湘江最关键的12月1日凌晨5时，朱总司令直接发给陈树湘、程翠林（简称陈、程）的"万万火急"电报要求他们："在这种情况下，应最坚决地作战，直至最后一个战斗员止……"而同日14时，朱德总司令给陈、程的"万万火急"电报除向红34师通报敌情并指示作战方向外还明确命令："三十四师受军委直接指挥……"到12月3日，中央纵队已全部过湘江，总后卫的红34师已处于中央军、桂军的包围之中时，朱德总司令又以"万万火急"电令陈、程："归还主力如时间上已不可能……你们必须准备在不能与主力会合时要有一时期发展游击战争的决心和部署……"

从这些电报中可以清楚地看出中革军委对红34师的高度信任和关注。正如朱德总司令电报中所要求的，红34师在完成了湘江战役中掩护全军的任务后突围，尽管全师包括师长、政委的6000余红军将士壮烈牺牲，但根据记载，红34师仍有部分人员在代理参谋长王光道率领下突围后返回了湘南，与湘南红军独立大队会合，在宜昌等地开展游击战争，建立了游击根据地，最终完成了中革军委赋予这支英雄部队的历史使命。

尽管这支部队的番号从此从红军组织序列中消失了，但"中国工农红军第34师"的军旗将会永远飘扬在闽西和湘江畔这片红土地上。

2009年，湘江战役过去75周年的日子，我遵照父亲的遗愿在湘江畔为红34师牺牲的6000将士立了一块"无字碑"。碑面上，我几经反复，始终不曾找到适当的言词来祭奠他们，最后只好在基座上刻下了：

"你们的姓名无人知晓　你们的功勋永世长存"

为掩护党中央、中革军委和主力红军在湘江战役中牺牲的红34师6000闽西红军将士永垂不朽。

2013年，湘江战役79年后的端午节，我终于找到了陈树湘师长失去了头颅的遗骸。

他被当地百姓趁黑夜埋在了潇水堤岸的斜坡上，我们肃立在他的碑前，泪水止不住淌了下来……我们摆上两盆鲜花、从北京带来的红星二锅头、从闽西带来的点心，微微（我爱人张微微，闽西红军的后代）的一声"大爹爹，我们来看你了……"叫人撕心裂肺。

湘江战役时，陈树湘任红34师师长，韩伟任100团团长。他们相识于1927年毛泽东同志领导的秋收起义中。当时二人同在国民革命军第二方面军总指挥部警卫团（即武昌国民政府警卫团）第3营第9连担任排长，陈树湘是二排长，韩伟是一排长，参加了三湾改编和井冈山斗争。1929年二人又随毛泽东、朱德、陈毅率领的红4军进军赣南闽西，并先后担负过毛泽东、朱德、陈毅等前委领导的警卫工作，此后二人又长期在闽西并肩战斗，结下了深厚的战斗友谊。1932年，陈树湘（独立第7师）、韩伟（独立第8师）同在闽西军区担任师长，1933年3月韩伟（红55师）、陈树湘（红56师）同在红19军担任师长。1933年6月红19军缩编时，韩伟（100团）、陈树湘（101团）又同在红34师担任团长。长征开始前，红34师师长彭绍辉同志调任，在由谁来接任师长一职时，二人还曾互相推让。

陈树湘长韩伟一岁，在那个血与火的年代里，他们多少次协同作战，相互支援，他们在上级面前为自己率领的部队争任务、争荣誉，唯独不为自己争职务。在湘江战役中他们生死与共，在共同完成了掩护党中央、中革军委和主力红军抢渡湘江的任务后，又把生的希望让给战友，把死的危险留给自己。在红34师（尚有五六百人）冲出敌人合围向湘南转移的危急关头，陈树湘命令韩伟率师主力继续突围，自己率101团余部百余人做最后的掩护。韩伟第一次拒绝了师长的命令。他说："你是师长，只要你还在，这个师就在，我带100团（尚余150余人）掩护，你率领师主力赶快突围到湘南去。"

两人相约，万一突围不成，誓为苏维埃流尽最后一滴血。这对老战友就这样诀别了。

韩伟在率部完成掩护师主力突围任务后，原本近两千人的大团仅余30多人。面对漫山的敌人，他命令战士们分散突围，自己率5人将敌人引到崖边，最后6人就从大江岭的大山上跳了下去。3人牺牲，其余3人被当地老乡救护，2人活到了全国解放。

陈树湘在部队返回湖南后的突围作战中腹部受伤，命令师代理参谋长王光道率领部队继续突围，自己仅带两名警卫员掩护。子弹全部打光后，陈树湘落入敌手。为了邀赏，敌人用担架抬着他欲送往省城。1934年12月18日晚上，他们走到湖南道县驷马桥，夜宿祠堂。第二天清晨，敌人发现陈树湘已经死亡。原来陈师长为了不让敌人的如意算盘得逞，趁敌不备时从伤口处绞断肠子壮烈牺牲。敌人不甘心，又残忍地砍下了他的头送往长沙。他怒瞪双眼的头被悬于长沙城小吴门外，俯视着清水塘。

在那里，他在毛泽东的教诲下加入了中国社会主义青年团，加入了中国共产党；在那里，他为苏维埃新中国流尽了最后一滴血。

我为红34师6000将士立了碑，为陈树湘烈士塑了像，我追寻先辈们的足迹走到了潇湘水边……

80年过去了，陈树湘大爹爹英灵九泉之下应安息了吧？陈树湘、程翠林、蔡中、王光道、苏达清、彭竹峰、梅林、吕官印……6000没有子嗣的红军将士该安息了吧？我想，我就是你们的儿子，我们就是你们的后代，我们还要把你们的信仰、把你们"为苏维埃流尽最后一滴血"的精神传给下一代。

以史为鉴，牢记过去，珍惜今天，面向未来，我们还要为中华民族的伟大复兴继续奋斗。

（作者为韩伟将军之子韩京京）

"红三连"：红军血脉在这里传承

红军传统是我军光荣传统的根和脉，是部队建设发展的宝贵精神财富和动力源泉，"红三连"的红，根子就是红在对红军传统的自觉传承上："红军血脉党的枪"镌刻在"红三连"官兵的骨子里。连队紧紧扭住弘扬红军传统铸牢军魂，打牢党对军队绝对领导的根基，激发官兵的巨大热情，让红色基因薪火永续、代代相传。

习主席强调指出，要继承和发扬部队在长期实践中形成的光荣传统和优良作风，永葆老红军的政治本色，老红军的传统永远不能丢。"红三连"始终把"传承红军血脉、保持红军本色、当好红军传人"作为自觉追求，实现全面发展全面过硬，连党支部被评为"全军先进基层党组织"，连队获评"全军先进基层单

▲ 重大演习前，"红三连"都会组织官兵开展以"传承红军血脉、保持红军本色，当好红军传人"为主题的动员誓师大会。（王海青 何成桂 摄）

位"、原沈阳军区"践行强军目标标兵单位"，被原沈阳军区授予"战斗堡垒坚强红三连"荣誉称号，荣立一等功2次、二等功3次、三等功5次。

从历史传承感悟先辈光荣传统

"红三连"诞生于毛主席领导的秋收起义，前身是1927年9月"三湾改编"中创建的中国工农革命军第一军第一师第一团特务连，罗荣桓元帅是特务连第一任党代表，曾士峨是第一任连长，张宗逊上将是第一任副连长。同年10月，毛主席率领特务连和一营一连上井冈山与王佐领导的农民自卫军会合，队伍出发前毛主席宣布了"三大纪律"：行动听指挥、筹款要归公、不拿老百姓一个红薯。

211

▲ "红三连"是我军第一批"支部建在连上"的连队。（图片由部队提供）

1928年1月25日，毛主席又把特务连所在团官兵集中起来宣布了"六项注意"："上门板，捆稻草，说话和气，买卖公平，不拉伕、请来伕子要给钱，不打人骂人"，这就是后来的"三大纪律、八项注意"的雏形。

"红三连"是我军第一批"支部建在连上"的连队，1927年10月22日，罗荣桓在特务连发展了8名党员，毛主席参加了这次新党员的入党仪式，亲自带领新党员宣誓，并嘱咐连队要建立党组织，要建立士兵委员会，以区别于旧军队。当天晚上，罗荣桓、曾士峨、张宗逊3人在被窝里开了第一个支委会。

1930年8月，连队改番号为中国工农红军第一方面军特务团一连，连队跟着党中央、毛主席，上井冈、反围剿、走过万里长征，长期肩负保卫党中央、毛主席的特殊使命。1934年连队血战湘江，坚守阵地三天三夜，打退敌人47次冲锋，毙敌600余人，包括连长、指导员在内的100多名官兵壮烈牺牲，全连仅剩22人，为掩护党中央、毛主席过江立下大功。1935年1月，连队完成遵义会议安全警戒任务。抗日战争时期，连队参加平型关大战，以肉搏之势毙伤日寇百余名，被晋察冀军区二分区授予"模范连"和"模范支部"光荣称号；解放战争中转战8省，被授予"尖刀锐利"锦旗。

连队先后为中国工农红军中央警卫营二连，红一方面军特务团二连，晋察冀军区二分区四大队二营五连，中国人民解放军第六十四军步兵第一九一师五七一团二营五连，陆军第六十四集团军步兵第一九一师二营四连，辽宁省军区某旅一营三连，2003年连队随旅转隶第40集团军。

让红色基因融入血脉代代传承

"进了三连门，就是党的人""三连当兵一阵子，思想入党一辈子""红军血脉党的枪，为党添彩又增光"……"红三连"有一个战斗堡垒作用突出的坚强党支部，官兵对党有着特殊的感情。今年"两学一做"学习教育展开后，连队党支部召开专题组织生活会，党员们开展批评与自我批评个个像"炮筒子""机关枪"，真讲真批不留情面，共查摆出"奉献基层思想不牢""面临改革拼劲弱化"等137个问题，开出了党味、辣味、红军味。

"红三连"官兵有股有敢打硬仗、拖不垮打不烂的战斗精神，每个人都有一种渗透在骨子里的血性。旅里组织400米障碍创破纪录考核，战士张茂林鼻梁被铁丝网刮开2厘米长的口子，硬是咬牙跑完全程，取得全旅第二名。2010年丹东发生特大洪水，鸭绿江虎山大坝出现100多米的崩塌，"红三连"奉命紧急驰援。连续15个小时抢险，官兵们在水中打下两百多根木桩，累计背扛沙袋2.1万多包，搬运土石方1000多立方米，终于将溃塌的大堤堵住。当年，"有红军部队在，请江城人民放心！"入选感动丹东"十大流行语"。

尊干爱兵是三连的传家宝。在连队前身特务连排长韩伟身上有两个小故事：一个是，1928年4月的一天，韩伟教投弹，一名战士把教练弹扔到了他后背上，韩伟打了他一拳，还骂道"他妈的，要我死吗"，毛主席看到后教育他，我们是人民群众自己的队伍，官长和士兵是革命的分工，阶级兄弟不兴大的欺负小的、

213

有本领的欺负本领不大的。另一个是，1929年的除夕夜，大雪纷飞，正要换岗的韩伟突然发现，刚睡了几小时的毛主席出现在自己面前，命令他"趁我的被窝还热乎，你去睡一会儿"。从旧军队走过来的韩伟听了感到既惊讶又温暖，从此带兵民主、爱兵如子，成长为开国中将。三连就像一个大家庭，官兵都说，"连队要求很严、爱得很细""干部爱护战士、战士尊重干部、谁也离不开谁"。前年10月份，连队在野外驻训，因住的房子比较紧张，连长、指导员就睡在过道里。一天晚上风比较大，站岗的哨兵怕门被吹开冻着连长、指导员，就用身体从外面倚住门，而且一班班地向下交接。

"红三连"官兵时时想着纪律，人人遵守纪律。不管是在营区还是野外驻训都保持正规的一日生活秩序，外出拉练和施工对群众秋毫无犯，队列军容严整、歌声嘹亮，远远地就知道是"红三连"，就连一个人的时候也是按规范走。问他为什么这么做，他很自然地说，"干部不在班长在，班长不在纪律在"。

在强军目标中锻造锐利尖刀

"我们是三连的'富二代'，但不能躺在功劳簿上当'啃老族'，要立新功。"这是"红三连"官兵的集体誓言，他们用能打仗打胜仗标准引导价值追求，用全部身心肩负起强军兴军的使命担当，不断续写新的时代辉煌。

时刻听从党召唤，盯着战场练精兵。"红三连"始终坚持从难从严从实战出发，体能训练不断挑战极限，技能训练追求精益求精，战术训练设难题实打实练。夏晓强手榴弹一出手就是70米以上，号称"投弹大王"；董广帅打破集团军400米障碍纪录，被誉为"小飞侠"；李杰、张明星自动步枪射击百发百中，是名副其实的"神枪手"……连队20多次出色完成打头阵、当先锋的军事行动任务，参加集团军军事比武竞赛夺得30多块金牌。

连队充分发扬军事民主，大胆改变"光凭一发弹、一支枪，拳打脚踢拼刺刀"的老旧作战模式，引导官兵按照信息化战争要求树立"钢铁硬汉"+"芯片精英"的时代英雄观。2008年春夏之交，连队担负旅山林地训练试点任务，官兵在深山密林中一待就是3个月，实践探索的丛林行军、野外生存、山地攻防，以及无后坐力炮树上射击、迫击炮在固定岩石上射击、轻武器依托树杈树干射击等13个训法战法被上级推广；破解10余个影响制约连队信息化建设的瓶颈问题，涌现出30余名信息化战场上一招制敌、一剑封喉的"特战尖兵"。

三连官兵常常用"中国梦""强军梦"照亮"我的梦"。几年来，连队围绕"打仗所需、岗位必需、任务急需"抓学习，常年开办信息知识学习夜校，不断提高能力素质的"含真量""含芯量""含金量"，3个"战技法研究小组"瞄着实战创新20多项反侦、抗扰、防毁等克敌招法，11人立功受奖。

党在新形势下的强军目标提出后，三连坚持用战斗力这个根本的唯一标准审视各项工作，聚精会神抓战斗力建设。连队3大专业、11种武器装备、大小160个训练课目，无一偏训漏训，上等兵以上人人达到军事训练成绩评定优等，士官人人一专多能，干部人人达到懂性能、会操作、能组训、熟知战法运用，旅组织干部、士官素质认证考核，连续4年优秀率达100%。

▼ 1928年4月，张宗逊带领特务连（两个排）掩护毛主席来到井冈山。（图片由部队提供）

百色雄风今犹在，秋收精神代代传

陆军第40集团军某摩步旅，有两支红军血脉，共有8个红军连队和2个红军单位。第一支红军血脉——该旅的一营前身，是1927年9月毛泽东领导的秋收起义部队在"三湾改编"中诞生的中国工农革命军第一军第一师第一团特务连；1936年10月，改编为红军总司令部特务团。

第二支红军血脉——该旅的二营前身，是1929年12月在邓小平、张云逸领导的百色起义中诞生的红七军，1933年改编为红五师，1935年2月缩编为红十三团。二营的四连、五连、机枪连以及三营九连的前身均是红七军的一部分。

这两支来自秋收起义和百色起义的红军部队，分别于1939年、1945年列入该旅建制，合编为晋察冀军区晋冀纵队第一旅。1946年7月改编为晋察冀军区教导旅，1946年11月改编为晋察冀军区第4纵队第11旅，1949年1月改编为中国人民解放军19兵团第64军步兵某师，后随着军队编制调整分别于1950年、1953年改编为中国人民志愿军第64军步兵某师、中国人民解放军第64军步兵某师。1998年转隶至辽宁省军区，2003年转隶至第40集团军。

在战场上，这支红军部队的辉煌战绩数不胜数。自秋收、百色起义到抗美援朝战争，攻占榕江、芹山遭遇战、夺占天险娄山关、首战平型关、大战庞家洼、上下鹤山战斗大捷、击毙"名将之花"阿部规秀、袭击刘库池、保卫神仙山、苦战浪窝沟、解放定县、攻占昌黎、太原战役、马良山痛歼犯敌等战役战斗数百场，个个荡气回肠，场场堪称经典。

1933年5月第四次反"围剿"胜利后，红七军缩编为红五师，随彭德怀领导的东方军入闽作战，担任东方军前卫的第十三团在芹山与国民党蔡廷锴王牌第366团遭遇。这场战斗胜利关键是看谁能先抢占芹山主峰这个有利地形，于是敌我两团分别从南北两坡开始了竞赛，红军不畏满山荆棘，终比敌人早几分钟抢到山顶。面对还在爬坡的敌人，红军居高临下，予敌人以迎头重击。在白刃战中，一营长赵璧，腹部被子弹打穿，肠子流了出来，他咬着牙又把肠子塞回肚里，坚持指挥，直至牺牲。此次战斗，共毙、俘敌600余人，这支在敌19路军中号称"铁军"的部队基本被消灭。战后东方军为嘉奖十三团首创阻击一个团歼敌一个团的战绩，授予该团"英雄模范团"的光荣称号。

攻克娄山关是红军二渡赤水的遵义战役的重要组成部分。这是红军脱离根据地以来唯一一次扬眉吐气的胜仗。当时的敌情极其严重，川军、滇军、黔军和中央军前后左右对长征红军实施堵击。娄山关雄踞大娄山脉最高峰，是遵义的北大门，有"一夫当关，万夫莫开"之势，只要占领了娄山关，遵义就是囊中之物。红十三团受领了正面向娄山关实施攻击任务。前卫侦察连长韦杰和手枪排战士换上了国民党军服，伪称"中央军"骗过了滇军，引领彭雪枫团长的主力部队一鼓作气冲到了娄山关口，从而一举夺下了娄山关。战后，毛泽东即兴赋词《忆秦娥·娄山关》。

1936年5月，为扩大陕甘苏区和迎接红二、红四方面军入苏区，红十三团参加了西征战役，并于11月参加了山城堡战斗，驻守山城堡一线山地的是胡宗南的三个师，红十三团担负红一师的主攻任务，战斗在晚上8点半打响，因为这天晚上特别黑，几乎是伸手不见五指，敌我双方在交上火以后，进入了混战。红军部队都是老红军，有夜战经验，每人拿一把马刀，另一只手往前摸，只要摸到帽子上有个"圆巴巴"（帽徽），顺手就一刀，就这样一直摸到逃跑的敌人前面去了。

抗日战争爆发后，红十三团缩编为115师独立团2营，参加了平型关战斗。当时，独立团奉命在灵丘与涞源之间阻敌增援。独立团交给二营的任务是在腰站以东的三山地域占领阵地，阻击由广灵方向可能向平型关增援之敌。二营受领任务后，即冒雨从腰站向三山开进。于9月24日进至接近三山的白羊堡时，前卫一连突然与由涞源向平型关增援的日军先头骑兵小队约30人遭遇。一连迅速抢占有利地形，先敌开火，敌人顿时晕头转向，丢下人马尸体，全部溃退。午饭后，二营继续行军，占领三山地域有利地形，构筑工事，有效地阻止了日军一个联队兵力的增援，保障了兄弟部队对平型关战斗的顺利进行。后来证实，独立二营与日军先头骑兵排的遭遇战，是共产党领导下的八路军向日寇开战的第一枪。

从在秋收起义中诞生至今，在革命期间和现代化建设时期，这支部队形成了"铁心向党、服务人民、平时敢拼、战时能打"的优良传统。

该旅一营前身，中国工农红军总司令部特务团在长征期间，一直担负着党中央和军委首长机关的设营、警卫等勤务保障。在突破封锁线、四渡赤水河、翻越雪山草地和完成遵义会议、瓦窑堡会议等重要会议警卫勤务中，为保证党中央、毛泽东等军委首长的安全作出了重要贡献，成为党的忠诚卫士。

全心全意为人民服务的光辉典范张思德在1937年8月被编入八路军总部特务团（该旅一营前身），担任警卫连一排三班副班长，在这支红军部队留下了光辉的足迹。在新时期，也涌现出了学雷锋典范张子祥等一批为人民服务的子弟兵。在执行金矿抢险、抗洪救灾等任务中，力保人民群众生命财产安全，赢得了广泛赞誉。

平时过得硬，战时才能上得去。把平时当战时来练，一直是这支红军部队的光荣传统。他们注重以边境一线使命任务为牵引，扎实开展形势战备教育，狠抓使命课题训练和实战化研究演练，把情况设险、把标准设高、把条件设难、把要素设全，广泛开展高强度训练，不断提高部队打仗能力。

15

"红六军团" 传人：
当好能打敢拼 "猛进先遣队"

"红六军团"传人：信息化联合作战的尖兵

作为第47集团军部队的"根"，某旅历经数十载战火硝烟的洗礼，奠基推动形成了集团军猛打、猛攻、猛冲的"猛进"精神，并将其溶化在了部队血液里，展现在了部队行动中。

传统步兵部队在一次次转型中实现新跨越

去年仲夏，一场实战化条件下实兵对抗演练在海拔4500米以上的喀喇昆仑山腹地拉开战幕。

在支援武装直升机、战斗机、远程火力的掩护下，担任"红军"的该旅左翼攻击群、右翼攻击群、综合保障群、侦察破袭队或快速突贯，或斩腰点穴，或接力强击，以一连串漂亮的组合拳重重砸向"敌阵"。

放眼望去，纵深10余公里的雪域山谷硝烟翻卷，展现出一幅全新的联合作战立体防御反击战斗图，受到了总部领导、兵种部队、院校专家的高度赞誉。

"战争年代，革命先烈之所以善打硬仗、敢打恶仗、能打胜仗，靠的就是不怕牺牲、勇敢顽强的这股子精气神。如今，我们必须大力发扬这种优良传统。"旅政委朱焱介绍，从战争年代的大刀、长矛到"汉阳造"，从骡马化到摩托化，从摩托化到机械化、信息化，再到信息主导、体系融合，精兵作战、联合制胜……一次次转型，该旅一茬茬的官兵继承和发扬先辈们敢打硬仗、敢打恶仗的"猛劲"，不怕艰险、不怕牺牲的"拼劲"，愈挫愈勇、愈战愈勇的"韧性"，实现了一次次新跨越。

"红一连""英雄四连""特等功五连"3个英模连队同出自359旅。战时打

"跨越-2012·青铜峡"演习中，该旅联合其他军兵种向阵地发起立体打击。（图片由部队提供）

仗，他们是兄弟；平时训练，他们是对手。在科技大练兵中，3个连队广泛开展创破纪录活动，训练成绩突飞猛进，长期打破并保持了原兰州军区的多项比武竞赛纪录，被誉为华山脚下"三只虎"。

训练中，"三只虎"还带动"一群虎"，为全旅树立了"虎旅"的品牌。而且历史一再证明，这是一支在战场上有虎威、建设上有虎气、发展上有虎劲的"虎旅"。

1993年，总部军区赋予该部改革训练内容，重点研究陆军师以下部队新一代训练大纲，编写新的训练教材。经过三年的努力，他们圆满完成了上级赋予的任务，70%多的改革成果被写入新《大纲》。2000年10月，该部"低空爆炸性障碍物抗敌武装直升机"课目参加全军科技练兵成果交流会，受到军委首长好评……

2003年，该部由摩托化步兵师改编为机械化步兵旅，不仅编制改了，装备也换了。2010年6月，机步旅全面列装某新型坦克、步战车等中国陆军最新一代主战装备。

短短10年间，1次改制、2次换装，这对于任何一支部队来说，都是一场蜕变；而实现战斗力生成模式由机械化向信息化的跨越，对于一支传统步兵部队来说，更不啻是一场艰难的远征。

信息化主战装备初步形成体系作战能力

如何实现人与装备的最佳结合，让老牌红军劲旅展现新时代风采？欢欣鼓舞的同时，官兵们面临的却是观念滞后、技能缺乏、知识匮乏的窘境。该旅现任作训科长李育岗，几乎是和第一批新装备同时来到部队的。转型之初的阵痛，仿佛就在昨天：一批团、营、连主官，挥泪告别了军营；一批训练标兵，黯然卸下了戎装；一批维修骨干，突然迷失了方向……

历史的车轮讲述着这支英雄部队的灵魂。炮火连天的战争年代，该部从敌人手中缴获先进装备，一缺教员，二无教材，不会操作使用，干部骨干就土法上马

▼ "联合行动–2015A"实兵演习誓师动员大会现场。（图片由部队提供）

空琢磨，很快掌握了操作先进装备的本领。如今，这种善于学习、勤于探索的创新精神，在训练转变中得到继承和发扬。针对换装之初缺教员、缺教材的情况，全旅官兵像战争年代的革命前辈那样，勇敢地向新装备训练难题发起进攻。

不久，一场风暴席卷该旅。全旅上下围绕"一年理顺关系，单装形成战斗力；两年系统配套，分队形成战斗力；三年整体合成，全面形成作战能力"展开研讨，逐步将新装备训练细分为12个方面逐项找差距，确立起"信息主导、体系建设、综合集成、网聚力量"等新理念。

不一样的武器装备，一样的打赢追求。没有训练教材，他们就自己编。最先换装的装步二营组织官兵对照新装备使用说明书，逐个按钮、逐件火器、逐项性能对比学习，全面了解新装备的结构组成，参照同类装备训练教材编写教范。没有训练经验，他们邀请院校、厂家的专家和先期列装的兄弟单位训练骨干住到连队，与官兵进行"捆绑式"教学、互动式训练。

坦克一营战士孙永欣刚接触某新型坦克时最大的难题就是不懂电脑。为提高计算机操作技能，他利用周末时间报了驻地一家计算机补习班。几个月下来，孙永欣的计算机水平有了很大的提高，随之提高的还有他操作坦克火控系统的能力。修理营士官刘纪伦革新60余件维修保障器材，研发14项新装备革新成果，两次获全军优秀士官人才一等奖，被原兰州军区授予"爱岗敬业模范士官"荣誉称号。

2010年10月，新装备列装仅4个月，这个旅就奉命跨区机动2400余公里参加总部组织的"跨越-2010B"跨区机动演习，对新装备指挥控制、远程机动、火力打击、综合保障等能力进行了全面检验。2012年7月，该旅开赴西藏某地进行高原综合演练，官兵克服高寒缺氧、地形复杂等困难，先后在3500米至5200米的4个不同海拔高度进行适应性训练，采集武器射击效能、人体适应能力、后装综合保障等6类18项4600多组数据……

历经破茧成蝶的阵痛和脱胎换骨的重塑，该旅驾驭新型信息化装备的能力显著提升。2012年年底，这个旅全员全装参加原兰州军区"1师8旅"新装备作战能力检查考评，全程实打、实通、实防、实保。该旅7个兵种11种主战武器装备参加实弹检验，命中率达99%，获得了总评优秀、总分第一的好成绩。这标志着该

▲ "联合行动-2015A"演习中,该旅左翼攻击群向纵深发起冲击。(图片由部队提供)

▲ "西部-09"战役集训中,该旅三支荣誉连队向阵地发起冲锋。(图片由部队提供)

旅新型信息化主战装备初步形成体系作战能力。

向信息化条件下联合作战尖兵转变

然而，要打赢未来战争，这只是"万里长征"的第一步。正是深刻认识到了这一点，从转型之初到如今，上至旅长政委，下至普通一兵，该旅官兵人人都奋力奔跑在信息化的征途上，实现着向信息化条件下联合作战尖兵的转变。

原坦克一营营长罗杰由副参谋长改任副旅长不到3个月，就成功组织指挥了一场信息化条件下加强机械化步兵合成营山地经过战斗演习；现任副主任丁飞，从兄弟部队来该旅仅8个月，就通过了"优等军事指挥员"资格认证考核。旅常委人人都组织指挥过重大军事行动，取得了主战装备驾驶、炮长、车长3大专业等级证书，精通7种以上火器射击。

以前，三级军士长周立斌眼睛里只有传统步兵的摸爬滚打。在旅领导的带动下，周立斌随身携带的挎包里渐渐多出《复杂电磁环境下训练基础知识问答》、《信息化条件下联合作战》等书籍。不仅如此，他还参加了国际关系学院、山东大学、信息工程大学等多所军地院校的函授学习，在加钢淬火中不断向着新的高地发起冲锋。

《林海雪原》讲的就是这个部队的故事

"你们要像'王者之师'那样，遵守三大纪律八项注意，真正做到纪律严明，秋毫无犯。要同群众打成一片，忠实地为人民服务。"这是1944年359旅南下建立根据地时，毛泽东为他们送行时讲的话。

自组建之日起，该部官兵就时刻牢记人民军队为人民的根本性质和宗旨，永葆老红军本色，为了国家和人民的利益义无反顾、勇往直前。战争年代，该部许多官兵为了人民解放献出了宝贵生命；安宁之日，他们时刻把人民冷暖挂在心上，在人民群众生命和财产安全受到威胁时，毅然决然地把生的希望让给群众，把死的危险留给自己。

1945年，东北抗联干部战士随苏联红军进驻林口，积极组建地方人民武装部队，建立人民民主政权。然而，当地土匪猖獗作乱，人民武装遭受严重挫折。1946年，359旅在北满（吉黑）军区的统一指挥和地方武装的密切配合下，对当地几股人数众多、危害最大的匪特围追堵截，先后活捉匪首谢文东、李华堂、张新雨、车礼衍等，击毙东北地区国民党匪特9500余人，不仅巩固了北满根据地，而且有效保证了当地老百姓不受匪患侵害。作家曲波专门撰写小说《林海雪原》，艺术地表现了359旅东北剿匪为人民、爱人民，勇斗匪特的曲折、艰苦的历史进程。

1949年10月30日，为了彻底根除湘西百年匪患，该部在上级的领导下，采取发动、依靠群众，军事打击与政治瓦解并举等办法，展开了大规模的剿匪斗争。

高原使命课题训练期间，该旅大抓实战化训练。（图片由部队提供）

229

经过一年的艰苦奋战，协同兄弟部队彻底肃清了湘西百年匪患。湘西人民为感谢解放军所作的贡献，纪念剿匪中牺牲的烈士们，修建了剿匪胜利纪念塔。电影《湘西剿匪记》、电视剧《乌龙山剿匪记》就是对这段历史的艺术再现。

另一部关于该旅的艺术著作《欧阳海之歌》，记录的则是了一名战士奋力"推马救车"的英雄壮举。

1963年11月18日，部队野营拉练经过衡阳，突然，一匹驮着炮架的军马受急驰而来火车汽笛声的惊吓，窜上了铁道。眼看着火车就要和军马相撞，欧阳海立即冲上前去，用尽全身力气奋力推开军马，保护了火车上200多位乘客的生命安全和军用物资，自己却永远倒在了铁轨上。

翻阅欧阳海的生前事迹，在短暂的军旅生涯中，他经常为驻地群众做好事，两次抢救落水儿童，一次参加灭火并救出一位老人。几十年来，欧阳海精神和雷锋精神一样，成为了一个时代的鼓点和强音，感染并教育了整整一代人。1967年1月，国防部授予欧阳海生前所在班为"欧阳海班"。"无论时代怎么变迁，地球上只要还有人类存在，为他而显示的伟大精神永远是值得歌颂的精神。"这是《欧阳海之歌》作者金敬迈在欧阳海牺牲49年后重访英雄牺牲之地时的留言。

英雄的力量来自哪里？"欧阳海班"现任班长、该旅下士魏巍说："在老班长的眼里，人民的利益高于一切。为了人民，宁可前进一步死，也绝不后退半步生。"

和平时期，面对社会上一些不良思潮，该旅坚持用欧阳海精神教育广大官兵，传承我党我军为人民服务的宗旨。

2003年8月，排长王宏义的未婚妻请假从河南来部队完婚，正赶上驻地发生特大洪水。王宏义没有丝毫犹豫，与全旅官兵一起投身抗洪一线，日夜奋战在大堤上。"这么多人都在抗洪，也不差你一个……"未婚妻眼看着一个月假期就要到了，赶紧催他回连队，把婚礼办完之后好回家。可他却说："洪水这么大，我们多一个人抗洪，群众就少一分危险。等抗洪结束，咱回老家办婚礼……"这件事被媒体报道后，当地群众感动不已："只要解放军在，我们心里就踏实。"那次抗洪抢险，该旅官兵共转移群众400多人，抢救物资上百吨。

进入新的历史时期，时代变了，官兵全心全意为人民服务的宗旨和追求始终没有变。年初，装步十连战士李昌霖外出期间路遇地方群众发生车祸。作为英雄部队的兵，他没有袖手旁观，而是果断伸出援手，一边拨打120急救电话，一边利用部队所学知识和技能控制伤者伤势，挽救伤者生命。直到伤者被送到医院后，李昌霖才放心地离开。等伤者家属出院寻找救人英雄时，大家才知道，救人的是驻地部队的一名战士。至此，李昌霖见义勇为的事迹才浮出水面。

对此，有人认为"李昌霖此举是为了'出风头''赚荣誉'"，有的则说："现在社会上'碰瓷'讹钱事情太多，'做好事'说不好就会'摊上事'，还是'少惹事'的好。""个例不代表主流。革命先辈们为了人民利益可以奋不顾身、赴汤蹈火，作为欧阳海生前所在部队的兵，爱人民、为人民更是我们义不容辞的责任。"在接受驻地媒体采访时，李昌霖的一番话让大家为他竖起了大拇指。

即使回到地方，欧阳海精神也一直影响着该旅官兵积极弘扬社会正能量。退伍战士柳程坚回家路上勇救落水女子，转业士官梁先峰10年如一日资助贫困大学生，转业干部卢润一有时间就跑到附近敬老院看望孤寡老人……

"对部队官兵而言，助人为乐、见义勇为是为人民服务，练兵备战、能打胜仗则是更根本的为人民服务。只有这样，才能在祖国和人民需要的时候，有效保卫祖国和人民。"旅政治部主任万百旗说，弘扬欧阳海精神，不仅要教育官兵崇德向善，更要引导大家聚焦打赢练强打仗真本领。多年来，他们广泛开展"学习欧阳海精神、争当打赢尖兵"岗位练兵活动，引导官兵在强素质、谋打赢中传承欧阳海精神。

"红一连"装甲技师胡岗印，只有初中文化程度。经过几年刻苦自学，他有7项技术革新成果在全旅推广。"英雄四连"坦克射手、下士王一笑训练更加刻苦，早早地就通过了原兰州军区装甲专业坦克射击特等手考核评定，成为了全集团军年龄最小、兵龄最短的岗位标兵。"特等功五连"连长史诺，在旅分队军官基础训练课目"十项达标"考核中取得第一名，带领连队参加旅组织的荣誉连队大比武夺得三个单项第一……

如今，全旅各兵种专业人才济济，装甲专业90%以上的乘员获得二级以上专业训练等级证书，数十名专业技术干部成为集操作、保养、维修为一体的"大拿"。2012年，该旅参加原兰州军区创破纪录比武竞赛，获得11枚金牌、8枚银牌、12枚铜牌，破8项军区纪录，成绩名列同级单位榜首。去年高原使命课题训练，该旅36个专业、138个关键岗位官兵围绕联合作战方面的16个课题，纷纷走向站位、踏歌雪线，有87个革新器材、35种训法战法得到推广。

一次次续写红军部队新荣光

这是一支诞生于井冈山革命根据地，由毛泽东亲自组建和领导，先后参加5次反"围剿"，并担负长征先遣探路任务的红军部队。

这是一支闻名天下的人民武装，创造了"自力更生、艰苦奋斗"的南泥湾精神，树立了全军大生产运动的一面旗帜。"花篮的花儿香，听我来唱一唱，唱呀一唱……"唱响全国全军的红色歌曲《南泥湾》诞生于该部。小说《林海雪原》、电影《湘西剿匪记》、电视剧《乌龙山剿匪记》等艺术作品以该部的战斗历程为素材。

这是一支多次受到毛泽东同志亲切接见，被评价为"敌人来了就去打仗，敌人不来就去生产"，"你们到了东边东边就安全，你们到了南边南边就安全，这次你们又到了北边，北边也安全了。总之，不管你们走到哪里，都没有辜负党中央和边区人民的重托。"的过硬集体。

这是一支战功卓著、英模辈出的英雄部队，在解放战争时期，打出了解放军"三大阻击战"之一的黑山阻击战，创造了防御战的经典战例；在抗美援朝战场，与有"常胜师"之称的美军王牌骑兵第一师过招，打退敌29次进攻、歼敌1200余人；在边境自卫还击作战中，实施了"LJ-B"行动，仅用时17分钟就取得了出击拔点作战的重大胜利。

1930年10月6日，中共湘东特委依托莲花游击队，组建了中国红军独立第1

► 359旅3位独臂将军合影。左起彭清云、左
齐、宴福生。（图片由部队提供）

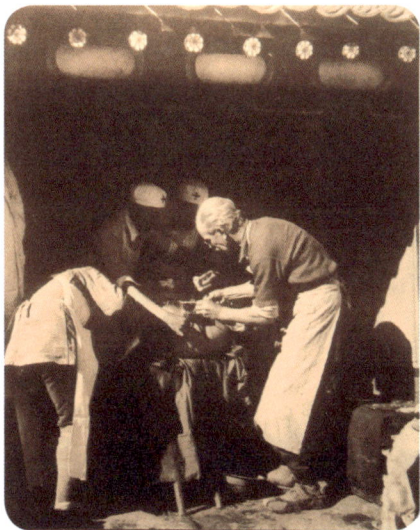

1938年10月，白求恩带医疗队到该旅前身
部队359旅抢救伤号。（图片由部队提供）►

师，也就是该旅的前身。这支按照毛泽东建军思想和建军原则，仿照主力红军组织制度建立起来的队伍，一开始便将支部建在连上，继承和发扬井冈山红军的优良传统，把打仗、筹款、做群众工作作为自己的三大任务，以"三大纪律，六项注意"作为自己的行动准则。

第五次反"围剿"失败后，部队奉命撤出湘赣苏区西征，担负开辟新苏区、与红军第3军会合和长征探路先遣队任务。途中，他们一路突围、一路牺牲，兵临贵阳，进逼遵义，抢渡金沙江，翻雪山、过草地，沿途参加大小战斗80余次，不仅有效牵制了敌军主力，而且宣传了党的政策和主张，为中央红军长征创造了有利的条件。

1937年，该部改编入八路军第120师359旅717团、719团、教导大队炮兵队等单位。1941年初，359旅进至陕甘宁边区后，参加战斗数十次，多次粉碎日军强渡黄河的企图，多次东渡黄河突袭日军，有力协助了八路军兄弟部队反"扫荡"，瓦解了国民党顽固派进行的反摩擦斗争。1942年初，毛泽东特意在八路军大礼堂接见了359旅717团全体指战员，发表了热情洋溢的讲话。他说："你们到了东边东边就安全，你们到了南边南边就安全，这次你们又到了北边，北边也安全了。总之，不管你们走到哪里，都没有辜负党中央和边区人民的重托。"

走下战场，359旅坚决响应毛主席"自己动手，丰衣足食"的号召，发扬自力更生、艰苦奋斗的精神，在南泥湾实行"屯田政策"，不仅解决了自己的全部吃饭、穿衣问题，还节约了大量的经费，上交了公粮，为大生产运动树立了一面光辉旗帜，有效打破了国民党对陕甘宁边区的经济封锁。毛泽东在视察南泥湾地区时作出高度评价："你们把满山遍野梢林荆棘、荒无人烟的南泥湾地区，变成了陕北的江南。"

此后，该部又发展改编入359旅南下2支队、东北民主联军第359旅、东北民主联军第10纵队第28师。在夺取辽沈战役全面胜利的关键性一仗——黑山阻击战中，该部主要担负坚守防御任务，面对的对手却是5倍于己的敌人。

在血战"101"高地中，该高地被炮火削去2米的，直径在10米以上的弹坑就有6000多个，该部官兵死死顶住敌人的轮番狂轰滥炸、疯狂进攻，始终像钉子一样扎在阵地上。完成防御任务、掩护全连撤退的过程中，坚守阵地的四连一排排长李永发身负3处重伤，仍坚持用刺刀刺死了5个敌人。最后，当蜂拥而上的敌人向"101"高地发起冲击时，他抱起一节爆破筒勇猛地向敌群中冲去，与敌人同归于尽。最终，我军以牺牲500多人的代价，牢牢地把"101"高地控制在手中，成为敌人始终难以逾越的"生死界河"。

"捐躯赴国难，视死忽如归"。正是这种舍生取义、浴血沙场的战斗精神，激励着该部一茬茬红军部队官兵，用鲜血和生命谱写了惊天地、泣鬼神的壮丽篇章。

转战朝鲜战场，该部奉命与美军王牌骑兵第一师过招。该师是在美国独立战争时期建立起来的，技术装备先进、军士训练有素，是160多年美国历史中最精锐的部队，也是美军中的"常胜师"。

大炮狂轰滥炸，坦克抵近射击，飞机轮番低空扫射，阵地平均日落弹二三万发，工事几乎全部被毁，阵地上的草木全被敌凝固汽油弹烧光，被炸起的浮土达1米多深。就是在这样强大火力的掩护下，骑兵第一师分三路向阵地连续发起猛烈攻击。

面对强大的敌人，该部两个团坚守阵地3天4夜，打退敌29次进攻，歼灭美军骑一师1200余人。战后，志愿军总部授予该部队416团5连"特等功臣连"荣誉称号，记集体特等功一次，颁发了"攻如猛虎，守如泰山"奖旗一面。

1986年，该部奉命参加边境反击作战。10月14日，该部组成第一突击队，采取强攻战法，实施了代号为"LJ-B"的行动，收复被敌军侵占的两个高地。

不同的年代背景，一样的战斗意志。"共产党员跟我上！"战斗一开始，副连长、第一突击队长马权斌大声怒吼，率先冲到了前面。突然，一发子弹击穿他的腭部。一名战士冲上来拉他，马权斌挣脱，手指前方，用眼神和手势"命令"战士冲击。怀揣"攻无不克"战旗的战士扬建德穿行在硝烟弹雨中，将"攻无不克"的战旗高高地插在了主峰，自己却负伤倒在了血泊中。战斗中，战士顾金海先后炸毁敌火力点3个，歼敌11名，2次用身体掩护战友，身负重伤。当战友们要救他下去时，他拼尽最后的气力喊道："先救队长！"之后壮烈牺牲。

正是靠着前仆后继、勇猛拼杀的战斗精神，突击队不到3分钟就攻占第一高地表面阵地；激战到第17分钟，"攻无不克"的战旗就飘扬在第二高地主峰，取得了出击拔点作战的重大胜利。战斗结束后，"攻无不克"的战旗上留下了226个弹孔。如今，这面战旗永久地陈列在了中国人民革命军事博物馆，成为永远激励部队能打胜仗的血色旗帜。

部队先后走出了任弼时、贺龙、萧克、王震等150余名党和国家领导人及将帅，涌现出了"红一连""英雄四连""特等功五连""英雄神炮连""英雄炮兵连"以及全军战斗英雄倪恩善、张永富、顾金海，"爱民模范"欧阳海等一批有较大影响的英模单位和个人。

峥嵘岁月，沧桑变化，弹指一挥间，这支从井冈山诞生的部队已走过80多年的辉煌历程。一茬茬官兵接过先辈手中的钢枪，不断发扬红军部队的优良传统，一次次续写着红军部队的新荣光。仅近些年，该旅就圆满完成了训练改革、跨区演习等数十项重大任务，有60多项改革创新成果在全军和原兰州军区推广，30多项工作经验受到上级肯定，数十次受到表彰。

背景链接

从莲花星火一支枪到机械化步兵劲旅

第47集团军某旅是一支历史悠久的红军部队。1927年，江西莲花县赤卫队被敌人收缴了大部分枪支，共产党员贺国庆将仅存的一支枪藏在石柏桥；1928年初，毛泽东指示莲花党组织取出这支枪，又发给他们8支枪，成立了莲花游击队；1930年10月6日，中共湘东特委依托莲花游击队，在江西省萍乡县大安里组建了红军湘东独立师，即该旅前身。

1932年2月，该部编入红军第八军，改称红22师；1933年6月，红军第6军团成立，红军第8军编入红军第6军团，该部改编为红17师；1936年6月，红军第6军团所属部队进行整编，红17师分编为模范师和红17师两个小师（师直辖营，无团的建制）；抗日战争时期，红军第6军团改编为八路军第120师359旅。

1945年6月至1947年1月，该部先后改编为八路军第359旅南下2支队、东北民主联军第359旅、东北民主联军独立第1师；同年9月，编入东北民主联军第10纵队，改称步兵第28师；1948年11月，改编为中国人民解放军第47军某师。之后，该部相继隶属于中国人民解放军第47军兼湘西军区、中国人民志愿军第47军，陆军第47军、陆军第47集团军；2003年10月，由师改旅，番号保持不变，沿用至今。

16

"红26军"传人:
跨入信息化作战新时代

"红26军"传人：勇当陆军转型"探路者"

1936年10月，当3支历经九死一生的红军主力在黄土高原胜利会师，这一"震惊世界的行军"落下了壮阔画卷的最后一笔，为后世留下了悠久的回味和惊叹。

刘志丹、谢子长、习仲勋等共产党人领导红军第26军开辟建立的陕甘革命根据地，由此成为了红军长征的"落脚点"，也是之后中国共产党投身抗日战争、由苦难走向辉煌的"出发点"。

80年过去，改革强军浪潮扑面而来，流淌着红26军血脉的陆军第39集团军某红军师，作为全军信息化建设排头兵，又昂然站在了一个新的历史出发点上！

昨天，他们承载了中国工农红军的希望；今日，他们见证着新一代中国陆军的未来。

主建精准化战备体系

这是一次关于中国陆军应急作战能力的检验。

2015年7月，一阵炙热的烟尘升腾在科尔沁草原腹地，当陆军第39集团军某红军师所属某团按照上级倏然而至的紧急作战指令完成战斗准备，一道"地面部队平均机动速度最快"的战报，对于他们迅疾出战的表现作出了高度评价。

"兵可千日而不用，不可一日而不备"。迅即出战、随时可战的背后，是作战链条精准化布设的现代战备理念。

开辟陕甘革命根据地的战斗中，红26军的战士们枕着长枪睡觉、倚着炮筒吃饭，以随时备战、随时能战的警醒，在敌军的腹地一次次不可思议地战胜铁桶堡

▲ 2014年10月，第39集团军某红军师参加"联合2014-E"演习，某新型地空导弹正在进行对空打击。（谭长俊 摄）

垒似的"围剿"。

而现在每个单元都是作战链条上的一个关键节点，每个节点都联系着系列多元化、现代化的武器装备、战斗物资，明日的战备已有了全新的概念。

在这个师作战值班室，师作训科副科长黄红玉拿出他们制作的《战备工作手册》给我们看，上面详细记录着师、团首长机关，各兵种建制营、直属连及其他保障单位的战备职责和要求。

精细抓战备教育、精细抓战备方案、精细抓装备物资、精细抓战备设施、精细抓战备指挥、精细抓战备力量、精细抓战备演练、精细抓战备考评，这个师按照"八个精细"要求，制订出战备工作"一册三卡"给战斗力这把尺子标上精准刻度，对各项战备要素一个个精细衡量。

▲ 2015年5月，第39集团军某红军师组织合成营对抗演练。图为官兵正在进行喷火破障，对敌一线发起进攻。（王迪 摄）

——"人员战备行动卡"，全师人人随身携带一张根据不同任务职责"量身定做"的卡，人员复补变动随时进行修订。上面具体规定了在战备行动中的任务职责、携行物资，甚至配枪枪号都一目了然。

——"车辆装备配载卡"，包括轮式和履带装备两种，对战备行动中乘员编成、物资配载标准、编队位置进行详细定位。

——"物资器材储运卡"，主要明确各类库室内战备物资储存数量、位置、装载方式、时机、保障人员及所需运力等。

现在，如果战斗来临，某机步团八连连长梁凯闭上眼睛也能准确掌握，各时段每个单兵在干啥，物资准备如何，甚至"能从指挥车摸出一把工兵锹、一个针线包"。

战备，无微不至，也无处不在。

信息化训练中心、花园式公寓……宽敞明亮的现代化营区，无声地述说着"以人为本"下的悄然变化，更处处体现着"以战为先"的不变准则：条条宽阔道路，可让战车停到每所兵舍门前，联通到营门的最短距离；大开间、高举架、多通道、无门槛的各类库室，利于物资快速装卸……

驾驭信息化武器装备

清晨，一架无人机呼啸升空，打破了演兵场上的沉默。

点火起飞、爬升、载荷降……面对凭险而踞的蓝军，灵巧盘旋的无人机悄然对蓝军前沿及纵深目标实施空中影像侦察。

随着潜伏前沿的侦察尖兵刘海涛娴熟操作，一组组数据影响实时回传指挥中心，而后，他果断呼唤上级空中支援，一举摧毁了"敌"弹药阵地。

80年前，红26军创始人之一刘志丹孤立无援、转战敌后，凭着勇敢和机智在陕甘大地上留下了"刀枪不入"的神奇传说，但也曾由于力量有限而面对有利战机扼腕兴叹。

今天，无形的信息网络，使"嵌入"战场的每一个单兵不再孤单，即使身处千里，也可实时资源共享，及时呼唤后方火力、空地支援，甚至能够将全网远程力量"亮剑"于一点。

敌情判断、方案制订、火力打击……作战各个环节全部由信息力支撑，战争不再单纯是谋略与勇气的较量，更是科技信息的比拼。

在新型装甲战车的电子屏幕前，中士车长孙福龙点开电子地图，不仅附近地物地貌一览无余，还可实时查知周围动态，"卫星、雷达、热成像等先进技术给战车安上了'千里眼'，就是在夜间，几百米外的一只兔子，也逃不过我们的

◀ 2014年10月，第39集团军某红军师参加"联合2014-E"演习，图为突击群官兵穿越火线，对敌发起进攻。（谭长俊 摄）

▲ 2015年9月，第39集团军某红军师进行战备演练。图为坦克乘员正在进行弹药快速装载。（程龙 摄）

▲ 2015年11月，第39集团军某红军师组织合成营对抗演习，演习全程使用激光模拟对抗装置，图为蓝军正在发起突击。（程龙 摄）

'眼睛'！"

同为"一车之长"的某型自行榴弹炮炮长周宗前，也有着同样的自豪和自信，"我们的新型火炮集机械、光电、传感、通信、夜视等高科技模块于一体，从战斗转换到全自动射击，传统的战斗准备时间被缩到不可思议的短。"

他说，"以前，炮火覆盖准备的时间，足够敌人吃一顿热饭，现在，你要是在百里之外端盆水洗脸，没等洗完，我们就能让炮弹落到你盆里！"

这一切，在红军爬雪山、过草地靠着短枪、土炮、"汉阳造"在数十万敌军重围、追剿中苦苦周旋之时又怎能想到？

该师领导颇为自豪地向我们介绍，历经一次次改革强军的洗礼，这个师已然成为初步具备信息化作战能力的陆军步兵师，跨入了依靠卫星、微波等新技术、新装备支撑，实现网上指挥、空地协同、信息化作战的新时代。

铸造一体化保障模式

"走，今晚带你睡战车！"

一个寒气逼人的夜晚，我们接受了这个师保障部部长孙连民的邀请——野营课目即将展开，先行试住向来是检查准备工作的好方法。

在一辆覆盖着伪装网的联合指挥方舱里，孙部长熟练地将车内侧的座板向上掀起约50度，并用随车铁链固定，将撬棍等随车器材均匀横搭在座板上，放好床板，不到5分钟，一个"上下铺"便展现在眼前，"车载空调、低压电热毯等物资，使官兵在严寒条件下也能睡个安稳觉。"

以前，携带帐篷打仗，在装卸载、运输、搭设撤收时，费力不说，还会迟滞部队行动速度和转换节奏。孙部长算了一笔账：宿营不用帐篷，每个营可减少3辆运输车的运力。

说着，他又敏捷地从车座底下拉出一个普通行李箱大小的铁箱，里面是20余种真空包装的食品，"这些炒菜、炖菜、炒饭等成品、半成品食品，都是根据严寒条件下的营养摄取需要制作的，可保存半个月左右，经过车内无烟炉具的简单加热即可食用。"

▶ 2015年9月，第39集团军某红军师在年度实弹演习中，运用某新型火炮进行极限射击。（谭长俊 摄）

正如冷兵器时代的"兵不卸甲，马不离鞍"，作战保障实行"人不离车"，确保了部队"随时能动、随时能打、随时能带"。

当前，高效率、快节奏的现代战争已然给世界军队发出了一份新考卷，谁作战和保障结合得更紧密、更精准、更迅疾，谁就可能在"发现即摧毁"的争分夺秒对抗中胜出，固定式的粮库、弹药库难以在战场生存，也不再适应战场需要。

隐于茫茫夜色的一个个保障方舱中，"粮草官"们娴熟操作保障综合数据查询系统，制订补给方案；军医们与后方专家即时音、视频联通，展开战地会诊……

在联合指挥方舱的后勤保障系统电子屏幕上，某团装备损伤、弹药消耗等情况以不同颜色的柱状图案不断跳跃变化。

"实时掌握战损和消耗情况，对于指挥决策和后勤装备保障至关重要。"正在组织网上模拟演练的军械科长杜寅峰指着屏幕说，"这套'三色管理'系统，以绿、蓝、红三色，对各分队人员、装备、物资、弹药等作战资源损耗情况进行实时量化统计，绿色表示状态正常，蓝色表示需要关注，红色则表示必须干预，保证了我们能及时精准地给予补给。"

数着子弹打仗、勒紧裤腰带冲锋、靠手推车后勤补给的峥嵘岁月早已远去，只有敢于牺牲、无畏艰险、英勇善战的英雄血脉永恒延存。

80个春秋，不足以燃尽一个人的生命，却足以见证一支人民军队的涅槃。

今天，站在新的历史出发点上，这支有着辉煌昨日的铁甲雄师将士正以当好"光荣红军师的接班人、头等主力师的继承人、强军先锋师的擎旗人"的昂扬姿态，又一次阔步向前！

长征"落脚点"的"红色记忆"

"群众领袖，民族英雄"——

这一毛泽东为西北红军和西北革命根据地创始人之一刘志丹的亲笔题词，恒久地铭刻在延续红26军血脉的陆军第39集团军某红军师师史馆墙壁上。

2015年9月，68岁的刘米拉于此久久伫立——她的父亲刘景范是刘志丹的胞弟，她在他们陕甘边区并肩战斗的故事中长大。

转战陕甘边区

1936年10月，红军三大主力于敌军重围和追剿中在陕甘革命根据地胜利会师。

陕甘革命根据地，这一土地革命战争时期创建并保留下来的唯一完整的一块革命根据地，见证了中国红军的由苦难走向辉煌，也萦绕着刘米拉关于父亲与伯父最深刻的"红色记忆"。

1928年，在刘志丹的影响下，18岁的刘景范投身革命，参与组织陕甘边革命力量发动武装起义，并于1930年加入中国共产党。

1933年，刘景范领导组建了保安游击队，并率领这支红色武装转战陕北保安、靖边、定边和甘肃庆阳一带，开展游击战争，建立苏维埃政权。

1934年10月，红26军42师第2团组建，刘景范任团长之后，一连带着红2团打了几个胜仗，打出了军威。

"在陕甘革命根据地的土地上，大大小小的战斗，父亲记不清打过多少次，但他提起最多的，还是反击第二次'围剿'的战斗。"刘米拉说。

1935年，在反击国民党军第二次"围剿"的作战中，刘志丹把主要用兵方向放在陕北，刘景范接受的任务是：在陕甘边率红26军红2团与红1团等部协同作战，拖住"进剿"陕甘边的国民党军，使其不能进入陕北合击我军。

1935年3月，刘景范指挥红2团在南梁地区以运动战和游击战相结合的打法，阻击了国民党军35师近一个月，又转移至陕甘边的西北区、东北区，继续与其周旋。

国民党军35师系名震宁夏"马家军"首领马鸿宾的部队，以骑兵为主，战斗作风极其强悍，但红2团在人员、装备远远处于劣势的情况下，硬是将其死死拖住，有力地配合了刘志丹指挥部队在陕北集中兵力打击国民党晋绥军和高桂滋部84师。

1935年4月，刘景范接替刘志丹担任陕甘边革命军事委员会主席，在他的指挥下，红军又相继取得了杨清川伏击、奔袭宁塞川、五城镇等战斗的胜利。

在紧张的反"围剿"战斗的间隙，在刘景范的建议下，陕甘边区还开办了一所军事学校，轮训基层军事干部，为提高红军干部素质，发挥了重要作用。

1935年8月，西北红军反第二次"围剿"作战取得胜利，共歼灭国民党军2000余人，解放6座县城。刘景范在陕甘边指挥红2团等部牵制了10倍于己的敌兵，为反"围剿"胜利，开辟和巩固陕甘革命根据地提供了重要保障。

"不知有家"的现代罗宾汉

1936年，当美国记者斯诺走进红色政权下的陕甘宁边区，立即就被广泛流传的红军将领刘志丹的传奇故事深深吸引，以至于称其为中国的"现代侠盗罗宾汉"。

1903年10月，刘志丹出生于于陕西省保安县（今志丹县）金丁镇。他疾恶如仇，爱护百姓，从青年时期起就投身革命，1925年加入中国共产党，并在组织的安排下考入黄埔军校学习。

1927年大革命失败后，他奔走于湖北、安徽、陕西等省组织起义，是西北红军和西北革命根据地创始人之一。

1935年，刘志丹任西北革命军事委员会主席，指挥所部连夺延长、安定、保安等6城，在20多个县建立了红色政权，使陕北、陕甘边苏区连成一片，成为中共中央和各路长征红军的落脚点。

1936年4月，他率红军东征，在山西中阳县三交镇战斗中光荣牺牲，时年33岁。

这期间，刘志丹身经百战，经历了各种各样的失败、挫折、冒险、死里逃生，率领的部队在重重围剿中几经消灭，却又一次次奇迹般地发展壮大，甚至派来攻打的国民党军也常常在战斗中投诚过来，以至于在西北大地传开了他"刀枪不入"的神话。

然而，在刘米拉和家人、乡亲们的眼里，刘志丹却又是一个"不知有家"的人。

1921年，刘志丹和同桂荣结婚，可他一直南征北战，几乎不落家。

"他们虽然有15年的婚恋，但聚少离多，算起来相处总共也不到5年，其中还有很长一段时间，是因伯母给红军战士们送物资而相聚。"刘米拉说。

作为红军家属，刘志丹的亲人们屡遭劫难。敌人来抄家，挖祖坟，刘米拉的姑父也被残忍杀害。

一次敌人搜捕，同桂荣不得不带着正在吃奶的女儿，躲进一个山洞，八天八夜不见天日，饿了，她就喂女儿一点炒面的糊糊。

"陕甘苏维埃主席习仲勋叔叔知道后，马上派游击队将伯母她们接到南梁根据地。"刘米拉说。

后来，同桂荣主动到被服厂工作，为红军做军鞋、军旗、军装。

"伯父名声很大，也很受群众爱戴，因为他打地主老财，让百姓吃上饭、有了田，自己却和红军战士一样过艰苦的生活。"刘米拉至今仍记着当年流传在西北的一首民谣："正月里，是新年，陕北出了个刘志丹，刘志丹来是清官，他带上队伍上横山，一心要共产……"

迎接第一支入陕长征红军——红25军

人生，总有许多离别与相逢。

1978年的那个晚上，接到中华人民共和国民政部副部长任命的刘景范，又一次回想起了迎接长征第一支到达陕甘革命根据地的长征红军——红25军的场景。

那是一次让他激荡终生的相迎，也是中国工农红军走出苦难、走向辉煌的一个历史起点。

1935年8月下旬，时任陕甘边军事委员会主席的刘景范接到游击队的报告，得知红25军已来到陕甘边区附近，他与陕甘边苏维埃主席习仲勋立即一同向西北军委进行了汇报。

西北革命军事委员会主席兼红军前敌总指挥刘志丹指示，马上去迎接红25军，并亲自写欢迎词。

刘景范、习仲勋带着保卫分队和交通员到永宁山一带去找红25军。当刘景范看到那些身上穿着被风尘遮住了颜色的军装、打着赤脚却满脸喜悦和激动的战士，眼泪一下掉了下来。

"兄弟部队来接咱们啦！"一时之间，漫山遍野回荡着红军战士们此起彼伏的欢呼声，一些带着伤的伤病员也在战友的搀扶下，挣扎起来，高高举起手臂向他们挥舞。

刘景范和习仲勋把他们迎接到陕甘边苏维埃政府所在地区桥扶峪、高桥等地休整，并发动群众，为红25军送鞋，准备吃的慰劳全体官兵，并召开了群众欢迎大会。

"在长征那段充满苦难的艰苦岁月里，长征的红军渴盼着找到自家人，父亲他们也同样没有一天不渴盼着得到党中央的消息，见到艰苦远征的革命弟兄们！"刘米拉说。

9月14日，红25军进入西北工委所在地——陕北苏区延川县永坪镇，休整两天后与红26军、红27军会师。

9月18日，也是"九一八"事变之后的第4年，在永坪西南一个干部学校门前操场上，红15军团成立大会正式召开——红25军、红26军、红27军合并组建为红15军团，共7000多人。

"会场上红旗飘扬，遮天蔽日，周围几十里以外的群众，都赶来参加了大会……"每一次描述这一场景，刘米拉总能从父亲一向严肃的脸上看到久违的兴奋与激动。

80年过去了，1948年出生在北京的刘米拉，没有亲见过那些激动人心的画面，可是她对陕甘那片洒满革命先辈热血的沃土，却仍然亲切而熟悉，那些走向遥远的苦难与辉煌也宛如昨日般清晰可及。

"我在父辈的'红色记忆'里长大，我一生感动在老一辈革命人的精神之中。"刘米拉说。

（作者为红26军将领刘景范之女刘米拉）

背景链接

从陕北高原走来的"三猛"雄师

陆军第39集团军某红军师，是由刘志丹、谢子长、习仲勋等共产党人创建、从陕北高原走来的、一支站在新型陆军建设前沿的机械化步兵师，历经22次改编、整编，现成建制保留着1个红军师部、1个红军团、1个红军营、8个红军连，并以"猛打、猛冲、猛追"的"三猛"作风，赢得"头等主力师"等殊荣。

这个师的前身是1932年2月组建的中国工农红军陕甘游击队，1933年11月8日于陕西省合水县正式成立中国工农红军第26军42师，1935年9月与红25军、红27军合编为红15军团，改编为第78师，11月编入红一方面军。

抗日战争时期，先后改编为八路军115师344旅、二纵队344旅、新四军第4师10旅、第3师10旅等。解放战争时期，先后编为东北人民自治军第3师10旅、东北民主联军第2纵队第5师，1948年11月改编为中国人民解放军39军第116师。抗美援朝时期，首批入朝作战。1984年，改编为全军首批重型机械化师。

这是一支战功卓著的主力部队。

土地革命时期，刘志丹、谢子长等人先后于1927年、1928年组织发动了著名的清涧、渭华、旬邑起义，在西北地区向国民党反动派打响了第一枪，创建巩固扩大了陕甘和陕北革命根据地，使之成为全国唯一仅存的比较完整的红色根据地，也是红军长征结束的"落脚点"、投身抗日战争的"出发点"。红军长征到达陕北后，先后参加崂山、榆林桥、直罗镇等数百次战役、战斗，歼敌2万余人。

抗日战争时期，首战平型关，重创日军坂垣师团，打破日军不可战胜的神话；转战太行山区，配合129师粉碎日军"九路围攻"，保卫八路军总部，受到朱德总司令称赞。

解放战争时期，"四保四平"战役长春线阻击战获党中央致电表彰，三下江南战役、二打靠山屯战斗受东北民主联军总部和西满军区通令嘉奖；辽沈战役，突破锦州担任主攻，突破义县首创城市攻坚战整师挖交通壕抵近接敌成功范例，获"东北部队中之头等主力师"评价；平津战役，天津战斗中最先占领金汤桥。

抗美援朝战争时期，参加一至五次战役和340天阵地防御，歼灭美军开国元勋骑兵第1师第8团700余人，取得1900年八国联军侵占北京以来中美两国军队首次交锋的胜利；上九洞战斗，迫使美军25师一个黑人工兵连集体投降，震动美军高层；最先收复平壤，攻克汉城，突破"三八线"天险临津江战斗，全师冒着零下20摄氏度严寒潜伏25小时，11分钟全面破敌防线，刘伯承元帅在南京军事学院讲课时引用这一战例，称"应打个满分"。

这是一支群星闪烁的英雄部队。

　　先后走出了"群众领袖、民族英雄"刘志丹、"民族英雄"谢子长和"党的利益在第一位"的习仲勋等老一辈无产阶级革命家；走出了徐海东、黄克诚2位大将；刘震、杨得志、唐亮、阎红彦、韩先楚、刘华清等10位上将，吴信泉、李雪三等29位中将，136位少将和159位省军职以上干部；涌现出锦州城下用身体顶住爆破筒舍身炸敌堡的"爆破英雄"梁士英、"孤胆英雄"张昌义、"十大功臣"王凤江、一把军号吓退英军皇家莱复枪团的志愿军"战斗英雄"郑起等战斗英雄；和平年代，同样走出了"为人民英勇献身的好战士"抗洪英雄李秀海、"共和国卫士"崔国政、首届"全军学习成才标兵"爱军精武模范连长王宪、全军优秀共产党员郝成义等一批时代楷模。

　　这是一支荣誉厚重的先锋部队。

　　战火硝烟中，15800余人次荣立战功，227个单位和个人立特等功、三等功、一等功，118个单位和个人被军以上单位授予荣誉称号，铸就"清江部队""攻必克营""守必坚营""钢铁连队""突破锦州尖刀连""突破彰武英雄连""临津江突破英雄连"等一批先锋模范单位；和平岁月里，发挥"有排头就站、有红旗就扛、有第一就争、有先进就学"和"做头等工作、创头等成绩、建头等部队"的优良传统，出色完成各项工作，涌现出中央军委命名的"抗震救灾爱民模范连""卫国平暴英雄连""基层建设模范连"，国防部命名的"神枪手四连"，军区授称的"1124英雄集体"和"科技练兵模范营"等一大批先进集体，并作为原沈阳军区的迎外部队，先后30余次接待了美国、加拿大、日本等70多个国家的军事代表团和100多个国家驻华武官参观访问，官兵以过硬素质和良好形象展示了我军威武之师、文明之师的良好精神风貌。近年来，师先后6次被四总部评为"军事训练一级单位"，7次被军区评为正规化管理先进单位，连续被总部评为八五、九五、十五、十一五、十二五期间"装备管理先进单位"。

17

"红四连"：
从夜袭阳明堡到强军
精武当先锋

"红四连"：从夜袭阳明堡到强军精武当先锋

2016年6月底，闽中某深山，战车轰隆，枪炮齐鸣，第31集团军某师组织的一场红蓝对抗演练正呈胶着状态。

突然，两架陆军航空兵直升机呼啸而至，红方"特战连"迅速机降破袭，"敌"指挥所很快被"端掉"！观摩席上有人惊呼："步兵团怎么会有特战连？"

"是红四连！"该团政委彭巧云对我们说，从"飞"起来到"特"起来，渐渐"特战化"的红四连早已不是传统步兵的模样。

攥紧了是"铁拳"，散开去是"尖刀"

演练还在继续，"红"方攻至2号高地，在"敌"火力阻拦下，"伤亡"较重。

此刻，红四连连长张康命令，由生产班长周凯旋带领5名战士和两名炊事员，临机组成一个"穿插队"，向2号高地"敌"后方快速穿插，准备来个前后夹击。

"种菜煮饭的能担得起如此重任？"

"了解四连的人都知道，这些人的素质个个顶呱呱！"面对我们的疑问，陪同的四班长张钦战笑着说，连队挑选"八大员"和别的单位不一样，军事素质不过硬的，绝对不能胜任此职。与战斗班排相比，他们平时训得少一点，但他们都会自我加压，偷偷地加班练，平时考核几乎个个都名列全团乃至全师前列。

2014年8月，师里安排一批新排长到四连当兵锻炼。动员会上，干部科长提出要求："如果你们的军事素质能赢过'红四连'养猪的、种菜的、做饭的，就算过关了。"此言一出，新排长们个个不服气。

然而，在接下来的课目示范观摩中，当新排长们看到生产班长周凯旋跑400米障碍仅2分30秒，文书袁晓俊攀登10米崖壁不到10秒，炊事员齐明科一口气能做30多个卷身上……新排长们不由得暗暗竖起大拇指！

我们在"红四连"，处处都能感受到一股蛮拼之风：休息间隙，总能看到官兵自我加压，练体能、训专业；文书、炊事员等"八大员"全部跟队跟训，课目一个不落；官兵的作战靴平均3个月就要磨烂一双，不少迷彩服都有训练磨出来的破洞……这些习惯和细节，都是官兵们献身强军实践的真实写照。

"转型路上，传统步兵拿什么打赢下一场战争？"连长张康说，这是官兵们

"夜袭阳明堡战斗模范连"英模部队方队参加
"9·3"阅兵。（图片由部队提供）

▲ 红四连官兵在高温酷暑条件下进行步坦协同演练，不断提高作战本领。（图片由部队提供）

▲ 红四连注重在实战背景下，锤炼官兵打赢本领，图为战士在穿越火网。（图片由部队提供）

茶余饭后议论较多的一个话题。对此，"红四连"探索出步兵特战化训练之路，成为全师第一个特战化步兵连。

连队按照特种兵训练大纲，增加擒拿格斗、战场侦察和攀岩等课目的训练，紧贴步兵分队未来作战的能力需求，加大机降、破袭、斩首、营救等特种作战行动的研究训练，将特种作战训练融入步兵专业训练之中，做到日常训练穿插进行、阶段集中强化训练、年度演习实兵检验。

攥紧了是"铁拳"，散开去是"尖刀"。如今，全连官兵已掌握了基本的特战本领，连队作战能力实现新增长。

连队没有"特殊人"，连队人人都"特殊"

肖斌武是"红四连"炮班的一名上等兵，赣南师范大学播音主持艺术专业在读生，今年23岁的他特别爱干净，用战友们的话说是"有洁癖"。

可我们在训练场上看到，就地隐蔽时，肖斌武不顾眼前的泥坑，一个侧卧扑倒在地。演练结束时，与战友们一样，肖斌武的全身也都裹满了泥巴，充满了汗馊味。

生活中的"洁癖"在演兵场上消失得无影无踪！

在"红四连"的那些天，我们看到，连队的旮旯角落都特别干净，排房里一尘不染，书架书桌上都摆放整齐，官兵们每周都拿洗衣粉洗刷地板；排房里的战备器材架上，各种物资分门别类、整齐划一，就连洗漱间里的牙膏、牙刷都朝着一个方向摆放……

"生活中是样板，训练中当标杆。四连的每个人都是一张无声的名片，未见其人就要先闻其声。"官兵们向我们讲述了一件往事。

2014年5月的一个傍晚，时任团政委万春琳在一次夜查返回机关的路上，看到一个人影正按齐步朝自己走来，动作标准，还伴有擦裤缝的声音。

"谁？这么晚了一个人走路还这么整齐！"万政委好奇地上前询问。原来，这名上等兵叫朱淇淇，是"红四连"的文书，到机关送一份报表。

虽然四连人人都是名片，但从来没有"特殊人"。官兵们告诉我们，不管是

▲ 红四连官兵在"使命行动—2013A"跨区战役演习中在登陆海滩展开。（图片由部队提供）

有人看还是没人看，不管是干部还是战士，标准要求都是一个样，从来不打一丝折扣。

2015年4月的一次早操，副连长王梦阳没按要求跑完5公里，过组织生活时，遭到党员们严厉批评；2016年3月，团机关对营连干部房间进行突击检查，指导员黄敬锋的房间因标准不高，被机关批评。当周组织生活时，官兵们对他提出了批评……

良好的作风不仅体现在生活上，更体现在训练中。

七班长王维银对我们说，"今年年初以来，连队全面落实上级'把队列动作赶出训练场'的要求，对照实战梳理出'装备停成一条线、进攻队形排成一列队、动作跑成一个样'等82种'队列动作'，让训练真正实起来。"

记者在轻武器射击场上看到，出发线和射击地线间原本平整的地面，增设了许多工事；从出发线到射击地线，原本是听口令列队前进，现在变成了一个口令，按战术动作自行前进等等。

"根子"上守得住，好传统从不丢

在"红四连"营区，随处可见独树成林的榕树。官兵们告诉我们，这种树身上的每一根"胡须"只要触及泥土，就能钻地扎根，茁壮成长。

诞生于黄麻起义的"红四连"，参加过两万五千里长征、夜袭阳明堡、激战孟良崮等战斗，在我军军史上书写了赫赫战绩。

树高万丈全凭根。自"红四连"驻扎福建以来，一茬茬官兵就像省树——榕树那样，把根子深扎八闽大地，在传承红军血脉精神中不断续写新辉煌。

2015年，"红四连"参加的一场红蓝对抗演练中，蓝方一隐蔽地堡火力猛烈，红方几次进攻都被打退。无奈之下，"红四连"一名四级军士长抱起炸药包、扛起火箭筒，只身一人冲了出去，上演了现实版的"董存瑞炸碉堡"。不久，"敌"地堡被成功摧毁，这名战士身负"重伤"。

"他叫陈大响，是连队的士官长，因素质过硬，早已名声在外。""红四连"指导员黄敬锋告诉我们，近年来，先后有多位地方企业老总慕名前来"挖"人，年薪多的开到20多万，可面对诱惑，陈大响总以"我这身武艺是部队培养

▲ 中央军委授予四连
"强军精武红四连"
荣誉称号。（图片由
部队提供）

的，用武之地就该在部队和战场"为由婉言谢绝。

"进了'红四连'的门，就要成为党的擎旗人。"黄敬锋说，思想红是"红四连"官兵的"政治品牌"：每年新兵下连，做的第一件事就是参观连史馆，上的第一堂课就是连队光荣传统课，唱的第一首歌就是连歌，喊的第一句口号就是连魂。

根深不怕狂风吹，树壮不怕密雨袭。正是红色基因的涵养，才让"红四连"官兵的信念之树越长越壮。

班长周凯旋告诉我们，今年探亲休假，听说他去年立功受挫，今年又准备考军校，邻村一些信教的信徒劝他入教修炼，可保他心想事成。

"少来这一套！"严词拒绝的周凯旋让连队寄来一些资料，并拉上村支书，给全村村民上了一堂课，劝说大家正确认识宗教与邪教，摆正理想与信念，远离邪教，决裂愚昧。

"不因私利而动，不为邪气所侵。"该团政治处主任杨计发坦言，如果说在革命战争年代，官兵们练就了"百毒不侵之身"，靠的是对党组织的信仰，如今在市场经济环境下，靠的是不可撼动的政治定力。

驻足四连，一个又一个宣传橱窗里，"听党话跟党走，攻必克战必胜，不畏难不畏死，连为家苦为荣"的24字连魂格外醒目……一年又一年，在连魂的激励下，变化的是连队的新设施、新荣誉和官兵们的新面孔，不变的是一颗又一颗听党话、跟党走的心。

牢记肩负的使命任务，大力弘扬老红军部队光荣传统，坚持用强军目标建连育人，紧贴实战大抓练兵备战，瞄准一流推进全面建设。近3年来，连队在师以上军事比武中夺得24项第一、74人获得单项冠军，锻造成新型陆战猛虎。

2015年8月，中央军委授予红四连"强军精武红四连"荣誉称号。2015年9月，以该连官兵为主体组建的"夜袭阳明堡战斗模范连"英模方队，昂首阔步走过天安门广场，接受全国人民的检阅。

父亲张元和：随红十五军团征战的日子

1936年8月底，为策应红四方面军北上会师，红十五军团奉命以第73师217团和军团直属骑兵团组成特别支队，参加红军刚刚3个多月的父亲张元和就是其中的一员。9月下旬，红13师经今宁夏西吉县硝河城，向会宁、静宁进发。217团在团长刘子炎、政委曹广林的率领下，比军团直属骑兵团提前两天出发，靠着两条腿徒步急行军。父亲生平第一次走这样长的路，而且是奔跑着行军，他咬紧牙关，一步不落地跟在连长身后，随时传达着连首长的命令。

会宁县位于陇中地区北部，北靠靖远，西联定西、榆中，南接通渭，东临静宁和今宁夏西吉县，是红二、四方面军北上的必经之地，县城坐落在祖厉河畔，有国民党新一代第十旅一部和县保安队共400余人防守。

红十五军团直属骑兵团作为特别支队的前卫，于10月2日凌晨抵达会宁县城外。红军兵临城下，但城内守军尚未察觉。5时许，守军同往日一样，照常打开

▲ 毛主席瞄准过的第21任红四连连长宋世哲汇报表演的枪。（图片由部队提供）

城门。军团直属骑兵团指战员听到政委夏云飞的命令，跃马扬刀突然从西门和北门冲入城内，守军不知所措，乱作一团。

这时，经过连续300多里急行军的红217团也赶到了会宁城下，他们顾不上喘口气便立即投入战斗。

217团虽然只有4个步兵连和1个机枪连，但官兵纪律严明，作战勇敢，战斗力很强。他们与军团直属骑兵团协同作战，配合默契，父亲所在的四连进攻后登上了城墙，其他连队进城后担任搜索任务。经一个多小时战斗，守军被全歼，红军占领了会宁城。这一着出其不意，抢在了国民党胡宗南部的前面，为红军三大主力会师创造了条件。

次日凌晨，前来增援会宁城的邓宝珊新11旅的两个团到达5公里处的曹家河（今属甘肃定西县），军团直属骑兵团和217团立即抢占有利地形阻击敌人增援。红217团几个连分守在会宁城的不同位置，四连在会宁城西门楼上坚守。城下邓宝珊部组织攻城，城墙上的红军战士向下扔手榴弹，邓宝珊部撤退。

大约早上八九点钟，邓宝珊部又开始攻城。

人说"初生牛犊不怕虎"。父亲年纪小，没有打过仗，拿他后来的话说："那时不知道子弹的厉害"，他从城垛女儿墙往下看到邓宝珊部的士兵，就跳着喊："你打，你打！让你打！我们打死你！"突然，他的军帽掉在地上，当时以为是被风吹掉的，继续跳着喊。班长制止父亲道："你不能这样乱喊乱跳！"突然，他发现父亲的耳朵不对劲，就问："你的耳朵怎么啦？"父亲说："天气热，冒汗了！"说着用手一摸耳朵，沾了一手热乎乎的血。他哎哟一声，才意识到刚才自己的军帽是被城下的子弹打掉的，好在只是擦伤了头皮，他在班长的帮助下用毛巾随便包扎了一下，继续战斗。战争年代父亲曾6次负伤，这才是他第一次负伤，不过只是受了点轻伤，没有多长时间就痊愈了。

邓宝珊部拼命反扑，企图夺回会宁城，激战两天两夜。红十五军团一部插到城外高地阻击，后国民党又攻入会宁城。红一军团第1师主力、第2师第4团和骑兵第2团向会宁增援，邓宝珊部闻讯于6日晚撤出会宁城西逃，红十五军团和红一军团的部队重新占领会宁城。

红四方面军先头部队第四军于7日晨到达会宁，先后同红72师和红一军团会师。随后，会宁城防务交给了红四军，红1师师长陈赓、政委杨勇率领主力驻扎城郊，红一方面军主力相继撤离会宁县城。

10月9日红一、四方面军在会宁会师和10月22日红一、二方面军在今宁夏西吉县将台堡会师，实现了红军三大主力的胜利会合，结束了伟大的长征。

蒋介石十分恐慌，调集了几十万大军，企图将红军在西北地区一举歼灭。中共中央和中革军委早在红一、四方面军会宁会师后，就看透了蒋介石的罪恶企图，为此发布《十月份作战纲领》，即宁夏战役计划，决定红一、二、四方面军会师后集中向北发展，在西（安）兰（州）大道以北、黄河以东、宁夏同心以南、甘肃环县以西的地域内，三军配合，打几个歼灭战，对尾追红军之敌予以打击，而后消灭国民党宁夏马鸿逵势力，占领宁夏，把陕北、陇东、宁夏作为中央的根据地和大后方。

但是，由于张国焘指挥的红四方面军部队未能到达指定位置，不但失去了战机，而且还使红一方面军主力的右翼完全暴露在敌人面前，红军不得不放弃海打战役计划，主力由打拉池向东转移。

1936年10月的最后一天，红一军团1师和父亲所在的红十五军团73师奉命向东转移，下午4时许到达海源县关桥乡贺家堡。

贺家堡在海原县城以北12公里处的贺堡河西岸，是一个纯回民村落，呈矩形，坐落在海（原）同（心）公路旁。

红军在公路上行走，突然，驻守海原的马鸿宾第35师主力和东北军何柱国部骑兵6师一部从南边冲了过来，企图拦截东进的红军。红73师和红一军团第1师合力反击，在这里打了一个遭遇战。

红军是步兵，面对来势汹汹的敌人骑兵毫不示弱，短兵相接，分外激烈。不一会儿，红军将马鸿宾部和何柱国部分割裂开来，何部被围在一条山谷中。战斗打到黄昏时分，何部企图突围。红217团担任预备队，此时奉命出击堵截，缩小包围圈，全歼何柱国部。父亲所在的四连守在一个小山头上，何部的一个骑兵连想从这里的山口溜走，连长一声令下，用火力封锁了山口。何部骑兵不知所措，站在原地发愣，这时红军的炮兵开火，炮弹将何部骑兵炸得人仰马翻，四散逃去，四连发起了冲锋。

跟在连长后面的父亲，突然发现何部的几个骑兵拼命用马鞭抽打坐骑向山口逃窜，他来不及向连长请示，如离弦弓箭般地猛跑紧追上去，边跑边大声喊道："缴枪不杀！缴枪不杀！"正在逃命的3个何部骑兵如惊弓之鸟，也没有看清有多少红军追来，就乖乖地跳下马来举手投降。父亲连忙抢过一个俘虏的冲锋枪压上子弹，又背起另外两支枪，牵着马，押着3个俘虏回到了阵地前。

这一仗，红军歼灭何柱国骑兵六师的两个团，打死几十人，俘虏一千多人，缴获马匹和枪支各一千多，还有不少军用物资，剩余的敌人逃回海原城。父亲一人抓了3个俘虏，缴获了3支枪、3匹马，还有子弹和一个皮挂包。

战斗结束后，部队集中清理战果。连长笑嘻嘻地对父亲说："你这回收获不小啊！又是马又是枪，马背上驮着子弹，身上还挂着个大背包，你这个传令兵了不起啊！"父亲摸着身上的皮挂包只是傻笑。连长问他想要哪匹马？他回答说："大白马！"连长爽快地答应了。然后悄悄地对父亲说："咱俩换一下包怎么样？"父亲说："行！"连长便拿走了皮挂包，父亲背上了连长那个缀有红五星的黑布挂包。

第二天早饭后，全连官兵正在兴高采烈地骑着缴获的战马赛跑，突然响起了集结号，连长在队列前严肃地说："接到上级命令，要我们将所有的俘虏和缴获的枪支弹药、马匹全部集中归还东北军，因为我们红军已经同东北军建立了统战关系，这样做就是顾全抗日统一战线大局！"

父亲牵着大白马恋恋不舍，其他同志心里也很不情愿，但红军有铁的纪律，官兵还是坚决地执行命令，按要求将全部战利品，包括战马集中交到了团里。后来，红军对被俘的东北军骑兵第六师官兵以礼相待，经宣传教育后，全部予以释放，并将缴获的马匹、武器归还给了他们个人。

正在此时，尾追的胡宗南部赶到，红军利用有利地形展开战斗。父亲所在连守在一个土围子里，听到命令，部队迅速攀上围墙和房子，架起了各自的武器。围子外是平地，胡宗南部距土围子只有几十米的距离，数次发起进攻，都被击退，双方激战一天，天黑前红军四处吹响冲锋号出击，胡宗南部怕被增援的红军包围，只好匆匆撤退。

红军边搜索边追击前进。黑暗中，父亲忽然发现前面不远处躺着一个人，他走近一看，是胡宗南部的一个军官，已被红军击毙，身上挂个大皮包。当时已是深秋初冬天气，河里都结了冰，但红军还穿着单衣，冻得瑟瑟发抖。父亲从尸体上将大皮包和武器先拿了下来，又扒下毛裤，然后穿在自己身上，身体立刻暖了起来，根本没有感到害怕。连长知道后笑着对父亲说："你胆子还真不小，敢在死人身上扒衣服穿！"

（作者为张元和长子张大军）

265

人物小传

张元和，1920年11月6日出生，宁夏海原县高崖乡草场村人。1936年3月参加红军，1938年3月加入中国共产党。历任红15军团第73师217团4连传令兵，八路军115师344旅687团1营营部传令兵、班长、排长、营部支书、指导员，冀中抗日前线"挺进纵队"688团2营组织干事，新四军第3师第10旅28团2营组织干事、连长，淮海军分区3团1营教导员、1团3营营长，解放战争时期任营长、副团长、团长，参加过抗美援朝，后任师参谋长、副师长、师长，江西省军区副司令兼南昌警备区司令员等职。1983年12月离休。

1955年被授予上校军衔，获"三级独立自由勋章"和"三级解放勋章"。1965年3月晋升为大校军衔。1988年9月，被授予"二级红星荣誉功勋章"。曾获朝鲜民主主义人民共和国"二级国旗勋章"、国务院"抗日战争胜利60周年功勋章""抗日战争胜利70周年纪念章"。

背景链接

黄麻起义走出的"战斗模范连"

"红四连"是一支历史悠久的红军连队，诞生于1927年11月28日，由参加黄麻起义的黄安义勇队部分战斗骨干和改编的工农革命军鄂东军第一路一个排组成，为工农革命军第7军1大队第1队第3分队，1931年1月，转隶红军第4军第10师，并随师参加了二万五千里长征。

抗日战争爆发后，1938年5月，连队改编为津浦支队2营4连，1938年7月改编为东进抗日挺进纵队第4支队1营4连，后坚持在山东敌后抗战，1945年8月改编为鲁中军区第4师第10团2营4连。解放战争时期，连队改编为华东野战军第8纵队第22师第64团2营4连，1949年2月改编为第3野战军第8兵团26军第76师第226团2营4连。1985年9月，连队改编为陆军第31集团军某摩步师某团2营4连。

"红四连"是一支战功卓著的功勋连队，历经土地革命、抗日战争、解放战争和抗美援朝战争，参加了黄麻起义、杀牛坪、阳明堡、鲁南、莱芜、孟良崮、开封、淮海、渡江、淞沪以及朝鲜的金柱山、西方山等一百多次战役战斗，歼敌万余人，荣获"以一胜百""战斗模范连""胜利连""模范连"荣誉称号。

1932年10月，"红四连"随红四方面军向西进行战略转移，于12月到达四川省北部通江地区，开辟川陕革命根据地。1933年4月和5月，在四川省杀牛坪一带，红四连奉命随红四方面军参加了讨伐军阀田颂尧的战斗。战斗从2月全面展开，3月下旬至4月下旬，战局呈对峙状态，4月底至6月中旬，红四方面军实施围攻，6月下旬战斗胜利结束。在战斗中，"红四连"全体指战员英勇作战，歼灭了百倍于己的敌军，取得了辉煌的战果，荣获了川陕省委第二次苏维埃工农代表大会授予的"以一胜百"锦旗。

1937年10月上旬，"红四连"在八路军129师385旅769团编成内奉命在代县、崞县以东地区，执行侧击南犯日军后方的任务。10月19日夜，连队在团长陈锡联的指挥下，作为突击队潜入日军阳明堡机场，用机关枪、手榴弹向飞机猛烈袭击。经过一小时激战，769团以伤亡30余人的代价，毙伤日军100余人，摧毁敌机24架。刘伯承在接到电报后连声称赞：769团首战告捷！打得漂亮！战后，由于官兵在战斗中表现英勇，连队被八路军129师授予"战斗模范连"荣誉称号。

在抗美援朝第四次战役中，"红四连"奉命坚守金柱山阻敌进攻，掩护撤退部队的安全。3月30日，敌以坦克16辆配合5个营兵力向金柱山攻击，连队在连长袁树喜指挥下，与全营兄弟连队一起，先后打退了敌人4个营又1个侦察连的轮番进攻。31日拂晓，敌又用80辆坦克、几十架飞机分三路再次攻击金柱山。为保存实力，上级命令红四连掩护部队撤退，战至14时，全连官兵打退敌人数次进攻，直至部队安全转移后，连队才撤出阵地，胜利完成掩护任务。此次战斗，连队共歼敌200余人，战后，1班机枪组被团授予"机动灵活的机枪组"光荣称号，连队也受到上级表扬。

1951年9月6日，"红四连"奉上级命令配合227团三个连另8个炮兵连分东西两面进攻敌平金防御中的主要制高点——西方山。当日18时，26军军长张仁初亲自给参战部队作慷慨激昂的战前动员。22时40分，部队准时发起进攻，"红四连"在西方山东南山腿发起冲锋，一举夺占3个山头。在向西方山主峰实施猛攻过程中，因兄弟部队在接敌中错失方向，"红四连"陷入孤军作战，战斗进行得异常艰难惨烈。激战中，"红四连"干部全部负伤或光荣牺牲，鲜血染红了山头，只剩下20名战士。此时，文书黄克林主动指挥，英勇顽强地向敌冲击。到达1号高地时，只剩下黄克林等7人，子弹打完了，他们就赤膊上阵与敌展开肉搏。仅黄克林一人就打死敌7人、俘敌2人。"红四连"官兵们用拖不垮、打不烂的顽强战斗作风，经过一昼夜激战，配合兄弟部队顺利夺占了西方山。

连队先后涌现出"一级人民英雄"刘继祯、"一等功臣"王俊才、"战斗英雄"宋金山等数十名战斗英模和"神枪手"宋世哲、"雷锋式干部"黄香俊等大批先进个人。

八十多年的战斗历程，铸就了红四连的连魂"听党话跟党走，攻必克战必胜，不畏难不畏死，连为家苦为荣"和连训"把汗水洒在红四连，把智慧献给红四连，把功绩写在红四连"，同时连队注重用老红军传统和新时期英雄事迹培育官兵爱连奉献的精神。

在连史馆陈列着三件"传家宝"，一场战斗、一杆枪、一张发票，这三件"传家宝"分别是夜袭阳明堡炸毁日军24架飞机经典战例、毛主席瞄准过的第21任连长宋世哲汇报表演的枪、毛主席向连队交的3块7毛3分钱的菜金发票。

党支部常抓连队光荣传统熏陶，人手一本《英模故事集》，每当新兵入营、干部调入、连队命名纪念日，第一件事是参观连史馆，第一堂课是光荣连史课，第一首歌是学唱连歌，在感悟苦难辉煌中坚定革命理想。

2015年9月，中央军委授予红四连"强军精武红四连"荣誉称号。

18

"红224团"：
这支"快反部队"
究竟"快"在哪

"红224团"：一支"快反部队"的自我修养

快反部队，原本是快速反应部队的简称，特指设计于紧急情况下能在极短时间内做出应对行动的战斗部队。世界上不少国家都组建有专门的快反部队。

实事求是地讲，记者走进的这支部队——陆军第38集团军某机步团，并不是严格定义上的快速反应部队，但它确实是一支闻名遐迩的遇事反应极快的部队。

部队的前身是长征时期孤军长征的红25军224团，从当年最年轻的长征队伍到如今的机械化先锋，这支部队快速反应的秘诀，来自长期以来坚持的精细化战备训练，这是这支"快反部队"特有的自我修养。

库房里的秘密

这个团的营区布局被设计为"三横八纵"，营房、餐厅、车炮场三条线依次深入，各营连左右排开。战备库坐北朝南，被安排在营区中心点附近。这样做的好处，是团机关、各营连取用战备物资时，都不会因为距离太远而成为制约出动效率的"短板"。

走进战备库区，迎面夺目而来的是14个鲜红大字：宁可千日无战事，不可一日无战备。

对于以全心全意为人民服务为宗旨的人民军队，"战事"不光指打仗，还包括抗洪抢险、抗震救灾、灭火救援、反恐维稳等各种非战争军事行动，救生衣、

2015年9月，朱日和训练基地，红224团轮式自行迫榴 ▶
炮在陌生环境条件下进行单炮实弹射击。（胡庚 摄）

灭火器、铁锹、镐头等形形色色的东西也因此"民参军"，成了颇具神秘色彩的战备物资。

一般来说，部队为了方便管理，会把这些物资分类存放。说白了，就是锹跟锹一起，镐跟镐一堆，只要是同一种东西，就能且只能在库房的某个位置找到。

这个团现在实行的是模块化存储。什么叫模块化存储呢？看看库区都设了哪些子仓库就一目了然了：指挥所物资器材库、抗洪抢险物资器材库、抗震救灾物资器材库、灭火救援物资器材库……也就是说，各种任务都有与之相对应的仓库，一旦有紧急情况，只要打开它，就能找到所需的全部物资。

比起分类存放，模块化存储的优势在于，省去了官兵穿梭于各仓库之间取用物资的麻烦，能够节约执行紧急任务的宝贵时间。

为了争分夺秒，缩短出动时间，官兵们在仓库内物资的包装上也费了不少心思。总的思路，是能成捆成捆、能打包打包。比如绳索，一个人原本一次最多抱

5捆，装进帆布包后，一下子能背走10捆。

在抗震救灾物资器材库，撬杠被扎成5根一捆，还配了专用的小架子，在撬杠与储物架之间支出一个空隙，取用时更加方便快捷。

不仅如此，这个团还提出了"库车一体"，也就是，各类物资摆在仓库里的位置，基本对应它们装在运输车上的位置，先出库的先装车，以提高装载效率。

乍一看，这些细小安排能够节省的时间大多以秒计算，但点点滴滴加起来，就成了这个团快速反应的资本。当然，那也是打胜仗的资本。

衣兜中的警惕

战备，备的是一种可能性。毕竟，包括打仗在内的各种紧急情况，会不会发生、什么时候发生都带有很大的偶然性。但哪怕只有万分之一的可能变成了现实，部队却没准备或者准备不足，后果都不堪设想。

曾经，这个团采取的办法与大多数部队一样，隔三差五组织战备拉动，检查出动是否迅速，战备物资是否带齐，做得好受表扬，做得不好挨批评，以此来

▲ 2014年6月，训练场上，红224团两名战士奋力进攻
代步演练中跨越"敌"障碍。 胡庚 摄

督促大家，直到出现了那次意外
情况。

2015年的一次拉动演练中，
部队开出营区不久，团领导就接
到报告：219号战车排出的烟气又
黑又浓，可能有重大故障。停车
检修，排查的结果却令人哭笑不
得，原来是驾驶员嫌机油加得刚
刚好，每次战备检查都得查看，
图省事，一次性加得太多了。

原因找到，219号战车吐出的
烟很快就变回了淡蓝色，演练也
顺利进行。但事后，这件事却让
很多人陷入思考。

▲ 2014年7月，在战斗小组演练中，红224团一名战
士正穿越火圈障碍。（宗鹏宇 摄）

"要通过点点滴滴的日常养成，让战备成为官兵生活的一部分。"团长王海
光说，如果战备对于大家就像吃饭、喝水一样，习以为常、驾轻就熟，就不会出
现那种令人哭笑不得的低级错误了。

现在在这个团，随便拦下一个人，他作训服胸前和左臂的三个衣兜一定是鼓
鼓囊囊的：左臂，急救包；左胸，证件；右胸，战备纸巾。营长以下的指挥员，
包括班长在内，还会在左臂衣兜外面插一个小喇叭——这是以前只有各级值班员
才会随身携带的装备。

东西不多，可让大家天天带在身上，却费了不少工夫。就拿纸巾来说吧，加
上"战备"两个字，本来是让官兵们备着在执行任务时应急用的，不少人平时就
随手掏出来用掉了，因为洗衣服掏出来忘记装回去的也不在少数。

怎么办？有段时间，一唱完饭前一支歌，各连值班员就让大家互相掏掏衣
兜，看东西齐不齐。持续了两三个月，缺东少西的现象基本没有了。

"真到了战场，就算他们有的东西忘带了，还有后勤保障呢，不会有啥大问
题。"王海光说，抓住小事不放，醉翁之意不在酒，为的是让官兵随时绷着那股

273

2015年8月，红224团官兵正在训练，备战"9·3"阅兵。（余世勇 摄）

子警惕。

"现在，我们时刻都在准备着，醒时准备着，睡觉时也准备着。"七连指导员张露说，这种准备已经从刻意的强调变成了下意识的习惯。

不容变通的严肃

每个月组织应急指挥机构带应急力量进行为期2天的应急处突训练，是这个团多年来雷打不动的坚持。

2015年9月，新战士入伍才几天时间，还没来得及学会站好军姿，就碰上了一次夜间战备拉动训练。

"半夜睡得正香，突然听见楼下动静挺大，像是很多车在跑，大家都从被窝里探出身子往窗外看。"列兵贾飞说，那时大家还不懂什么叫战备，都觉得新鲜，第二天围着班长问东问西，巴不得马上就能参加一次战备拉动。

要在以往，他们的愿望或许真的很快就能实现。上士罗朝鹏说，他当新兵的时候，拉战备也就是吹紧急集合，有时会被一些班长当成惩罚手段，用来惩罚犯错误或者不听话的新战士们。而现在，这种做法是绝对禁止的。

"对于军人，战备应该是件很神圣的事情，如果被用作惩罚手段，就降低了它的严肃性，还可能引起战士们的反感。"团政委霍云超说，新战士就像一张白纸，第一笔不能写歪，否则后面的战备训练就会事倍功半。

但这一笔，写起来并不容易。

列兵吴创业刚入伍那会儿，部队配发了各种物资，穿的、铺的、盖的，还有一个布包，里面装的都是些常用的东西。可一拿到手里，吴创业就被告知，布包里是战备物资，平时不准用，除非先买了新的补进去。吴创业想不明白，"东西明明是发给我的，为什么不让用？"

"我不想万一上了战场，因为我没有强调到位而导致你找不到急需的东西。"罗朝鹏说，这话是他的班长告诉他的，他也这样告诉他的兵，"只要涉及战备，再小都是大事，没有商量的余地。"

如今，吴创业不会再问出那么"呆萌"的问题。虽然参军不到一年，但他已经参加了大大小小数十次战备训练，对各种各样的紧急出动都能熟练应对。

除此之外，还有这样一组数据：2015年，这个团优化完善战备预案近百项，补充各类战备物资器材23类17000余件（套），改装车辆装备200余台，改建战备库室13间1000余平方米。

有了这些精心准备，他们的战备工作自然经得住考验。

2016年3月，集团军领导突然来团里检查战备工作情况，既没打招呼，也没按惯例拉动担负应急分队的步兵营，而是临机抽点了正在换装的炮兵营。一声令下，炮兵营官兵迅速行动，比规定用时节约三分之一时间抵达集结地域。

一路血战，孤军开辟长征路

1934年11月16日，红25军在军长程子华、政治委员吴焕先、副军长徐海东的率领下，高举"中国工农红军北上抗日第二遣队"的红旗，由罗山何家冲出发，离开红25军诞生的摇篮——鄂豫皖根据地，开始了孤军长征。

陆军第38集团军某机步团的前身红224团，在红25军编成内，在团长叶光宏、政治处主任郭述申率领下，告别相依为命的父老乡亲和曾用鲜血滋润过的红色土地，踏上了光荣而又艰难的征程。

挺进伏牛山

为迷惑敌人，隐蔽行动，红25军一踏上长征的征途就轻装简从，前卫手枪团全都化了装。1934年11月17日，部队在征途中于朱堂店南之罗古寨击退敌"追剿纵队"第五支队阻击后，乘敌人部署间隙，以秘密突然的行动，于当晚由信阳城以南之东双河与柳林之间越过平汉铁路，胜利迈出战略转移的第一步。

蒋介石闻讯急调约30个团的兵力，企图乘红25军立足未稳、孤军远出之际，加以包围消灭。面对桐柏山区的地形，又迫于敌重兵压境的态势，红25军决定立即通过豫西平原，向河南西部伏牛山区挺进。为隐蔽意图，红25军继续西进，直抵桐柏县城以西之洪仪河、界牌口一带，并令先头部队224团佯攻湖北枣阳县城。

时值寒冬，北风凛冽，风雨交加，224团官兵身着单衣，忍饥冒寒，有的赤脚行进，其艰难险阻为世所罕见。224团不辱使命，成功将追堵之敌调向枣阳集中。正当敌想在枣阳对该团形成合围之势时，224团于22日突然从枣阳城北韩庄掉头东进，赶上军主力，并在保安寨同军主力一道冲破敌"追剿纵队"第五支队的堵截，然后转向东北。23日又在桐柏以西歇马台、栗园一带击退敌"追剿纵队"第二支队进攻。黄昏后，绕道平氏镇、泌阳城，经马谷田、贾楼等地乘虚北进象河关。在掩护军的主力部队通过后，224团经小道进至王店与军主力会合。伏牛山战斗的胜利，向世人庄严宣告：红军都是英雄好汉。

血战独树镇

11月25日下午，224团在红25军的编成内进至方城独树镇附近，准备越过许（昌）南（阳）公路。但敌第40军115旅和骑兵团已于两小时前到达，并抢先占领段庄、马庄、七里岗、砚山铺一线阵地，突然向红军行军纵队猛烈攻击。

这天，恰遇寒流，雨雪交加，224团官兵单薄的衣服被雨雪浸透，饥寒交迫，十分疲惫。许多官兵草鞋被烂泥沾掉，赤脚行军，由于气候恶劣，能见度低，发现敌人较迟。战士手脚冻僵，接火后枪栓也拉不开，抵抗不及，遭敌突然袭击后一度极为被动，只好后撤。

此时尾追之敌又跟踪而至，处于前后被夹击的万分危急境地。面对险恶的情况，红25军政委吴焕先高举大刀，身先士卒，赶到224团前卫2连，指挥部队就地抵抗，高声喊道："共产党员跟我来！"亲率部队冒着敌人密集火力，奋不顾身冲入敌阵，与敌展开白刃搏斗。吴政委的行动，鼓舞着指战员奋勇杀敌。

入夜，雨雪不止，224团在地下党组织的引导下，绕道叶县保安镇，经沈庄穿过许南公路，由万沟进入伏牛山东麓，向陕南挺进。至此，红25军经过半个月奔袭跋涉，战胜一切艰难险阻，取得长征第一阶段的胜利。

鏖战庾家河

12月8日，敌陕军第42师248团和252团赶至雒南，沿景村、三要司一线堵击红25军。当日下午，红25军在豫陕交界处铁锁关击溃敌守关民团后，进入陕南境内。在洛南县三要司，与敌248团3营遭遇。224团迂回侧击，配合第225团实施两面夹击，予敌以沉重打击。战后，红25军经三要司，翻越蟒岭，胜利进入陕南雒南县庾家河（今属丹凤县）休整。

10日上午，中共鄂豫陕省委在庾家河召开18次常委扩大会议时，跟踪追击之敌第60师从鸡头关对红25军实施突然袭击。红25军迅速反击，副军长徐海东亲率第223团以勇猛动作夺回了东山坳口，224团在吴焕先政委指挥下，跑步抢占坳口南侧高地，而后协同223团将进攻之敌打退，战斗中副军长徐海东身负重伤。稍后，敌第355、357两个团增援而至，再次向我发起疯狂的攻击。

红25军官兵以英勇无畏的精神，与敌从上午10时一直厮杀到天黑。224团指战员在战斗中个个勇往直前，不怕牺牲。团长叶光宏同志在与敌人拼刺刀时腿被打断，仍抱着敌人不放，直到生命最后一刻。224团7连1挺机枪，在与敌对射中，先后有3名射手光荣牺牲，但这挺机枪从未停止过射击，顽强地压住敌人火力。

战至黄昏，经20多次反复冲杀，终于打退了敌人。此役，共毙伤敌300余名，224团伤亡100余名。战斗中，224团2连2排奉命担任保卫鄂豫陕省委和25军首长的任务，全排21人均在战斗中壮烈牺牲。

庾家河战斗的胜利，为红25军在陕南创建新的根据地举行了奠基礼。224团在红25军的带领下，粉碎了20余倍于我之敌的围追堵截，在国民党反动统治的心脏地带，给敌人以沉重打击，为开辟鄂豫陕革命根据地奠定了基础。

"万岁军"从这里叫响

陆军第38集团军某机步团是一支历史悠久、战功卓著、满载荣誉的红军部队。

它诞生于土地革命战争时期的鄂豫皖革命根据地，是重建的中国工农红军第25军的重要组成部分。在时任领导程子华、吴焕先、徐海东等同志的指挥下，先后参加了鄂豫皖、鄂豫陕、陕甘宁革命根据地艰苦卓绝的斗争，并参加了长征。长征期间，部队先后经历了独树镇战斗、袁家沟战斗、四坡村战斗、直罗镇战役等大小战斗百余次。随着斗争形势变化，部队建制多次调整，先后被编为红27师80团、红25军74师221团、红28军82师244团、红25军73师217团、红25军75师225团、红25军224团、红15军团75师225团、红一方面军15军团75师223团。

抗日战争时期，部队缩编为八路军第115师344旅688团1营，先后转战山西、河南、山东、安徽、江苏等广大地区，参加了平型关、苗堤圈、陈家集、安东卫等一系列大小战斗数百次。尤其是在安东卫保卫战中，2连官兵抗击7倍之敌，取得了毙敌200余人的辉煌战绩，圆满地完成了保卫沿海、保障盟军登陆的任务，并被当时的滨海军区授予"安东卫连"的荣誉称号。

解放战争时期，部队奉命进军东北，先后参加了三下江南、夏秋冬季攻

1937年8月30日，该团在陕西韩城县芝川镇东渡黄河，出师抗日。（图片由部队提供）

▲ 解放战争时期，该团挥师从喜峰口入关参加平津战役。（图片由部队提供）

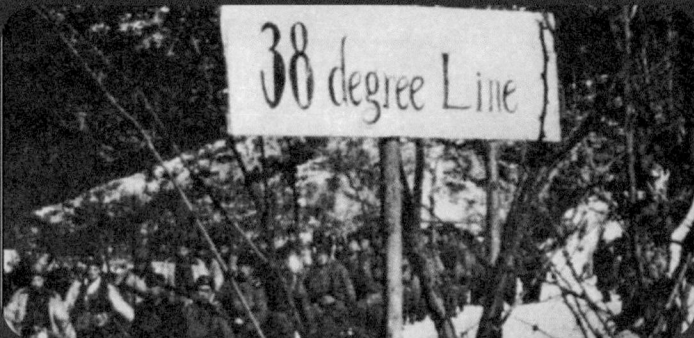

抗美援朝战争中，该团在军、师编成内，冒着零下30℃的严寒，通过"三八线"继续前进。（图片由部队提供）

势作战，以及辽沈、平津战役及南下作战等大小战斗97次，涌现出"英勇超群连"三连、"三好连队"七连等先进单位和英模典型。

1950年10月20日部队开赴朝鲜，参加了抗美援朝战争，先后经历第一、二、三、四次战役。尤其在二次战役中，该团向三所里实施穿插迂回，用双脚与美国人的车轮子赛跑，以一夜急进145华里的高速度先敌到达指定位置，为夺取战争主动权奠定了基础，也为38军赢得"万岁军"的美誉作出了突出贡献。这一典型战例还被八一电影制片厂拍成了电影《飞虎》，一直播放至今。

2003年3月，这个团列装某型轮式装甲输送车，成为原北京军区第一支轻型机械化步兵团。和平建设时期，他们在大项任务中继续取得佳绩：2008年奥运会以"零失误、无差错"的标准圆满完成北京奥运会开幕式"字模"表演任务，奉献了一道"精彩绝伦、完美无比"的视觉盛宴；2009年国庆60周年首都阅兵，该团组建了履带式自行榴弹炮方队和警勤分队，接受了祖国和人民的检阅。

近年来，部队大抓出动能力建设，所有战备物资区分为野战、非战争军事行动和野营三大区域共11间库室，存储野战物资器材19类2734套，非战争军事行动专业物资器材5类2303件套，野营物资器材21类5430余件套，实现模块存储、精细定位和统一管理，集中体现了"三分四定平台化""库车配套一体化"和"一册三卡制度化"的战备建设理念，全团快速反应能力比以往提升了近三分之一，战区陆军和集团军多次在该团召开战备工作现场会。

19

"模范红十二团"：
强军新征途上淬火开刃

"模范红十二团"：从严从难从险锤炼战斗作风

"这样的野外驻训让我再累也值得。"

7月，跟随陆军第16集团军某部"平江起义第一团"在长白山麓野外驻训的我们，和红一连新兵柴明杰一样感觉新鲜：

头顶烈日，小分队要在实战背景下完成数昼夜野外生存训练，没有规律作息时间，没有给养，敌情、袭扰不断，攀登、滑降、跳水、破障等课目轮番过……

"现在，我们的单兵作战技能训练从打仗能救命的真正技能练起。"团长车长生对我们说，"真要打仗了，敌人不会跟我们讲人性化。"

野营帐篷"散乱"隐蔽，车辆装备隐于"无形"。夜间行动不知口令，随时会被不知哪里冒出来的暗哨"拿下"，跟随这个团驻训几天，我们一直有着"山雨欲来风满楼"的迫压感。

像一座随时可能爆发的休眠火山，蕴藏着巨大能量，却又悄无声息。这个经历过大大小小5000多次战役战斗的红军团，在改革强军的新征途上，坚持从严从难从险锤炼战斗作风，为手中武器装备"淬火开刃"。

"训练要像敌人对我们一样狠"

刀在石上磨，兵在苦中练，训练场是部队官兵在营区的主要活动场地。在"平江起义第一团"，营区训练场区别于"竞技体育场"，射击训练设置动态显隐目标，战术训练突出红蓝对抗对战等，一切贴近实战。

"400米障碍训练，'快'不是唯一的评判标准。我们在平时训练中，又尝试加入了一些任务课目，比如通信联络、火力点清除、战场救援等。"五连连长

▲ 2013年10月24日"联合-2013"陆空联合演习,"平江起义第一团"对敌实施火力打击。(范庆贺 摄)

卜明辉说,"岗位不同,战法也不同,因为战场不会统一划线。"

训练项目的复杂化透露出这个团作战理念的变化——以前是一门心思捉摸比武拿名次,现在是全神贯注研究对手、研究打仗。

1986年出生的卜明辉在当战士时通过选拔参加了原沈阳军区组织的"猎人集训"。在一次穿越沼泽训练中,他脚上一处伤口感染化脓,整个左脚肿胀得变了形,如果不割开放掉脓水,就很难走完全程。

按规则寻求帮助将要被淘汰,卜明辉迅速从背囊里取出刀片、缝衣针,自己割开伤口挤出脓水后,用针一针一针地缝合伤口。

白线进去红线出来,血一滴滴地从线上往下掉,豆大的汗珠子砸落地面……处理完伤口的他咬牙和队员们一起走完了余下的10多公里路程。

得益于训练上较真、叫狠、训战一体,那次集训,卜明辉成绩优异,被原沈阳军区评为"优秀猎人""优秀狙击手""特等狙击手"。

如今，成长为连长的卜明辉经常对自己带的兵说："打仗时，敌人不会因为我们遇到困难而留情。训练要像敌人对待我们一样狠，才能在战场上活。"

战斗精神是无法通过先进的武器装备凭空产生，而只有通过艰苦卓绝的训练不断砥砺才能获得。

在"平江起义第一团"，我们可以找到多个"卜明辉"。正是这些年轻的官兵在改革强军的大潮中以身作则、戮力前行，团队战斗力才得以不断攀升。

近两年，这个团先后被上级评为"践行强军目标先进单位""基层建设先进团""后勤全面建设先进单位"。

"对抗不设难设险，我们怎能发现短板"

玉瓷之石，金刚试之。演习作为战争的"预实践"，是部队军事工作每年的重头戏。

"时间越来越长、情况越来越多、难度越来越大"是"平江起义第一团"官兵对近几年演习的一致印象。

令我们意外的是，让官兵更屡屡吃不消的，却是这个团平时的实战化对抗训练。这是因为，它比演习时的实兵对抗更难、更严酷——团内分组对抗由于对彼此了解，每一次都比演习中的"假想敌"部队更难缠。

就在我们采访期间，上级在驻训地组织"胜任岗位比武"，这个团已悄悄拓展加入了分队对抗内容，提前为下一阶段的演习做准备。

"对抗不设难设险，我们怎能发现短板"。"平江起义第一团"政委周晓波说，"仗来了，躲不过。无论哪里的对手，我们都得立足装备，激发战斗血性，想方设法打好。"

哲学家亚瑟·叔本华说过，我们若凭信仰战斗，就有双重的武器。我们发现，论武器装备，这个团在全军算不上出类拔萃，但官兵克难攻险的血性和精气神，足以在全军冒尖叫号。

去年10月底，科尔沁草原"勇士-2015"实兵演习硝烟弥漫，这个团和扮演蓝军的某机械化步兵旅进行了一场全方位较量，各营都受领了任务。

3营正面主攻力量是7连，目标是1号高地。在连队刚下车准备向"敌"发起冲击时，突遭敌设伏步战车袭击。

占据装备优势的蓝军像是玩起了"老鹰抓小鸡"的游戏，危急时刻，临近退伍的3班长孙宇大吼一声"跟我冲"，跳出隐蔽物，在距离步战车不到30米远的地方向"敌"战车投掷了一枚发烟罐。

◄ 2015年10月1日，实兵对抗演习中，"平江起义第一团"对敌进行炮火打击。（范庆贺 摄）

◀ 2014年4月，"平江起义第一团"官兵在训练中冲锋。（夏云亮 摄）

◀ 2014年10月20日，以"平江起义第一团"官兵为主体的中国赴马里维和警卫分队实施行进间处突演练。（范存印 摄）

战士们深受鼓舞，冒着枪林弹雨"合力围歼"，陷于重围的步战车身中多个发烟罐，被导调员当场裁定"击毁"。

7连官兵一鼓作气，最终取得了夺控1号高地战斗的胜利。

狭路相逢勇者胜，"敢于亮剑"正是这个团从红军时期就砥砺形成的品格。

无独有偶。担任2营左翼攻击群任务的6连，以所属加配属仅36人的兵力，打掉蓝军4辆装甲车、3辆坦克，使蓝军战损惨重。

遂行合成营战术对抗的1营，在配属坦克、炮兵、导弹分队的火力支援配合下，根据前期运用光学、热成像、无人机等多种感知手段获得的情报，协同对防御在山头高地的敌机械化步兵连多个目标发起冲击，如秋风扫落叶般消灭占领多处目标，短短数小时就结束了战斗。

将当以勇为本，行之以智计。这个团整个战斗过程实时转播到导演部，现场观看的原沈阳军区首长、基地司令员纷纷竖起大拇指，称赞这个团战斗作风硬、战术动作实，打得狠、冲得猛，打出了军人的勇猛血性。

单兵如虎，群攻如狼。这个团到底如何做到？"平时的对抗就专门找自身的短板'戳'，训战高度一致，演兵场我们自然有底气。"团长车长生一语道破。

"除了胜利一无所求，为了胜利一无所惜"

如果说，演习场再逼真也是"演"，那么实战无疑是检验官兵综合素质的最佳途径。

2014年9月，以"平江起义第一团"170名官兵为主体的第二批赴马里维和警卫分队组建出征，执行了历时8个多月的战乱区维和警卫任务。

今年牺牲的烈士申亮亮归属我驻马里第四批维和警卫分队，说马里任务区是实战场一点也不为过。

这场仗，"平江起义第一团"抽组的维和警卫分队打得"堪称完美"。在这里，我们只讲一场战斗——

2015年1月26日，由于不满联马团与反政府武装单方面签订安全区协定，马里加奥市爆发了自内乱以来最大规模的暴力游行。

游行当天，超过4000名当地民众，携带刀具、石块、燃烧瓶，把这个团所在的东战区司令部团团围住。

按照预案，170名警卫分队官兵，从大队领导到普通一兵，从战斗员到炊事员迅速全副武装、荷枪实弹，在营区8个固定哨位、周边14个隐蔽工事内严密布防，30米距离内与对方面对面对峙。

被煽动的民众将石块、混凝土块和灌满汽油的燃烧瓶投向哨位、工事和营区建筑，多次冲击营区。维持秩序的联合国维和警察高声劝导、发射催泪瓦斯，均

▲ 2010年8月，"平江起义第一团"组织官兵进行军史教育。（夏云亮 摄）

无功而返，反而使局面更加失控。

见此情景，联马团官员和其他国家维和部队都撤离至中心地带的安全区内。营区外围的工事里只剩下中国分队在坚守。

50摄氏度，8个多小时对峙，石头如雨，燃烧瓶翻飞，官兵们被瓦斯熏得眼泪鼻涕一起流，有的官兵甚至头被石子砸出血，但没有一个人后退半步，全都手持盾牌像钉子一样钉在哨位上。

官兵先后有效防御6方向11波冲击，快速扑灭5处12个火点，紧急抢修3类9处防御工事，及时抢救3名重伤维和警察，成功保卫了战区司令部的安全。

事后，鉴于维和警卫分队的突出表现，联合国总部专门照会中国外交部，称赞中国维和分队"表现一流，堪称完美"。

8个月，所有官兵练就全方位3.5秒内升级武力、全时段58秒内投入战斗的本领。

8个月，6100小时防卫零差错、处突零延误，6类24种防卫预案被联马团译发各国维和部队学习。

8个月，有效应对大规模暴力冲击、多波次火箭弹袭击、敌对势力渗透营区、自杀式炸弹威胁等敏感突发情况90余起。

联马团司令卡佐拉对警卫分队给予"你们纪律严明、堪当重任，拥有你们是联马团的骄傲""安全交给中国分队最放心"等高度评价。

"马里那么危险，条件那么艰苦，你们是怎么挺过来的？"

"作为一名军人，作为平江传人，越是困难，越要经得起考验；越是危险，越要敢于冲锋在前。"这个团代理三营长、维和警卫分队快反中队长左彪说，"能够挺过来，靠的是平时吃苦流汗练就的过硬素质，靠的是'除了胜利一无所求，为了胜利一无所惜'的军人血性。"

"联马团的王牌""来自东方的和平使者""马里维和部队遵规守纪的典范"，在马里，"平江起义第一团"官兵把中国军人的样子展示给了世界；回到祖国，"平江起义第一团"官兵继续树立着新一代革命军人的好样子，在强军兴军的征程上阔步前行。

娄山关，80多年前那场惊天血战

"雄关漫道真如铁，而今迈步从头越"。1962年，《人民文学》发表了毛泽东在红军时期"马背上哼成的"6首词，《忆秦娥·娄山关》一作最为脍炙人口。

这首词写的是长征时期红军第二次攻取娄山关，担任主攻的是红十二团、十三团。红十二团是北部战区陆军第16集团军某摩步团的前身。

我们日前来到位于长白山下的这座军营，整理这个团关于原政委钟赤兵的参战记录，尝试还原这场发生在80多年前的惊天血战。

死守点金山

1935年2月，红三军团缩编为4个团，钟赤兵任第十二团政委。为了摆脱十多万川军的围追堵截，毛泽东和党中央决定回师贵州，二渡赤水，先夺娄山关，再占遵义城，在运动中歼灭敌人。

中央军委把夺取娄山关的主攻任务交给了红三军团。红三军团军团长彭德怀又让第十二、十三团担任先锋。

娄山关在贵州桐梓县城南15公里处，地势险峻，群峰如剑，有"一夫当关，万夫莫开"之势。彭德怀命令十三团直扑娄山关。十三团迅即发起猛攻，拿下点金山制高点，占领关口。

此后，敌军疯狂反扑，在山坡掘壕死守，两军相持不下，情况十分紧急。

彭德怀把钟赤兵叫到指挥部，亲自给他下达任务："务必于2月26日拂晓前赶到娄山关口，接替第十三团，中路正面突破，拿下娄山关南坡！拿不下，唯你是问！"

钟赤兵立正回答："请军团长放心，保证完成任务！"

午夜，北风刺骨，钟赤兵和团长谢嵩率红十二团顶风冒雨连夜奔袭20公里，于26日拂晓时分赶到娄山关下南溪口。

这时，敌军又一次反扑。半山腰的一些阵地已经丢失，形势异常紧急。钟赤兵与团政治处主任苏振华率第一营和侦察排担任先锋，最先冲向娄山关口。

雨雾浓云铺天盖地，十步之外难看清物体。指战员们奋不顾身，冒死冲锋，于清晨6时许控制了点金山。

军阀王家烈听说点金山失守，恼羞成怒，立即组织兵力反扑。

血染黑神庙

上午8时许，峡谷中的浓雾渐散，王家烈的"双枪兵"（黔军多吸食鸦片，故携"双枪"——步枪和烟枪）过足烟瘾之后，在轻重机枪的掩护下，如潮水般从娄山关下十步一弯、八步一拐的弯曲公路号叫着扑上来。

钟赤兵率领全营指战员居高临下，全力迎战。他们甩出多束手榴弹，并架起机枪猛烈扫射，打得敌人连滚带爬，龟缩到了公路两侧的壕沟里。

上午10时，敌人又发起新的反扑。钟赤兵见备用的弹药已不多了，便大声命令："上刺刀！"待敌人靠近，他一声呐喊，呼啸着带领战士们如同猛虎般冲入敌群，挥动马刀、枪刺，横劈竖砍，直杀得敌人丢盔弃甲，四散逃走。

一营指战员乘胜追击，一直杀到黑神庙前。但迎面遭到敌1个团的反击。敌众我寡，一营伤亡惨重。

危急时刻，第二营营长邓克明带领的突击队冲了上来。钟赤兵指挥一营和二营突击队再次与敌展开生死搏斗。

突然，一颗子弹飞来。钟赤兵的腿部被击中，他的身子猛地一晃摔倒在地上。警卫员赶忙上前来扶他，却见一股殷红的鲜血从钟赤兵的右腿上冒出来。

血如泉涌，警卫员胡胜辉失声叫道："政委，您负伤了，我背你后撤！"

"别声张，擦破点皮，不碍事！"钟赤兵轻声说。他怕惊动正在与敌人拼杀的战士们，便强忍着疼痛，要警卫员搀扶他站立起来。

血肉模糊中，只见钟赤兵的右小腿被子弹穿透，腿上穿了九个洞，小腿腿骨已经断了，一连包了十多层布，鲜血还是照样往外浸。警卫员要去找卫生员，钟赤兵叫他先把苏振华叫过来，他要苏振华接替他指挥战斗。

没等卫生员包扎好伤口，他就拖着伤腿与苏振华一道继续指挥战斗。

站立困难，他就趴在石头上指挥。

柴刀做手术

榜样的力量是无穷的。指战员们在钟赤兵政委英勇顽强精神的鼓舞下，在异常惨烈的血战中，牢牢地将阵地控制在我军手中。

钟赤兵拖着伤腿，坚持指挥，直到流血过多昏了过去。这时，谢嵩领着大部队冲上来了，他看到身负重伤、躺在路边草地上的钟赤兵，心里非常难过，吩咐身边的战士赶快把钟赤兵抬下战场，随即指挥部队对敌人又发动了一次冲锋。

战士们举枪高喊着"为钟政委报仇"的口号，奋力拼杀，把敌人压了下去。

钟赤兵苏醒过来后，躺在担架上的他看到娄山关仍在我军手中，嘴角的笑容久久荡漾。

2月28日晨，红军再次占领遵义城，钟赤兵被送到野战医院。医生发现，他的右小腿腿骨几乎都成了碎片，保是保不住了，必须进行截肢。

当时，手术条件极其简陋，没有医疗器械，也没有麻药，工具只是一把老百姓砍柴用的刀和一条断成半截的木匠锯。

手术时，木锯上下拉动的响声刺耳得能穿透人心。钟赤兵忍着剧痛躺在手术台上，紧紧闭着眼睛，豆大的汗珠从他的脸上、身上往下淌，但他始终一声不哼。

手术中，他几次昏死过去，又几次苏醒过来。

在场的医生、护士都被他坚强的意志所感动，年仅15岁的小护士马湘花一边协助医生护理他，一边抽泣着说："我从来没见过这种场合和这么强硬的汉子。"

手术一直做了三个半小时。当钟赤兵再一次从昏迷中苏醒过来时，他的整条右腿已失去了知觉。

贵州的6月，天无三日晴，加上手术时没有消毒药品，没过几天，钟赤兵被雨水淋过的伤口就感染了，小腿肿得和大腿一样粗，高烧持续不退。

彭德怀得知钟赤兵的病情严重，特地去看望他，并嘱咐医生"一定要想尽办法救活钟赤兵"。

为了把钟赤兵从死神那里拉回来，医生决定给他进行第二次截肢，把右腿膝盖以下部分全部截去。不料，手术后伤口仍继续感染。最后，医生不得不硬着心肠将他的整个右腿从股骨根部截去。

半个月内，3次截肢，这对于钟赤兵来说，要忍受多大的痛苦！但钟赤兵命大，竟奇迹般地活了下来。

一笑泯恩仇

一天，毛泽东、周恩来，还有三军团的政治委员杨尚昆等到医院看望伤病员。毛泽东看到了钟赤兵，便走到病床前，亲切地拉着他的手说："小鬼，又负伤了？"钟赤兵用手指了指自己的腿，哽咽着说不出话来。

心细如发的毛泽东看着钟赤兵痛苦的表情，什么都明白了。为了打破沉闷的气氛，他风趣地说："应该在娄山关立个碑，写上'钟赤兵在此失腿一只'。"

钟赤兵咧着嘴，苦涩地笑了笑，坚定地说："主席，我不想留在老乡家里养伤，就是死我也要跟部队走。"

后来，钟赤兵在毛泽东、周恩来的亲切关怀下，凭着坚定的信念和顽强的意志，克服了常人难以忍受的艰难困苦，爬雪山，过草地，最终安全到达了陕北。

历史往往富有戏剧性：1954年，钟赤兵调任贵州省军区司令员的那年春节，贵州省举行各界人士春节茶话会，钟赤兵与曾经的冤家——"贵州王"王家烈相遇了。王家烈是以民主人士的身份出席座谈会的。

出于对钟赤兵这位独腿司令的好奇，王家烈走到他的面前，深鞠一躬，做了自我介绍，然后握着钟赤兵的手问道："请问将军尊姓？右腿何故造成？"

"敝人姓钟名赤兵。腿嘛，乃被贵军的'双枪兵'在娄山关借走了，也不知先生何时送还？"钟赤兵诙谐、幽默地回答。

王家烈双手合在胸前，面有愧色地说："久仰久仰！罪过罪过！久闻将军大名，请钟将军从重发落！"

"王老先生，这些都是过去的事，历史已翻开了新的一页，以后我们还要一同共事，共商治黔大计呢。"

王家烈被钟赤兵如此博大的胸怀所感动，当即老泪纵横，再一次紧紧握住钟赤兵的手说："钟将军真乃大将风度，王某佩服！佩服！"

背景链接

名震三军的"模范红十二团"

陆军第16集团军某摩步团诞生于1928年7月22日由彭德怀、滕代远、黄公略等领导的平江起义。部队先后为红5军13师第1团、红4师12团、八路军115师686团3营、晋冀鲁豫野战军1纵2旅10团、16军某团，1998年与原诞生于宁都起义的兄弟部队合编为某摩步团至今。

战争年代，部队先后参加了保卫井冈山、一至五次反"围剿"、二万五千里长征、平型关大捷、千里跃进大别山、淮海战役、渡江战役、解放大西南、贵州剿匪和抗美援朝等大小战役战斗五千余次，涌现出了以"侦察英雄"李祉青、"四战英雄"桑金秋等闻名全军的战斗英雄百余名。1934年1月在瑞金召开的中华苏维埃第二次代表大会上，被授予"模范红十二团"荣誉称号。

1930年冬至1934年初，国民党发动了一至五次"围剿"，企图消灭我红军主力。在反"围剿"中，红12团作战机动灵活、勇猛顽强，战功卓著：一次反"围剿"，活捉张辉瓒；会昌攻坚，开创攻城新战法；草台冈战斗，歼敌王牌11师；沙县作战，为第二次苏维埃代表大会献礼等等，打出了赫赫威名，为巩固中华苏维埃新生政权立下汗马功劳。毛泽东写下著名的《渔家傲·反第一次大"围剿"》记录红军的功勋："万木霜天红烂漫，天兵怒气冲霄汉。雾满龙冈千嶂暗，齐声唤，前头捉了张辉瓒！"

和平时期，团队继承发扬红军传统，在唐山抗震、大兴安岭扑火、联合演习等大型任务中屡建奇功，涌现出"抗洪抢险英雄连""全国基层先进党组织"红一连等一批先进集体及"神枪手"夏世才等一大批英模人物。

彭德怀、黄克诚、杨勇、张震等173名将帅曾先后在团队工作和战斗过。1998年，时任中央军委副主席张震亲笔为团队题词"平江起义第一团"。

20

"开国大典红一师"：
当中国红遇上和平蓝

"开国大典红一师"：多样化任务展雄风

在网上检索1949年开国大典阅兵的资料，一张黑白照片格外震撼醒目：光荣受阅的步兵方阵迈着整齐有力的步伐通过天安门。

当年那支受阅部队，就是第26集团军某摩步旅的前身。

从战火硝烟中走来的他们，现在在忙些什么呢？近日，我们走进该旅，去探寻"开国大典红一师"的新时期红色足迹。

一场说灭就灭的山火——"这个'大功日'最特别"

1947年4月12日，该旅七连在解放正定的战斗中率先登上城头，被晋察冀野战军授予"登城先锋连"荣誉称号。从那以后，4月12日被七连定为"大功纪念日"。

今年的这一天，像往常一样，起床号刚响不久，七连官兵就已经出现在了训练场。

"嘟——嘟——嘟——"急促的哨声把5公里训练打断。"紧急集合！"

原来，该旅驻地附近的沂山突发山火，形势严峻，地方政府紧急求援。数百名官兵闻令而动，奔回各自连队。

"5号预案！"在该连一系列战备应急预案中，5号即为扑救山火任务。

通过常年训练和行动，预案已经牢牢地印在了官兵脑海：行动编组、人员分工、物资筹备、情况处置等内容，大家都弄得明明白白。

七连连长郑炯明说，营区附近的某山头，已经"被着火"无数次，官兵们总是把它当作假想火灾地，山头冲了一次又一次，山火"灭"了一回又一回，光用

▲ 以26集团军某摩步旅为主体组建的维和步兵营官兵在南苏丹为任务区工兵提供武装护卫。（孟伟建 摄）

坏的铁锹就有七八十把。

这回，不是演练！车辆开出车库，一台台风力灭火机从战备器材库抬出，一个个战士麻利地攀登上车……不到10分钟，部队集结完毕，准备出发。

"指导员，我也想去！"七连战士陈大卫满脸涨得通红，堵在了指导员王熙亮前面。"不行！你都烧到39度了！"

我们采访陈大卫时，这个才20岁出头的小伙子说："七连的兵没孬种，任务来了决不能往后缩！"

部队到达火灾现场时，好几个山头都烧成了映天红。简单交代之后，官兵们即按既定分工，冲上了一个个陡峭的山坡。

刚起过火的山上热气腾腾，灰烬下四处冒着烟。大家一面灭火，一面清理出一条隔离带。

湿透了的迷彩服，沾满了灰，黏着皮肤，蹭得官兵们身上不一会儿就起了红疙瘩。可是，谁也没有放慢救火的动作。

经过五六个小时的奋战，山火终于被扑灭。七连的官兵们聚在一起，席地而坐。从早上出发，除了在来的路上吃了一包压缩饼干，他们至今滴水未进、粒米未沾。饥饿与疲惫双双袭来，不少人已是一脸倦容。

"今天是咱连的'大功日'吧？"人群中冒出一个清脆响亮的声音。指导员王熙亮忽然一个激灵——就在昨天，他还在琢磨着怎么庆祝大功日呢。

"同志们，今年的'大功日'，竟然是在火场一线度过的。"大家齐刷刷地站了起来，双眼放光，盯着王熙亮。

"1947年的4月12日，连队的前辈们经过浴血奋战，登上了正定城头，解放了正定城。69年后的今天，我们站在沂山顶，以一场救火的胜利，向革命前辈致敬……"王熙亮越讲越激动，战士们越听越兴奋。

"大功连万岁！""大功连万岁！"王熙亮的话音刚落，官兵们竟一齐振臂高呼。这声音，雄浑而又高亢，充满了力量，在山间久久回荡……

一次说走就走的拉动——"我们平常都这么练"

"战备演练，作战部队的家常便饭。"面对我们，作训岗位出身的旅长谭思祥，对战备工作"轻描淡写"。

谭思祥向我们讲起了去年6月的一次战备演练。

当时，全旅有的营在海训，有的营在某基地参加演习，还有一部分官兵在营区训练，部队高度分散。

谭思祥在前往海训场的途中，部队接到了中央军委的命令：全旅分三路，机动至3个方向，与蓝军部队进行对抗演练。

这是近几年来，这个旅第一次直接被军委"点将"。

全旅上下，立即启动紧急出动预案。不到40分钟的时间，十多个梯队、几百辆载满物资和人员的车辆悉数出动。他们分别通过摩托化、铁路输送、海上运输三种方式，向东、南、北三个方向高速机动。

铁流滚滚，风高浪急，一场千里大奔袭正在上演。

蓝军指挥员怎么也想不到，这群千里之外的对手，到达指定地域的时间，竟比规定时间提前了整整6个小时。让他更想不到的是，他还因此付出了指挥所被

► 26集团军某摩步旅的95后新兵在训练中。（焦仁浩 张润泽 摄）

► 26集团军某摩步旅官兵实战化训练动真格。（焦仁浩 张润泽 摄）

► 26集团军某摩步旅官兵进行红蓝分组对抗。（焦仁浩 张润泽 摄）

偷袭、自己被"活捉"的惨痛代价。

"听说你们受到了军委首长的点名表扬？"我们问。

"其实，这也只是一场再寻常不过的战备演练。"谭思祥对此显得很"淡然"，"我们平时也都是这么练的。"

旅有应急指挥所，营连有作战值班室。从作战命令到作战行动，除了一套通畅的指挥系统外，还有部队无数次的拉动和演练。红二连战士侯召山说："我们平时都是三级战备，也不知道什么时候出动，反正得随时准备着。"

谭思祥介绍，他们长期担负中央军委和原济南军区的战备值班任务，战备工作是最平常也是最重要的任务。

"战备不在于好看，也不在于好听，只在于好用。"全旅20多种战备预案，全部做到定人、定物、定车、定位。他们还把部分战备物资直接放到车上，战备用油直接加到车里，一有情况，打好背包，领了武器，说走就走。

他们还会定期组织战备工作集训，让每名官兵熟知自己在各个预案中的具体职责和任务分工，该带什么、该干什么，一清二楚。

"战备工作制度化、精确化了，那一切就好办了。"这是谭思祥抓战备工作最大的心得。他也颇有自信："我们旅是不怕拉动的，时间紧时又快又好，时间充裕时又好又快，只要上级一声令下，我们就能拉得出去、扛得起来。"

听了谭思祥的一番介绍后，我们终于明白，为何他对待打仗和准备打仗，是如此轻描淡写。

一波说来就来的冲突——"跟着中国营，安全！"

见到杨钊时，他刚从训练场上下来，满头的汗。这位曾经的中国首支维和步兵营教导员，如今又回到了某摩步旅副政委的岗位。

杨钊已经从南苏丹回国半年了，可得知我们要采访关于维和的事，他仍然一脸兴奋，汗都没来得及擦，就急忙把我们拉到了会议室。

26集团军某摩步旅七连连长郑炯明在战斗演练前组织战斗动员。（焦仁浩 张润泽 摄）▶

"这次的维和经历，太惊险了，终生难忘！"

时间倒回2015年1月8日晚，冬日的齐鲁大地呵气成霜。昏黄的灯光下，34台步战车等装备车辆缓缓驶入多架运输机机舱。这一晚，30余名来自这个旅的官兵作为步兵营先遣人员，即将奔赴万里之外的南苏丹。

在过去的20多年里，中国军队早已向海外派出过工兵、运输、医疗等支援保障部队，但成建制派出步兵营的作战力量，这是首次。该营每名官兵在报名时都被告知，他们要面对的，是实打实的战争！

深入战争之地，对生死都有所准备，可这一天的来临，还是突然了些。

2015年10月初，杨钊带领长巡分队深入远离首都的蒙德里地区巡逻。4日凌晨，临时行动基地东南方向枪声骤响，各种口径的子弹划破夜空，在基地上方交错，有的击中基地院内的树枝，枝叶噼噼啪啪地往下落。

"教导员，打起来了！"警戒哨报告，数十名携带各种武器的武装人员在基

地附近的草丛中向当地政府军营地发起猛烈攻击。

杨钊拎起枪便冲出帐篷，组织官兵按照防御预案紧急奔赴各自战位，依托既有工事及装甲车展开防御。

他告诉我们，虽说当了十几年兵，但真正遇到这种高烈度武装冲突，刚开始还是有些慌神。不过，简单调适过后，他对营地进行了重新防御部署，82名官兵被调整为若干战斗小组，对交火区域和武装人员移动的主要方向实施警戒，并随时做好反击准备。他还叮嘱大家，坚决遵照维和中立原则，不受攻击绝不主动开火。

负责在营门口观察防御的七连战士朱凯强，带领3名战士隐蔽在铁门之后，而距离他们最近的火力点，只有30米远："真的可以听见子弹飞的声音，有时候还会有流弹朝铁门飞来，头上的树枝刷刷地往下掉，子弹噗噗地往土里钻……"

"怕不怕？"我们问朱凯强。

"那种环境下哪能想这么多，我们就是做好隐蔽，然后观察判明他们是否是针对我们。"朱凯强说这话的时候，一脸严肃。

维和的日子充满凶险，一波波武装冲突说来就来，有时候还能持续好几天。前不久，一名外国维和军官还被流弹击中身亡。在国内，军人们还是枪弹分离、入库上锁，而在这里，维和官兵出门枪不离身、荷枪实弹。

"值得信赖的和平力量""联南苏团所有部队学习的榜样"——这是联合国秘书长特别代表罗伊女士对中国首支维和步兵营的评价。而联合国粮食计划署、妇女署、儿童基金会等组织在南苏丹活动时，都点名要求中国维和官兵提供保护："跟着中国营，安全！"

执行任务期间，28名官兵荣获联合国南苏丹代表团颁发的"总司令特别嘉奖"，700名官兵全部被授予"联合国和平荣誉勋章"。

我们在该旅史馆看到，一个印有"中国首批赴南苏丹维和步兵营"字样、填满官兵签名的联合国会旗格外显眼。陈列在数面经战火洗礼的红旗之后，成为该旅发展壮大的历史见证。

旅政委李文舸说，几十年前，他们的红军前辈走过两万五千里横穿大半个中国，如今，他们这一代官兵跨越大半个地球。中国红遇上和平蓝，这支有着厚重历史的红军部队又多了几分国际色彩。

近年来，国际维和、赴外联演、抢险救灾、全域机动等任务越来越多，这支打着绑腿从井冈山走出来的"开国大典红一师"，又迈上了强军兴军的新长征，属于他们的红色新足迹，正在不断延伸……

湘江一役，20岁的师长两度落泪

在北京史家胡同的一栋陈旧居民楼里，我们见到了李天佑将军的次子李亚滨。在长征胜利80周年的日子里，这位"红二代"拿出了珍藏在家中的父亲的回忆录、书籍、画册等资料。这些几乎是他关于父亲记忆的全部了。

"父亲走得太早了。"1970年李天佑上将去世时，年仅56岁。

我们想让李亚滨回忆与父亲的故事，这位60多岁的老人，在头脑中思索了许久。

灌阳农舍，朴实百姓与爱民红军谱写鱼水情

2007年，李亚滨前往灌阳县，去踏访当年父亲战斗过的湘江战场。在杨柳井村，他见到了一位87岁的老人何小妹。

湘江阻击战时，何小妹还是一个14岁的小姑娘，当时第一次拉开家门看到屋外满地坐着的红军，吓得赶紧躲回了屋。

后来，她住的那间屋子，成了红五师的师部和指挥所。"慢慢地，当地的百姓们都知道，红军是自己人。"

何小妹听说来的人是李天佑的儿子，无比激动。已经双眼失明的老人用双手抚摸着李亚滨的脸庞，连连说："真像，真像！"

"当年你父亲他们一群人，就住在我们这个屋里。"何小妹拉着李亚滨，给他讲起了红五师在杨柳井的故事。"当时我们知道红军好，就都把房子让出来，还给红军做饭烧水，我老伴还跟很多乡亲一起，用水桶挑水送饭到战壕里去。"

"谈到红军的伤亡情况时，老人家就特别伤心。"李亚滨告诉我们，何小妹最不忍心回忆的，就是牺牲的红军将士。"山坡上、战壕里到处都是尸体，有很多都是20来岁的年轻人，由于尸体太多，乡亲们只能直接把土拉下来，把牺牲的人掩埋在一起。"

湘江战役结束后，很多尸体沉入了江底。当地老百姓极为痛心，"一年不喝湘江水，三年不食湘江鱼"成了大家心照不宣的规矩。

3年前，李亚滨再次去灌阳县时，何小妹已经去世了，老人生前的住所，被当地政府部门修缮之后，作为"红五师湘江战役指挥所旧址"保护了起来。

李亚滨一直把跟何小妹在指挥所旧址前的合影珍藏着，他说，非常感谢老人家，能让他拥有更多关于父亲和红军将士的回忆。

湘江一役，20岁的师长两度落泪

1914年出生的李天佑，在15岁时就加入了中国共产党，参加了百色起义。他先后任中国工农红军第七军排长、特务连连长，参加开辟和保卫右江苏区的斗争，后随部队转战桂湘粤赣边。

1931年7月进入中央苏区后，曾任红七军58团团长，1933年任红三军团第五师13团团长。就在三四年前，李天佑还在一家广西米粉店里当学徒，日夜干活，饱受压迫。在参加了红军之后，他的命运从此发生了转变。

他当上58团团长时，17岁；任红三军团第五师师长时，20岁。虽然年龄不大，但李天佑有着出色的作战指挥才能，勇猛善战，从百色起义到攻打赣州，李天佑都身先士卒，冲锋在前，带领部队夺取了一场场战斗的胜利。

在李亚滨小时候，他见过父亲身上的伤痕：左背、手腕、腿上……这些疤，是一次次战斗留下的印记。

在攻打赣州时，他带领突击队攀登城墙，遭到敌人反击，身中三弹，从城头跌落下来，昏死在尸体堆中；高虎脑战斗中，他的左手腕被飞来的弹片炸伤，血流如注……不管大伤小伤，李天佑从来没喊过一句疼，更别提流泪了。

然而，在湘江战役中，他却两度落泪。

1934年11月底，李天佑指挥红五师阻击敌人，掩护中央纵队过湘江。敌军的装备精良，飞机大炮齐上阵，对红军进行猛烈的攻击。眼看情况越来越紧急，前沿几个小山头已经失守，前线伤亡很大。李天佑和师政委钟赤兵商量之后，决定派师参谋长胡浚到前线作战的十五团组织指挥。

胡浚二话没说，拔腿就要出发，李天佑急忙上前，紧紧地握住了他的手，同他告别，把他送出了师指挥所。

拂晓时分，红五军几个团的阵地被敌人打得稀巴烂，一道道工事也被敌人炮火摧垮了。十五团给师指挥所来电：师参谋长胡浚在指挥部队反击敌人时壮烈牺牲了。

风云突变，天地变色。李天佑双眼模糊，握着电话机愣了好久。刚刚还同胡浚握手，目送他走出指挥所，消失在硝烟里，没想到这竟成了永别！胡浚虽然到五师不久，但与李天佑早在瑞金红校学习时就相识了。

想到痛失了这位年轻勇敢、颇富指挥才能的得力助手和亲密战友，李天佑抑制不住感情，泪水夺眶而出，心口阵阵作痛……

见到师长李天佑落泪，撤退到师指挥所的十四团团长黄冕昌默默地离开了指挥所。黄冕昌并没有回到团指挥所，却冒着炮火来到了前沿阵地。黄冕昌一边为战友们鼓劲，一边指挥战斗。他先是带领大家埋伏在工事里，对敌人进行偷袭，再调整兵力部署，发起反击，把敌人打垮了。

但是，黄冕昌却在阵地牺牲了。

李天佑刚听到胡浚牺牲的消息，现在又听到黄冕昌团长牺牲的报告，禁不住又一次落泪。铁骨铮铮的汉子，经历多少战斗，只有流血，从没流泪。在湘江战役中，李天佑却没能忍住，两度为下属和战友落泪。

李天佑率领部队抗击了三天两夜，终于掩护好中央第一纵队渡过湘江。这一役，五师自参谋长胡浚以下，团、营、连干部几乎全部非亡即伤，全师3000多人，损失达2000多人。在这位20岁的师长心中，这是永远的痛。

从瑞金到北京："红一师"两次受阅

陆军第26集团军某摩步旅前身为中国工农红军第一方面军第一军团第一师，1933年6月7日诞生于江西省永丰县藤田镇，是由秋收起义部队组建的中国工农革命军第一军第一师、百色起义部队组建的红七军、赣西南武装起义部队发展形成的红三军等三支红色血脉交融而成的一支红军部队。

1937年8月20日，红一师奉命在陕西省三原县云阳镇改编为八路军115师独立团；1937年底，在吸收了部分地方抗日游击队后，合编为八路军晋察冀军区独立第一师。从1938年2月至1946年7月，部队历经数次整编、合组和更名。1948年12月，按全军统一编制，这支部队由华北军区第二纵队第五旅改称中国人民解放军第67军某步兵师。1998年7月全师转隶第26集团军建制。2003年12月1日，部队由摩托化步兵师改编为摩托化步兵旅。

1949年10月1日，北京城天高云淡，天安门欢声雷动。下午3时，中华人民共和国隆重举行开国大典，第26集团军某摩步旅的前身部队某步兵师，在"八一"军旗引领下，昂首阔步走过天安门，代表人民解放军陆军接受党和人民的庄严检阅。这支部队由此赢得了"开国大典红一师"的美誉。

其实，这支部队不仅参加了1949年新中国开国大典阅兵，还曾在1931年中华苏维埃共和国中央临时政府成立时光荣受阅。

1928年，朱毛红军井冈山会师后，接着开辟了赣南、闽西革命根据地。1931年，由秋收起义部队组建的中国工农革命军第1军第1师发展为红一军团第12军。在第三次反"围剿"中，他们灵活运用"牵引敌人牛鼻子"的打法进行战略佯动，把敌军"胖的拖瘦、瘦的拖死"，为第三次反"围剿"的决定性胜利立下汗马功劳。同年10月，中央决定成立中华苏维埃共和国临时中央政府，为表彰红12军的突出功绩，中央革命军事委员会指定红12军作为全体红军的代表，接受检阅。军长罗炳辉、政委谭震林研究决定，让韩伟、罗

开国大典上，"红一师"官兵列队等待检阅。（图片由部队提供）

开国大典上，"红一师"官兵迈着整齐有力的步伐通过天安门。（图片由部队提供）

震霆团代表红12军参加阅兵。这是该旅的前身部队首次受阅，也是我军历史上的第一次大阅兵，其程序虽然简单，却宣示了红色政权的强大力量，极大提振了军民士气。

1949年，新中国成立在即，新政协筹备会议决议中提出，隆重举行开国大典和盛大阅兵，以壮国威军威。当时，海军、空军的力量还很薄弱，阅兵仍以陆军步兵为主。到底由哪支部队参加阅兵，显得尤为重要。

一天，毛泽东、刘少奇、周恩来、朱德、聂荣臻等聚到一起商议，周恩来提起瑞金的那次阅兵，勾起大家回忆。朱德说："那次受阅的部队是罗炳辉、谭震林的红12军一个团，带队的团长叫韩伟。"毛泽东补充说："对嘛，就是给我棉大衣的那个警卫排长。"周恩来接着问韩伟现在哪里，聂荣臻回答说："在华北军区67军当军长，就驻扎在秦、塘一线。"几位领导人当场敲定：就让韩伟的部队参加开国大典阅兵！

军长韩伟、政委旷伏兆审视了军里各师，决定由"军龄"最长的这支红军部队代表全军受阅，随即向该师下达了阅兵命令。全师官兵闻讯欣喜若狂，奔走相告，士气高涨。更令他们骄傲的是，他们一个师组建了12个步兵方队，是所有受阅部队中的"第一方阵"。

21

"红九军团"：
锻造出闻名全军的
"无敌铁拳"

"红九军团"：从"战略骑兵"到"无敌铁拳"

福建长汀被认为是红军长征最远的出发点，1934年9月30日，红九军团奉命从长汀钟屋村出发进行战略转移。作为率先出发长征的中央红军，红九军团不仅是唯一一支参加过三个方面军长征的红军部队，也是唯一一支足迹遍及11个省的红军部队，长征路程达到了三万七千里。

80多年来，赓续红九军团血脉，陆军第54集团军某机步团始终坚守革命先辈的忠诚信仰，以不怕艰难困苦、流血牺牲的战斗作风，以勇往直前、英勇奋战的革命精神，参加大小战役战斗125次，创下了永垂史册的不朽功勋；历经数百次演训任务锤炼，锻造出闻名全军的"无敌铁拳"。

从长征中孤军转战到党员干部冲锋在前，一代代官兵追随"红星"永远不变

"红星！红星！"

"我们像一个失去了娘的孩子，架起电台，整夜整夜地呼叫着，希望和党中央取得联系。"长征胜利后的几十年里，原红九军团七团团长刘华香始终忘不了内心对"红星"的期盼。

"红星"是长征期间党中央和中革军委的无线电代称。1935年春天，中央红军四渡赤水后，决心南渡乌江西进。为保证党中央、中央红军主力顺利渡江，避免再次陷入被包围的险地，党中央决定留一支"别动支队"在乌江北岸迷惑追兵。

谁断后？这是一个九死一生的艰巨任务！

▲ 1948年10月14日，该团在向锦州城内之敌发起猛烈攻击。

▲ 1949年1月16日，该团七连率先强占天津金汤桥，全歼守敌警备旅180余人，将红旗插上了金汤桥。

党中央找到红九军团军团长罗炳辉，赋予军团断后的任务，希望军团能够"扮演"红军主力，单独行军并尽可能地吸引敌军，掩护大部队安全转移。

党指到哪里就打到哪里，党让去哪里就去哪里。在敌军六个师的重重围堵下，仅余2000多人的红九军团没有任何怨言，上演了壮丽的长征"逆行"。这次单独行军一走就是两个月，期间一度与党中央失去联系，但红九军团始终不忘党中央赋予的任务。1000余里行军路，孤军奋战的红九军团始终心向"红星"。

历史何其相似！

1946年11月，还没来得及成立党组织，该团刚扩编而成的二连再次面临单独护送辎重到东北的任务。在敌人围追堵截、天气寒冷的恶劣环境下，许多新战士出现了思想动摇。

怎么办？年轻的连指导员杨慕凯将仅有的10余名党员召集起来，成立党支部，建立党小组，使全连官兵始终围绕在党的周围，"任务的完成靠全体官兵，全连官兵的战斗力靠党员来提高。"

500余里路程，二连转战两个半月，打退敌军上百次袭扰，100多辆马车物资无一受损，连队100余人无一人非战斗减员。事后，二连被授予"党的铁军"锦旗一面。

315

"红星"的力量是无穷的，指引着年轻战士们前赴后继。1949年1月16日，东西两路强攻天津的大军胜利会师在金汤桥，天津城宣告解放。

"谁最先抢占金汤桥，就授予谁荣誉称号！"面对东北野战军首长战前许下的承诺，几支队伍都想将这份荣誉写在自己的功劳簿上。

硝烟中，活下来的官兵小心翼翼地整理金汤桥附近的烈士遗体，他们惊讶地发现：金汤桥头，该团七连牺牲的战士最多，有整整116具遗体！而埋在最下面的不是别人，正是连队政治指导员马占海！

指导员牺牲在了第一线！140人的连队，战后只剩24人！所有人沉默了。七连从首长手里接过"强占金汤桥"的锦旗，连队授称"金汤桥连"。

成立80余年来，红九军团的这支部队参与了除珍宝岛战役之外的所有重大战争，而且一仗比一仗精彩。是什么力量支撑着一代代官兵前赴后继？

翻看红军连队烈士名录，记者发现，连队干部牺牲最多的是指导员，甚至出现一场战役接连牺牲两位指导员的现象。共产党员冲锋在前、牺牲在前的英雄形象，写下了追随"红星"的最好注脚。

80多年来，红九军团从最初的一万多人到长征后的几百人，从军团、军缩减到营、连，再从连、营发展到现在的团、师，一代代官兵都始终不忘"红星"的指引，始终坚强地围绕在"红星"周围。

从当年铁血红军到今天热血"95后"，一代代官兵勇于牺牲血性未泯

"先锋"和"后卫"绝对是长征途中最艰巨、最凶险的任务。从血战湘江、老木孔突围，到扼守泸定桥、阻击金沙江，从长征开始，红九军团就一直走在队伍的最后，担负着中央红军的后卫任务。

没有先锋军突击开路的巨大压力，却有着时刻被追兵"咬掉"的风险。1935年4月4日，"走走停停"的红九军团在老木孔地区迎来了长征路上最凶险的一天。

面对敌军7个团的突然围拢，军团长罗炳辉没有慌乱，而是冷静地给战士们

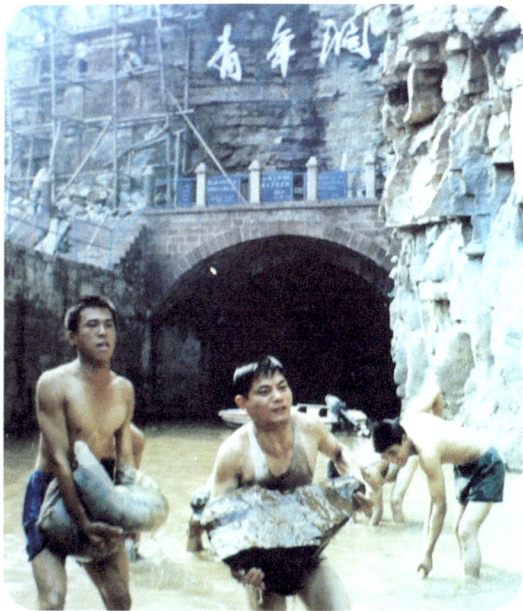

1991年，林州红旗渠因特大暴雨多处出现险情，该团官兵奉命执行抢险任务，图为官兵奋战在红旗渠。

讲："我们如果再躲躲闪闪，就会把四周的敌人统统引来锁住我们，导致全军覆灭；如果下定决心，突破一个缺口，杀出一条血路，就完全可以冲出包围圈！"

冷静源于这支部队敢打敢拼、勇于牺牲的血性。实际只有3个小团、17个连队的红九军团，利用地形巧布疑阵，硬生生击溃了敌军5个团，毙敌2000余人，在长征路上写下了浓墨重彩的一笔，奠定了这支部队血性的荣光！

阻击不怕死，攻坚更是不要命，未泯的血性始终熠熠生辉。

44年后，该团受命参加边境自卫还击作战。在攻占某要地的过程中，负责开辟通路的二连遭敌火力点封锁。面对敌军不断增援，连队处境越来越险。

"这个火力点不消灭，全连过不去，任务完不成。我去把这个钉子拔掉！"没有任何迟疑，二连九班长朱仁义拿起炸药包，毅然决然冲向敌阵地，舍身炸毁火力点，为连队打开了胜利的通道。

"董存瑞式"的英雄朱仁义、"砍不倒的血人"陈洪忠……在该团文化走廊上，有8个英模画像格外醒目，8位英模成为新一代官兵心中不朽的丰碑！

2008年5月，该团千里驰援汶川。战士潘明旺不顾危险，深入危房解救被困

317

群众，被坠落的横梁不幸砸中了右腿。

来不及检查自己的身体，强忍疼痛的潘明旺同战友将救出的3名伤员第一时间送往了医院，随即赶往县指挥所报告前进乡堰塞湖险情。在返回连队的路上，右脚剧烈疼痛的他摔倒在路边。送去医院检查后，大家才发现，潘明旺在右脚踝骨折的情况下，坚持奔走了十几公里。

就在2016年7月19日，驻地安阳突降特大暴雨，安阳河下游出现洪水漫坝决堤险情，奉命封堵决口的该团奋战在抗洪第一线。在连续工作32个小时之后，年仅18岁的红四连战士胡旭因高烧晕倒在抗洪大堤上。

"让我去前线！"出乎意料的是，第二天醒来的胡旭再次将"抗洪请战书"交到了指导员王武杰手里，要求重返堤坝。在艰巨的任务面前，年轻的"95后"战士同样铁骨铮铮！

从战场上敢打必胜到赛场上永争第一，一代代官兵不畏强敌矢志打赢

"面对7倍于己的敌军，先辈们没有退却，而是凭借勇猛果断、敢打必胜的战斗作风击溃敌军。"2015年9月实兵对抗演练，面对蓝军绞尽脑汁设置的防御工事，承担破障任务的红四连连长梁建东，用这样的话激励着这批平均年龄只有20岁的年轻战士，也说服自己相信"奇迹"会再次发生。

80年前，老木孔突围成功，歼敌2000余人！

80年后，扫清障碍打开通路，提前23分钟！

虽然这中间隔了整整80年，但连长梁建东相信，这支红军部队没有变，永争第一、敢打必胜的"红色气质"仍然存在。

战场上敢打必胜，赛场上永争第一。2016年5月中上旬，中士班长陈坤鹏代表中国人民解放军陆军随队赴澳参加国际陆军轻武器技能大赛。

5月2日11时，当第一次走进联合餐厅，看到来自十几个参赛国家军人的冷漠眼神，陈坤鹏"心情突然变得沉重"，觉得此次澳大利亚之行"不是在比武，而是在打仗"！

▲ 1996年，该团参加抢修红旗渠，荣立集体三等功。

为了打赢这场仗，陈坤鹏使出了浑身解数：在短短20多天里，先后收集了95-1式自动步枪从5米至450米不同距离共30余种弹道修正数据，记录了450米距离内6米以下风速的共25种修正数据，熟练运用慢射、速射、急速射、概略射等6种射击方式及卧姿、跪姿、立姿、侧姿、躺姿等9种射击姿势，牢牢掌握了比赛规定的19个项目、共70余个内容的所有技能。

"我从心底告诉自己，真正的战场不是简单的100米射击，而是全距离的拼杀，真正的军人就是要把赛场当战场，把一个个不可能变成可能。"在参与比赛的7个项目中，陈坤鹏勇夺3枚金牌、4枚银牌，取得了这场来之不易的胜利，载誉归来的他向全团官兵说出了自己的心声。

"瞄准实战，苦练打赢"早已成为这支部队自上而下的高度自觉。

2011年冬天，友邻单位选改士官遇冷的消息频频传来，令团领导心中颇为忐忑。满服役期的战士都是团队的骨干力量，他们走了，团队战斗力势必受很大影响。

然而，令团党委始料未及的是，当改选士官的综合考核开始后，几乎全团所有满服役期的战士都报名参与了。考核内容包括基础体能、指挥技能以及新装备操作等内容，考核持续一周，多课目大强度连贯实施。

意料之中的士官选改"寒冬期"并没有到来，反倒是这次比武考核给团党委上了一课：年轻官兵眼里不仅有个人利益，还有沉甸甸的责任。

一大批尖子选择留了下来，激起了全团的练兵热潮。"老兵大比武"也成了团里的"顶级赛事"，每年都会有多项体能技能纪录被打破。

（图片资料整理：陈海生 邹咏航 孙崇译 焦柯寒）

"无敌铁拳"是怎样炼成的？

陆军第54集团军某机步团是一支从长征中走来的英雄部队，在100多次战役战斗中，先后有8个连队被授予荣誉称号，15个连队立过战功，涌现出了316名英模人物和先进典型。

新时期，该团赓续红军血脉，围绕转型建设这个中心，狠抓军事斗争准备，努力创新战术战法，先后参加20多次大型实兵演习，创新10余种新战术战法，为新装备形成战斗力蹚开了新路，被誉为转型建设的"无敌铁拳"。团先后荣立集体一等功1次、集体二等功2次、集体三等功2次，受到军区以上表彰奖励190余次。

勇当转型发展的探路先锋

2009年，该团被上级确定为全军某新型步战车改制换装先行单位。

一年后，新装备陆续列装到位。面对性能先进、造价不菲的战车官兵有喜有忧，喜的是随着全军最先进的陆战装备列装，战斗力增长计日可期；忧的是装备

▲ 2009年，该团首次列装8×8轮式步兵战车，并参加国庆大阅兵，图为步战车经过天安门场景。（陈海生 摄）

训练，如何面对"无大纲、无教材、无人才、无经验"所带来的尴尬和压力。

1934年长征开始后，红九军团担任中央红军后卫，面对敌军重兵围堵、保障给养物资缺乏等困难，无数革命先辈奋不顾身赴汤蹈火，出色完成了阻击、牵制敌人，掩护红军主力战略转移任务。

"革命先辈在枪林弹雨前面选择了勇往直前，今天我们哪有理由退缩？！"时任团长魏德明的发问振聋发聩。

一只传统步兵的铁拳头，熔铁成水，浴火重铸，谈何容易？

作为陆军部队转型发展的试验田，该团拿出"头拱地"的劲头努力实现战斗力重塑。团领导带着官兵啃教程、编课目、分步骤、定标准，机关业务口先后协调20多个厂家的40多名技术人员上门指导训练，常委蹲营住连一线帮带，三天一考、每周一评……

2011年8月，黄海某海域风急浪高。随着3发红色信号弹骤然升空，8艘舰船如利箭般同时向"敌"滩头阵地疾驰。一阵炮火急袭后，步战车迅速泛水编波，在海中破浪前行……哗啦啦，步战车跃出水面，抵滩上岸，似出水蛟龙士气如虹；轰隆隆，战神怒吼、火蛇飞舞，顷刻间"敌"目标已被摧毁。

这不是一次普通的海上训练，这次训练开创了该型步战车首次涉水训练、首次装卸载等5个全团乃至全军的第一次，填补了该型步战车海上训练数据空白。

成功的背后，是全团官兵无惧无畏的魄力：要知道数吨重的步战车，在平静的水面训练都存在很大风险，在波浪翻滚的海上危险可想而知。

凭着这股魄力，他们不断刷新着纪录，开创了一个又一个先河。该团连续3年踏上高原，挖掘新装备作战潜能。官兵克服缺氧、高寒等恶劣天气，区分不同海拔和天候，对新装备性能进行测试研练，积累各类数据上万组，为内陆部队整建制高原作战训练积累了实战经验。

这是这个团改制换装后取得的骄人成绩：新装备列装2个月，官兵掌握了驾驶、通信、射击三大专业，5个月后进行实弹射击，11个月后进行夜间射击，17个月后参加实兵对抗演习，官兵们革新制作训练器材290多件，编写教材500多套，多项成果被原总部向全军相关单位推广。

夺回属于我们的夜战近战优势

2016年初夏，夜黑如墨，一场"对山地防御之敌进攻战斗"悄然打响。

红军大胆尝试，准备了3个大功率探照灯，进攻发起前，三灯齐开，照向山顶蓝军防御前沿，与此同时，隐藏在前沿一线的侦察兵同时拉开数十个发烟罐，浓烟滚滚有效遮住了蓝军的"眼睛"。

趁蓝军尚未回神，数十名步兵迅速向高地一侧发起攻击。突破口很快被打开，早已集结待命的5路攻击分队依次向蓝军防御纵深发起攻击，迅速对蓝军阵地实施了合围。

"现代战争，夜战是绕不过去的坎！这样的战术，是根据战场环境和夜间作战特点量身定做的。"这次演习，让团长付国涛有了更深感悟，夜间作战对先进的武器装备性能发挥、兵种协同都是很大的掣肘，战术战法创新显得尤为重要。

夜战近战曾经是当年红军部队以劣势装备取得战斗胜利的优势，而在信息化条件下，这一传统优势正面临越来越大的挑战。

随着科技的快速发展，作战形态的加速变化，"世上没有两场相同的战争"，信息化条件下夜战究竟怎么打，夜训到底训什么？3年前，当拿到原济南军区赋予的夜战夜训试点任务的时候，全团官兵心里是没有多少底的。

该团先是大力开展战法创新和夜战器材革新活动，而后组织官兵深入研究22个典型夜战战例，几年里，通过理论研究、攻关试验、演训检验，摸索出了夜战特点规律、制胜机理和能力需求，创新了10多种夜间作战新的战术战法。

2015年10月，一场"装步战斗群对阵地防御之敌夜间进攻行动"战斗打响。演习中，该团对官兵革新的近百种夜视器材战场应用进行了实战检验，总结出了20余种新的破障、突袭的战术战法，填补了诸多夜间作战空白。

始终保持"满弦之弓"蓄势待发

2012年的那个周末让该团官兵记忆犹新。团组织了一次紧急拉动。然而，两个营的炊事班不带刀不带油，全营饿着肚子练了一上午。谁知，当天夜里，紧急出动号再次响起。那一夜，因为战备物资"缺斤少两"，不少官兵的帐篷里"冷暖自知"。

"箭在弦上，拉不满弓会栽到泥里的！作为营长、连长，你们能不能让上级

2011年至2015年，该团连续参加"确山决胜"系列演习。（陈海生 摄）

2010年，该团参加军区实战化拉动考核，图为组织出征誓师动员。（陈海生 摄）

该团组织"军歌嘹亮献给党" ▶
歌咏比赛。（陈海生 摄）

觉得放心？能不能保证自己有底？能不能让战士信服？"团领导"战地三问"让人如坐针毡。

第二周，团领导走班排、查库室、搞试点，小到备品几件、锹该几把，每个细节都定得规范科学，他们还把文电传输系统装到营连，作战信息分秒间便可直抵末端。

在几任团班子的坚持下，该团每月一次形势战备报告雷打不动，节假日不打招呼紧急出动风雨无阻。前不久，豫北地区遭遇特大暴雨袭击，驻地安阳河多处发生溃堤险情。接到救援命令后，不经调整转换、不经物资补充，10分钟内，人员装备完成集结，30分钟后即开赴数公里外的洪灾一线。

"拉得出去，不过是第一关。"团保障处长海俊华告诉我们，近年陆续列装一系列主战新装备，提升装备保障能力显得尤为迫切。然而，新装备所需的器材、附件大大增加，由于缺乏明确规范，演练时经常出现该带的没带、带了却找不着的情况，制约了战时装备保障效率。

为此，他们结合日常战备训练和野外驻训反复试验论证，系统梳理出新装备常用所需的20多类物资器材及其需求量，通过招标采购、向上请领等方式，补充了1万多件常用、短缺的零部件和工具，避免了装备急需"手术"偏偏"血库"告急的尴尬。

近几年，该团针对担负多方向机动支援作战任务的实际，常态化定期组织部队奔赴滨海、高原驻训，每年集中力量对30余种不同方向、不同规模、不同机动方式的作战方案进行精细修订完善。野外驻训中，部队采取整建制战备拉动的方式组织进驻，重点克服了人员装备在不同环境、不同地域作战"水土不服"的问题，确保部队"往哪都能拉，在哪都能打"。

背景链接

"红九军团"83年血脉传承

中国工农红军第九军团，是中央红军突围转移，进行长征的主力部队之一，是长征中唯一参加过三个方面军长征的部队，也是唯一一支经过闽、赣、粤、湘、桂、黔、滇、川、康、甘、宁11省的红军部队，其长征路程达到三万七千里。

1933年10月，党中央和中革军委决定在红一军团第三师的基础上组建红九军团。三师的前身可追溯到1930年毛主席在湖南浏阳组建的中共总前敌委员会特务大队，在此基础上建立的警卫团曾被中央军委授予"中央模范团"称号。红九军团成立后，参加了中央苏区第四、五两次反"围剿"战斗。

1934年9月30日，红九军团奉命从福建长汀钟屋村开始战略转移，长汀被认为是红军长征最远的出发点。长征过程中，红九军团一直担任红一方面军的后卫。

1935年3月，四渡赤水后，红九军团出色地完成了在乌江北岸阻击、牵制敌人，掩护红军主力南渡乌江的任务。红九军团单独活动两个月，转战于贵州北部、云南南部，期间取得了老木孔战斗的胜利，歼灭了不少敌人，并开展了宣传、组织、发动群众，筹集款项，扩大红军等工作。红九军团有力地配合了中央红军主力转移，被周恩来誉为"战略骑兵"。

1935年7月21日，红一、红四方面军在懋功会师后，红九军团改称红32军，归左路军指挥，跟随红四方面军一起长征。1935年9月初，红32军随同左路军从卓克基出发过草地，后受张国焘胁迫，同左路军等一起南下至天全、芦山地区。

1936年7月，红二方面军与红四方面军在甘孜会师。红二军团一部加入红32军，红32军划归红二方面军指挥。红二方面军同张国焘的分裂、逃跑主义路线进行了坚决斗争，迫使张国焘取消伪"中央"，同意继续北上抗日。1936年底，红一、红二和红四方面军胜利会师，红32军胜利完成了长征。

抗日战争爆发后，为适应全民族抗战的需要，红军主力奉命改编为国民革命军第八路军，红32军改编为八路军120师359旅718团，担负起保卫党中央、保卫延安、巩固陕北革命根据地的重任。

1945年11月，抗战胜利后，为与国民党争夺东北，718团奉命挺进东北，英勇奋战，顽强抗敌，开辟和巩固了冀热辽根据地，为解放东北奠定了基础。部队先后改编为冀热辽军区独立第1旅66团、独立16旅47团、东北民主联军第8纵队23师68团，参加了辽沈战役。1948年11月，第8纵队改编为中国人民解放军第45军，部队成为134师一部，随45军解放了天津，后又南下参加了衡宝战役、广西剿匪。1952年，44军、45军组成54军，红九军团血脉由此成为"铁军"一部分。

此后，部队在54军编制内历经多次调整，1998年随着装备改制换装，一部转成军属炮兵专业部队，一部与其他部队组成战斗力强悍的机步团。历经多次装备更新换代，红九军团的血脉在该机步团得到了延续和发展壮大，成为中部战区陆军序列内的王牌部队。

22

"三猛团"：
转型为己任，潜心谋打赢

"三猛团"：长征先遣队　强军勇争先

历史在传承中发展，功业在奋进中创造。

新疆军区某摩步团是红军长征中担任先遣队的英雄部队，也是随王震将军进疆后保留下来的唯一一支现役部队，历史上曾被授予"猛打、猛冲、猛追"的荣誉称号。

面对改革强军的风起云涌，新一代官兵始终秉承红军部队优良传统，以转型为己任，潜心谋打赢，不断谱写强军兴军新辉煌。

指挥手段升级：从马背送信到数据流转

1934年8月，某摩步团前身部队隐蔽进至遂川的横石和新江口一带，秘密攻占了敌内侧封锁线上的重要支撑点——遂川县衙前镇，构建了突围的侧翼掩护阵地，为红军主力发起长征创造了条件。战斗中，该团一连扼守一处阵地，遭到敌人阻击，被迫依托地势组织反冲击，战士们在喊杀声中用长矛、大刀、手榴弹将敌人击退。此战红军毙伤敌数百名，巩固了阵地。

回望战争硝烟，手势和喊话是当时红军战斗指挥的重要方式。1939年5月，该团前身359旅718团在实施上、下细腰涧歼灭战前，时任团长陈宗尧给旅长王震汇报战况时由于通信指挥手段落后，只能靠写信说明团所处有利形势以及部队战斗决心，交给通信排长飞马送往旅部。

一次次浴血奋战让这支从抗战烽火中走来的英雄部队，对转变指挥方式更有一种历史的紧迫感。"现代信息化战场，如果没有与之相适应的先进指挥方式，再精锐的部队也只能是一盘散沙，难以形成战斗力。"该团参谋长李楠说。

▲ 某摩步团举行荣誉连队冠名仪式。（图片由部队提供）

近年来，他们借力担负新疆军区体系作战能力建设试点之机，依托一体化指挥平台，采取综合集成的办法，将各类电子信息系统交链融合为一体，通过信息的链接主导作用，实现各种资源功能互补、各种力量互联互通、各种行动密切协同，初步建成了多级整合、多元融合的作战指挥系统，实现了部队指挥手段主要靠网上数据流转的质变。

2014年11月，该团在海拔4000多米的昆仑山腹地参加联合演习。战斗打响后的红方指挥方舱内，三维战场态势尽显各信息终端，各作战要素战斗文书在网上快速传输。

随着战斗进程推进，一条条情报信息传达至一体化指挥平台，指挥员根据数据信息进行决策，一道道指令瞬间传递到各作战单元要素平台……部队的指挥控制、精确打击能力得到全面提升。

▲ 摩步团战士在训练中进行手枪射击。（图片由部队提供）

作战样式转型：从以我为主到联合制胜

野战指挥所在电子对抗兵的强干扰中构建，炮兵营立足未稳即遭航空兵空中突袭……

2016年7月中旬，该团野外驻训刚安营扎寨完毕，就与某陆航旅、电子对抗团等友邻部队展开联合训练。团政委王英涛告诉我们，与不同兵种单位常态进行联合训、融合练，促进了部队训练作战样式由以我为主到联合制胜的成功转型。

作为一个传统的陆军步兵团，过于由于习惯于以我为主单打独斗，在其光辉的战斗史册上，既留下了许多勇猛顽强的成功战例，也留下了许多值得总结的经验教训。

1935年1月，该团前身6军团17师参加桃子溪战斗，部队采取示弱佯攻、诱敌出击的方法，顺利歼灭了当面之敌，在官兵十分疲惫加上孤军作战的情况下，仍一鼓作气，连续攻占3个山头，消灭了敌第172旅旅部，击毙旅长李延龄。与此形成鲜明对比的是，该团前身部队在1935年7月参加的龙山围困战中，因为有的友邻部队未能按计划到达指定地域，最终导致战斗失利，团长黄林血洒疆场。

官兵们在学习战史、总结战斗失败的教训时感悟到，尽管当时部队兵种单一、装备落后，但没有联合作战意识、不按计划到达作战地域是挫败的重要原因。

历史的硝烟已经散去，留给官兵的思考却历久弥新。如今，面对兵种分工越来越细、武器装备日新月异的新型陆军，官兵们对于联合作战、联合制胜的机理越来越明晰："未来战争是体系与体系的对抗，搞以我为主那一套再也不行了。"

过去驻训，联合训练迟迟不能展开。今年驻训筹划伊始，团里就通过主动联系协调，与某电子对抗团、陆航旅等单位建立了野外驻训联训协作机制，共同研究制订联合训练计划，从组织和计划层面确保了各兵种部队训练"我中有你，你中有我"。

训练中，该团开设的移动指挥所刚拉出野战营地，某电子对抗团混编连布设的"电磁天网"就悄悄张开，具有电子侦察、干扰、欺骗等功能的强电磁干扰

该团与某陆航旅旅开展空地联合训练。（本照片由部队提供）

▲ 该摩步团演习期间，某型导弹正在发射。（图片由部队提供）

带，对指挥所通信、网络传输等信息系统实施不间断干扰，逼着官兵采取各种手段反干扰。

针对个别步兵分队指挥员不会灵活运用配属分队武器装备的情况，该团装备部门将战斗编成内的武器装备技战术性能编印成册，组织各级指挥员认真学习，要求人人掌握。

随着联合训练的升级，如今，该团官兵投身复杂多变的模拟战场，心头又多了几分胜算。

战备行动提速：从负重而行到轻装上阵

万里赴戎机，关山度若飞。

今年4月，某步兵团接受上级战场拉动考核，部队顶着恶劣气候，在荒漠戈壁驰骋600余公里，以"行动快于敌、谋略胜于敌"的出色表现，受到上级肯定。

　　这是该团根据形势任务需要，创新开展战备设施轻型化改造带来的新变化。

　　今天的变化有着昨日的历史渊源。我们在该团团史馆，仍能看到当年红军先辈们过草地时负重而行的画面：每人除携带枪支弹药、简单的行李外，要背五六公斤粮食和三四公斤干柴或干牛粪，艰难跋涉在水草地上。

　　当年靠一双"铁脚板"征战天下的先辈们，在极其艰苦的条件下把一些该带的物资尽可能放下了，以减轻行军中的负重。在部队遂行任务日益多样化的今天，部分战备设施设备因大而重，装载携带不便，同样影响着部队行动的速度。而简单放下，则不利于任务的完成。

　　为化解这一难题，部队按照"节省运力，作战为先，生活必需"的原则，对机关、分队5大类20余种战备设施设备进行轻型化改造，使部队从"负重而行"变成了"轻装上阵"。

　　纸质战备书籍资料占用储运空间大，他们与地方联合研制战备资料电子终端，实现了数据库式保管存储。电子沙盘、触发终端……演兵场上各类信息化设备大显身手。官兵们形象地说："信息化升级好比把'大哥大'换成智能手机，海量战备资料一个小芯片就能轻松搞定。"

　　他们采取更换材质、压缩打包等办法，分门别类完成了野战设施设备的便携式处理。机关战备地图箱过去用铁皮箱运载，费时费力。他们将地图储运改为活页式地图册、背挂式图筒、帆布图袋三种方式。仅此一项就为团机关节省了两台车的运力和10余人的装载兵力。

　　野战笔记本电脑、微型打印机、太阳能蓄电池、折叠式充电台灯……打开新型参谋作业箱，10样参谋人员战场必备工具映入眼帘。参谋作业箱以参谋人员读、计、算、写、画、传所需器材为子模块，进行粘连式组装，重量只有13公斤，可提可背，战时可迅速展开为简易作业平台。我们辗转部队演兵场，发现焕然一新的参谋作业箱、心战器材箱、野战维修箱等模块化工具箱已常态运用到各个作战环节。

　　轻装上阵，以快制敌。随着战备设施轻型化升级改造的完成，部队演练装载兵力压减近百人，运力节省约30%，出动、转移速度却快了20多分钟。

　　2011年9月，某步兵团所在师万人千车以空中、铁路、摩托化等多种形式机

▲ 该团组织某型榴弹炮进行集火射击。（图片由部队提供）

▼ 该团车队行驶在高原达坂上。（图片由部队提供）

动，跨越4省区、往返6100多公里进行远程机动演练，创造了原兰州军区整建制师检验性演习中机动距离最远、行军路段海拔最高的新纪录。

近年来，团队完成高原使命课题训练、驻地维稳执勤等大项任务表现出色，先后两次荣立集体三等功，多次被上级表彰为"军事训练一级单位"和"基层全面建设先进团"。

"三五九旅"新一代：让红军血脉薪火相传

新疆军区某摩步团的前身是贺龙、王震等老一辈无产阶级革命家亲自领率过的红军部队，也是1949年后王震将军进军新疆保留下来的唯一一支成建制作战部队。先后继涌现出"模范团长"陈宗尧、"特等战斗英雄"张福祥、"战斗英雄"王忠殿等一大批英模单位和个人。

回溯团队80多年的光辉历程，从战略转移、南下北返、挺进新疆"三次长征"，到保卫延安时的"三战三捷"，从毛主席亲笔授称的"模范团长"陈宗尧，到轰轰烈烈的"南泥湾"大生产，有太多的荣耀让新一代官兵忆之涌热血，思之斗志昂。

作为继承红军血脉薪火的"三五九旅"新传人，某摩步团在强军兴军的新征程上，注重用红色基因铸魂励志，用一次次完成重大任务的出色表现，为团史续写新篇章。

一面战旗孕育出打赢品牌

在某步兵团团史馆，一面刻有"猛打、猛冲、猛追"六个大字的斑驳战旗，格外引人注目。

▲ 1935年11月19日，红二、六军团在湖南桑植县瑞塔埔召开突围誓师大会，当晚主力部队分别从湖南桑植刘家坪、轿子垭地区出发，继续突围长征。图为瑞塔埔旧址。（图片由部队提供）

"这是革命战争年代我团前辈们英勇顽强、能攻善战优良传统的最好见证。"展柜前，团政治处主任张贵胜深情讲起锦旗背后的故事。

那是1948年2月，在宜瓦战役中，该团前身718团对国民党军整编第90师61旅实施猛烈突击，一举突破敌防御体系，守敌慌乱难支，溃不成军。当溃退之敌向西逃窜时，指战员发扬连续作战的精神，勇猛追击，长途奔袭百余公里，最终全歼敌军。这次战斗，共歼敌4000余人，敌第29军中将军长刘戡被迫用手榴弹自尽。由于战斗作风勇猛顽强，团队被西北野战军第2纵队授予"猛打、猛冲、猛追"的荣誉称号。

数十年过去了，如今在"三猛"精神的教化激励下，通过一茬茬官兵的接力传承，团队已逐渐发展形成了独具特色的打赢文化品牌。

每当新兵入伍、新排长报到，团里都要组织参观团史馆，给大家讲解"三猛"战旗的故事。团里号召开展的"战史·战功·战将·战例"学习研究活动，已在官兵中深入人心。

　　为了锻造新一代官兵一往无前、不畏强敌、所向披靡、战无不胜的霸气骁勇之风，团党委一班人制定出台了"考、比、拉、查、讲、奖"系列实战化训练机制，专门设立训练"龙虎榜"，经常组织考核评比，每年组织训练大比武。

　　在野外驻训演习中，他们着眼提高部队实战能力，叫响"敢向强敌挑战，敢向积习开刀，敢向自己叫板"口号，从难从严设置使命课题，真刀真枪开展体系对抗，扎扎实实提高官兵打赢本领。

　　2014年2月，该团千人百车顶风冒雪，千里机动赴阿里高原执行执勤驻训任务。广大官兵斗风沙、战酷暑，克服高寒缺氧、高原疾病，历时8个多月，圆满完成了藏区维稳执勤、高原使命课题训练等任务，创造了机动距离最远、行动速度最快、打击目标最准等多项纪录，"能打仗、打胜仗"日益成为团队的亮丽名片。

两首红歌传唱出时代新风

　　"学习那南泥湾，处处是江南。又战斗来又生产，三五九旅是模范……"

　　"毛主席的战士最听党的话，哪里需要哪安家……"

　　当电视上各类娱乐选秀节目推出的一首首流行歌曲被广泛传唱的时候，这个团的营区还能不时听到《南泥湾》和《毛主席的战士最听党的话》这两首经典红歌。

　　两首让官兵情有独钟的经典红歌背后，是与团队有关的辉煌历史。

　　1940年初，359旅响应毛主席"自己动手，丰衣足食"的号召，开赴延安南泥湾地区屯田开荒、发展生产。官兵们发扬自力更生、艰苦奋斗精神，不仅减轻了人民负担，改善了部队生活，还极大地鼓舞了官兵抗日斗争的热情，为支持长期抗战、夺取最后胜利奠定了物质基础。1943年3月15日，在359旅军民联欢晚会上，郭兰英演唱的一首《南泥湾》，使359旅从此名扬全国。

　　《南泥湾》歌颂的是359旅的英雄业绩，也见证了军民鱼水深情。而《毛主席的战士最听党的话》唱出的则是团队对党绝对忠诚的坚定信念。

　　1964年11月，团战士业余演出队代表赴北京参加文艺调演，所表演的《毛主

1935年，长征途中红六军团领导合影，右起：陈伯钧、彭绍辉、罗志敏、王震、刘导生、张子意。（图片由部队提供）

1941年，359旅在南泥湾挖窑洞解决住宿问题。（图片由部队提供）

1941年，359旅战士们奋力开荒。（图片由部队提供）

席的战士最听党的话》歌曲获一等奖，周恩来总理和叶剑英元帅亲切接见了该团业余演出队并合影留念。从此，这首歌传唱大江南北。

红歌在传唱，历史在续写。我们在团队采访，听到的两个故事感人至深。

一个是关于该团5连的。在该团驻地，有一个叫吐尼沙汗的维吾尔族孤寡老大娘，义务收养了3名汉族残疾儿童，靠捡破烂艰难度日。该团5连官兵得知情况后，及时伸出援助之手，坚持40年如一日无私资助照顾吐尼沙汗一家。后来，5连的爱民事迹被拍摄成电影《阿克苏的馕》。

另一个故事是关于该团转业干部韩瑞雪的。韩瑞雪在副团长岗位才干了1年多，按他的年龄和资历，在部队还有很大发展空间。国防和军队改革实施后，团队转业名额较往年有所增加。面对走与留的人生抉择，韩瑞雪个人的意愿藏在心里，愉快接受了组织的转业安排。确定转业后，韩瑞雪仍然带领官兵战斗在演训一线，直到接替他的人到来为止。

"这两个故事是部队新时期发扬爱民为民和对党忠诚传统的一个缩影。"团政委王英涛说。

三次"长征"赓续出血性基因

某步兵团官兵对团队历经三次"长征"的历史耳熟能详。

1934年8月，该团前身红6军团作为长征先遣部队，突破重围，历尽艰苦，于同年10月24日与红2军团在黔东会师，创建了湘鄂川黔革命根据地。1936年7月，红6军团与红2军团、红32军共同组成红二方面军，同年10月胜利完成了长征。

第二次是1944年10月，根据党中央指示，该团前身359旅主力组成"南下第一支队"南下抗日，后来在李先念和王震的率领下实施中原突围，于1946年9月27日胜利回到革命圣地延安。这次南下北返，历时687天，转战陕、晋、豫、鄂、湘等8省，行程2万余里，战斗190余次，有力牵制了日伪军对解放区的进攻，打击了国民党顽军，被毛主席誉为"第二次长征"。

第三次是1949年10月12日，该团前身部队跟随王震将军从酒泉出发，开始了解放新疆的大进军。广大指战员穿戈壁、越荒野，风餐露宿、日夜兼程向新疆开

▲ 2007年9月，红军将帅子女回到父辈曾经领率指挥过的新疆军区某步兵师部队看望慰问。
（图片由党增龙提供）

进，共行军3061公里。彭德怀司令员在嘉奖电令中说"创造了史无前例的进军纪录"。

创造纪录离不开血性基因，改写纪录同样少不了血性担当。仔细看看部队训练中的几个细节，就会感受到新一代官兵骨子里那股特有的血性。

一次，团里组织100余名尖子参加创破纪录大比武。400米障碍课目展开后，一队官兵如龙似虎在障碍上上下翻飞。这时，不幸的一幕出现了：一名士官在钻越矮墙洞时，由于速度过快撞到了矮墙上，瞬间头破血流。考务人员劝他放弃，他却毅然决然地坚持跑完了全程。他的这一举动，引得现场掌声雷动。

还有一次，团里组织建制连武装5公里越野考核。参考的一连官兵在通过一废旧厂房时，一名战士的脚不幸被一颗钉子刺穿。这名战士二话没说，咬牙用手将钉子拔出，继续跟随连队向前狂奔。连队一举夺得全团第一名的优异成绩。

岁月如河滔滔向前，血性基因代代相传。沿着先辈三次"长征"足迹一路走来，新一代官兵用一个个血性迸发的强军故事，续写着团队的新辉煌。

从长征先遣队到"扎根在天山"

新疆军区某摩步团，前身为1927年秋收起义后活跃在茶陵、永新、莲花等地的农民自卫军，1930年10月，整编为湘东独立师，1932年4月改编为中央红军第3军团8军，后改编为红6军团第17师，成为中央红军的长征先遣队。

抗日战争时期部队改编为120师359旅718团，1949年改为2军5师14团，1953年整编为新疆军区某师步兵团。先后参加了湘赣苏区建立、五次反"围剿"、二万五千里长征、华北敌后抗战、南下北返、中原突围、保卫延安和解放大西北等著名战役战斗，1948年在宜川战役中，被一野二纵授予"猛打、猛冲、猛追"的荣誉称号。

进疆后，部队参加了南疆剿匪平叛、边境自卫反击作战、平暴维稳等军事行动，完成了兰新铁路、独库公路、昆仑山国防工程、柯柯牙绿化等重大施工任务，用实际行动书写了"稳内定天山，御外立昆仑"的辉煌篇章。

长征先遣队：确保主力部队胜利突围

1933年6月，中华苏维埃共和国中央革命军事委员会决定组建中国工农红军第6军团，将湘鄂赣红16军、湘赣红8军、红18军分别改编为红6军团第16、17、18师。17师即新疆军区某步兵团前身。时任师长萧克、政治委员蔡会文。

1934年7月23日，党中央、中革军委命令红6军团退出湘赣苏区，向湖南中部挺进，作为长征先遣队先期突围，以调动敌人、侦察敌情和地形，并在湘中地区开辟一块根据地，为中央红军长征创造有利条件。随后，红6军团进行了认真准备，部队兵员和武器由原来的6830人、3202支枪增至9750人，3700支枪。

1934年8月初，根据军政委员会部署，红6军团隐蔽进到遂川的横石和新江口一带。8月5日，第17师49团攻占了敌内侧封锁线上的重要支撑点——遂川县衙前镇，构建了突围的侧翼掩护阵地；8月7日下午3时，任弼时、萧克、王震率红6军团主力及附属机构，率先踏上了万里长征的艰难征途，拉开了长征的序幕。紧接着，红6军团以迅雷不及掩耳之势连续突破衙前到斗江、遂川至黄坳、遂川至七岭、寒口至广东桥四道封锁线，确保了主力部队胜利突围。

爬雪山过草地：经历"长征路上最艰难时刻"

1935年5月2日，红6军团开始翻越长征中的第一座大雪山——中甸雪山。雪山海拔5300多米，上山50余公里，下山20余公里。山势陡峭险峻，积雪一两尺厚，异常寒冷。山顶空气稀薄缺氧，呼吸困难，行进十分艰难。宣传员们走在队伍的前面，不顾高寒缺氧，头疼脑涨，站在寒风刺骨的山顶雪地中，呼着口号，打着竹板，鼓励部队前进。指战员们忍受着难以想象的艰难困苦，相互帮助，相互勉励，终于翻过了第一座大雪山，于当晚到达藏族聚居的小中甸。

5月5日下午6时，红6军团在中甸召开了直属队和第17、18师连以上军政干部参加的政治工作会议。5月6日至8日，红6军团在中甸及其附近进行继续翻越雪山的各项准备工作。各连党支部订立了行军竞赛条约，要求党团员起模范带头作用，把行军减员降到最低限度；总结第一次过雪山的经验教训，要求部队过雪山时不喝冷水、不休息、不落伍，安排身强力壮的党团员负责帮助体力虚弱的同志过雪山；各单位预先抽出所有马匹，并动员干部、战士借衣服给伤病员；要求所有身体健康的军事、政治干部，过雪山时亲自担任收容和政治鼓动工作。

5月9日，红6军团从中甸出发向甘孜前进。一路上，同志们抬着伤病员、搀扶着体弱的同志，忍着严寒，踏着前人的足迹艰难前进，发扬了高度的官兵友爱和团结互助的精神。12日，红6军团翻过高耸绵延的大雪山，离开云南，胜利到达甘孜境内。

7月6日，红6军团由甘孜甘海子出发，开始了艰苦卓绝的草地行军。由于粮食补给非常困难，部队开始采野菜充饥。从甘海子至阿坝，共历时18天，其中13天是在青海南部，这是红6军团长征途中最艰难困苦的时刻。中途休息和到宿营地后，各师均派出得力干部带所有马匹接应落伍人员。但因高原缺氧，气候多变，缺少食物，许多指战员牺牲在征途上。陈伯钧、王震从阿坝发给贺龙的电报说："6军（团）由甘（孜）到阿（坝）减员七百五十人。"

7月23日至29日，红6军团在上、中、下阿坝休整、筹粮，总结过草地的经验教训，准备继续过水草地，向包座前进。7月30日，红6军团由下阿坝出发，每人除携带枪支弹药、简单的行李外，要背五六公斤粮食和三四公斤干柴或干牛粪。草地行军，地势很高，空气稀薄，粮食也极为短缺，每人每天只能调剂最低量粮食，加以野菜和偶尔钓来的鱼维持，部队生病掉队者剧增。除了同天斗、同地斗，部队还要同反动土匪的骑兵斗，有时还要同野兽斗。重重恶劣条件下，官兵们叫响了"走出草地，就是胜利"的口号，发扬艰苦奋斗、官兵友爱和患难与共的精神，经9天艰苦行军，终于走出了水草地。

"扎根在天山"：新疆生产建设兵团从这里发源

1954年10月，中央政府命令驻新疆人民解放军第2、第6军大部，第5军大部，第22兵团全部，集体就地转业，脱离国防部队序列，组建"中国人民解放军新疆军区生产建设兵团"。按照整编方案，第2军5师14团、15团和第13团3营各一部及第2军教导团边卡营，整编为现在的新疆军区某师摩步团。而5师师部及第14团、15团，第13团3营、第4师12团各一部，集体转业组建成为现在的兵团农一师，与该团一起驻扎在美丽的阿克苏。

这些战争年代出生入死、战功卓著的革命军人，面对祖国的召唤，二话不说脱下军装，拿起生产建设的简陋工具，从事甚至比战争还要持久的艰辛劳作，开始加快建设新中国和新家园的宏伟事业。老一辈革命军人的崇高精神和风范，成为一代代兵团人的传家宝。兵团人常用"生在井冈山，长在南泥湾，转战数万里，扎根在天山"这句话来概括兵团前身的光荣历史，后来逐渐孕育形成了"热爱祖国、无私奉献、艰苦创业、开拓进取"的兵团精神。

如今，新疆军区某摩步团与农一师相邻而居，守望相助，虽然职能使命不同，却同根同脉，共同建设和守卫着祖国美丽的边疆。

23

北京卫戍区某警卫师：
做党和人民的盾牌利剑

北京卫戍区某警卫师：续写为人民服务新篇章

"我们守卫在党中央身边，做党和人民的盾牌利剑。三尺哨台千斤重，首长的安危牢记心间……"近日，我们来到北京卫戍区某警卫师师史馆，一进大门，便听到师歌《忠诚之歌》的振奋词曲。

史馆记载，这支部队的组建可以追溯到1927年10月，毛泽东领导秋收起义部队创建井冈山革命根据地，当时，就有了专职警卫力量。随着革命战争的节节胜利，守卫在最高统帅和党中央身边的警卫部队也历经血与火的考验不断延革，直至成立中央警备团，后数十次调整改编，成为今天驻守在首都北京的北京卫戍区某警卫师。

长征时期，这支部队紧紧跟随毛主席和党中央，一路披荆斩棘，浴血奋战，圆满完成了历史赋予的警卫任务，也产生和传承了大量优良传统。忆往昔，看今朝，这支流淌着忠诚血脉的红色队伍正阔步向前。

追溯光辉历史，领袖统帅培育忠诚卫士

你知道吗，长征路上，毛主席曾为一名普通士兵失声恸哭——

1935年6月初，红军强渡大渡河之后的一天，毛主席率领军委纵队从花岭坪出发，计划当天赶到水子地宿营。部队翻越到二郎山附近的甘竹山山腰休息时，突然，几架黄膀子敌机从东南方直接朝着毛主席的位置俯冲扑去，机翼下发出一串串刺耳的尖啸声。

守卫在毛主席身边的警卫战士立刻意识到敌机正在疯狂投弹，霎时间，警卫班班长胡昌宝腾空跃起，以迅雷不及掩耳之势把毛主席推向岩后，纵身压了上去。

"轰隆隆"阵阵巨响过后，敌机远窜。毛主席从烟尘、弹片和乱石堆中站起来，立刻发现用躯体掩护自己的胡昌宝，已经满身血污，不省人事。

毛主席把胡昌宝搂在怀里，焦急地呼唤着："小胡，小胡，昌宝同志！"胡昌宝微微睁开双眼，嗫嚅着嘴唇探询："主席，您？"当毛主席说完自己一切安全，胡昌宝慢慢合上了放心而不舍的眼神。而毛主席再也止不住悲痛，泪水顺着脸颊流了下来。

能够让伟大领袖为之动容的，就是保卫在毛主席和党中央身边的警卫部队，也就是如今的北京卫戍区某警卫师。

来到该师整修一新的师史馆，营门矗立的便是"朱毛"会师的立体塑像。自井冈山会师以后，这支部队跟随毛主席和党中央转战南北，从井冈山到瑞金，从瑞金到遵义，从遵义到延安，从延安到西柏坡，从西柏坡到北京。

在红军长征的艰难岁月里，他们保卫着毛主席和党中央通过敌人道道封锁线、渡过天险乌江、踏过铁索泸定桥、翻越4座雪山、趟过茫茫草地，克服了种种艰难险阻，经受住血与火的考验，成功担负了"黎平会议"、遵义会议等重要会议的警卫任务。到达延安后，他们还积极投入到大生产运动中。在人们耳熟能

▲ 1931年11月7日，该部担负了在瑞金叶坪召开的中国共产党苏区第一次代表大会警卫任务。（图片由部队提供）

详的"老三篇"中，毛主席把我党宗旨——全心全意为人民服务的精神凝聚到一名战士身上，他就是张思德。

张思德，1915年出生，四川仪陇人，1933年参加中国工农红军，1937年加入中国共产党，原中央警备团直属警卫队战士，经历过长征，多次参加作战，警卫过毛主席，执行过生产任务。1944年9月5日，在陕北安塞山中烧炭时，因炭窑崩塌不幸牺牲，年仅29岁。9月8日，毛主席亲自参加张思德同志的追悼会，并作了《为人民服务》的著名讲演，对张思德给予高度评价："张思德同志是为人民利益而死的，他的死是比泰山还要重的。"

"我们是张思德生前所在部队的官兵，必须牢记党的根本宗旨，弘扬张思德精神，做为人民服务的合格接班人。"部队常年开展"大力弘扬张思德精神，培育张思德式的警卫战士"系列活动。在张思德精神的感召下，警卫部队官兵始终与人民群众保持了鱼水相依、血肉相连的深厚感情。

1982年2月的一个深夜，两名工人不慎掉入什刹海，驻守在附近的某警卫连战士袁满囤闻讯跳入湖中，救出落水工人，却献出了自己年轻的生命。徐向前元帅为他题词，柳荫街专门为他立起了汉白玉塑像。这座塑像是北京市政府唯一批准建立在街区的战士塑像。从那以后，警卫连官兵与柳荫街居民携手共进，开创了全国城市双拥共建的先河。该师有两个纠察连，常年在首都繁华街区执勤，组建24年来，坚持执勤走一路，好事做一路，被首都人民誉为"盛开在长安街上的精神文明之花"。

被人民群众誉为"最美警卫战士"的高铁成也在该师。2012年5月18日，高铁成休假归队途中，在餐馆就餐时突遇后厨发生煤气爆燃，他不顾个人安危，三闯火场排险救人，成为全社会学习的"时代楷模"。

同年7月份，京城地区连降暴雨，京郊多地洪水成灾。该师官兵第一时间集结赶赴灾区展开救援，有的师团领导7天7夜不合眼，晕倒在抗洪一线；有的营长连长不顾风湿性关节炎等病情加重，在水中一泡就是一整天……最终险情解除，当官兵撤回时，当地群众自发到街上为子弟兵送行，宽阔的马路上人潮涌动，堵得水泄不通，许多群众都是红着眼睛一路跟着车走。

时代在变，地域在变，但为人民服务的宗旨和精神始终没有变；赤胆忠心、恪尽职守、机智果敢、甘愿奉献的警卫传统始终没有变；万无一失、滴水不漏地保卫最高统帅和党中央的决心意志始终没有变。

新时期，他们一如既往地肩负起党中央的警卫任务、首都地区的反恐维稳任务，出色完成了具有深远历史意义的党的十一届三中全会、十七大、十八大以及历届人大、政协等党和国家数千次重大会议的警卫任务，部队中先后涌现出13名授称个人、22名一等功臣，16个授称集体和一等功连队。

汲取红色营养，涓涓细流注入官兵心田

大学生新兵胡威，被一张老照片深深折服。

胡威是四川音乐学院毕业的大学生，投笔从戎后，他不太重视党课教育，经

开展射击训练

开展刺杀技能训练

组织翻越障碍训练

苦练擒拿功夫

▲ 该部官兵苦练杀敌本领。（图片由部队提供）

常不注意听讲。指导员李红义并没有直接批评他。

一次党课，指导员从连队荣誉室拿出一张历史照片，照片中警卫战士围坐在一起，认真听讲，旁边有专人埋头记录，而授课的人居然是小胡的偶像——毛主席。

李指导员讲解："我们这支连队是守卫在毛主席身边的连队，是被党中央授予'保卫毛主席最光荣'的连队，大家看看，那时候毛主席亲自给我们警卫官兵上党课，可想一名党员上党课的重要性。"在这张历史照片面前，小胡幡然醒悟。

类似这样"领袖与士兵"的照片，在该师师史馆还有很多：一团篝火四周，毛主席和警卫官兵正在热烈讨论；一张木桌旁，毛主席正在拿着纸质材料和警卫官兵讲解……如果把史馆内每一张历史照片、每一件珍贵文物都当成一滴水，那么整个师史馆就是一片红色的汪洋。

重温红色历史，弘扬优良传统。该师领导干部发起向历史学习、向最高统帅看齐的号召。党课教育党委书记亲自上，政治教育领导干部亲自搞，成为他们政治建师的一大法宝。师政治部主任金岩介绍，每年的主题教育第一课，师团营连都是主官讲；这几年机关干部蹲连住班，师团常委都是第一拨次安排；今年的"两学一做"学习教育，师党委书记上第一课、副书记上第二课，师党委委员以普通党员身份分头参加所在党小组的会议。

让红色的汪洋大海变成涓涓细流注入官兵心田。这些年来，该警卫师坚持用红色精神教育引导部队，每年新兵入营，首先来到师史馆参观学习；新兵入伍第一课就听《为首都北京站岗，做张思德传人》；每年9月，部队都要开展纪念张思德主题日活动，组织官兵集体诵读《为人民服务》，到张思德雕像前宣誓，进行演讲征文和文艺汇演；每逢重要节日、执行重大任务，都会适时组织官兵参观师团史馆和荣誉室，重温张思德的光辉事迹。

官兵们不但汲取历史的红色营养，还亲自参与到弘扬传统的过程中。

我们采访时，宣传干事吕尚正带着几名战士在编辑一张小报。吕干事激动地告诉我们，别看只是一张小报，它的红色底蕴不可小觑。他指着师史馆内一张照片，上面两个"士兵报"书法题字赫然在目。

据他介绍，这张小报的刊头是毛主席亲笔题写的。毛主席十分重视身边警卫人员的学习，当得知警卫人员自办了一张小报，便亲自题写了两个刊头，并在其中一个的右上角划了一个圆圈。毛主席对身边的警卫人员说："我感觉划圈的这个不错，你们看看，选用一个。"至今，不仅这张毛主席题词的刊头书法被珍藏在师史馆，这张报纸更成为历代警卫官兵的精神大餐。

我们了解到，从师团领导到普通一兵都积极撰稿投稿。特别是报刊上有一个长年办的基层人物志栏目"张思德式的警卫战士"，已经报道了不同层次的近百名基层典型人物。每次报纸下发，都能在部队上下引起不小反响。

新时期，某警卫师官兵不仅牢牢用好这块阵地，还勇敢迈出脚步，新一期的《士兵报》已经有了网络版。师政委边瑞峰介绍，该师部队大多点自为战、班自为战，部队高度分散，他们紧跟信息化时代步伐，将政工网联通到所有班排哨点，大力抓好网络阵地、学习教育阵地、文化活动阵地、"四反"保密阵地，牢牢占领官兵精神高地，使官兵成为绝对忠诚、绝对纯洁、绝对可靠的精神尖兵。

在京郊某深山执勤点，我们看到，虽然只有几名官兵，但网络学习室、《学习中国》电子信息终端等信息化设备全部配套完善。小点负责人、某警卫连排长李小健反映，插上信息化翅膀，再也不担心群山阻隔、深山枯燥了。

聚焦打赢本领，站好武装哨打赢政治仗

守卫北京、守卫党中央的警卫工作，直到今天仍然显得神秘，太多的人想了解警卫战士的一日生活。

其实，他们很简单：看，烈日下、严寒中，一身笔挺军装，两眼炯炯放光，时刻注视四方，这就是警卫战士在哨台上的基本写照；看，擒拿格斗、应急处突、反恐维稳，维护首都地区安全稳定，这就是这支部队常年担负的责任；看，仪仗司礼、出国援助，这支部队向世人展示着国威军威。

——练军姿形象。炎炎烈日下，地表温度高达50摄氏度，警卫战士一站就是6个小时以上，直到汗水顺着衣服滴到地上，聚成一摊汗水；

——练背记号牌。一代代警卫官兵总结出顺序记忆、关联记忆、对比记忆等近十套记忆方法。在执行临时重大勤务前，半小时内可以记忆数百个车牌号码；

——练擒敌技术。他们开展对抗训练、搏击集训、抗击打训练，能够赤手空拳击倒来犯之敌。

……

这样的千锤百炼，效果显著。

一位美国军方最高行政领导曾对这个师的一名战士竖起大拇指。2000年7月，时任美国国防部长科恩访华，在"八一大楼"会晤期间，该师两名哨兵在会议室外连续执勤7个小时，始终挺直肃立。晚上8点，科恩走出会议室时，两名已经长时间执勤的哨兵毫无放松，迅速敬礼。科恩注意到，这两名哨兵正是自己进门时的哨兵，对此，他深受感动，专门对着哨兵庄重回礼，同时，另一只手竖起大拇指，向警卫战士做出了一个令世人瞩目的动作和评价："OK，中国哨兵！"

类似的场景，在英国女王身上也发生过。1986年，英国女王伊丽莎白二世访华，临走时在海上游船内举办答谢会，礼宾哨兵解绿江站在一块颠簸着的浮水平

▲ 该师基层党支部在中华世纪坛举行入党宣誓仪式。（图片由部队提供）

台上，以标准的军姿站立了将近7个小时。女王对身边的人说："中国军人纪律严明，作风过硬，堪称举世无双！"当有人提出应该给哨兵立功时，警卫师的领导这样答复：我们每一名战士都具有这样的素质，每一名官兵都完成了艰巨的任务，在我们师，这并不稀奇。

2012年11月，部队官兵在担负党的十八大警卫任务期间，平均每人每天要做出800余次迅速判断，处理40余次情况。尤其是在高峰期，每分钟进出30余人次，平均两秒钟就要做一次判断，而且不容有误。正是靠着把哨位当战场的强烈意识，整个会议期间，官兵们排除各类安全隐患，保证了大会安全顺利。警卫战士被机关领导称赞为：眼神胜过"摄像机"、记忆比过"扫描仪"。

也许有人说，和平时期，站岗执勤实在单调，然而，这支部队并非这样认为。师史馆里该师前身部队在革命战争年代开展大练兵、大比武的照片，成为官兵敢打敢拼的精神动力。新的历史时期，他们定期组织"警功大比武"，成绩照样斐然：射击比赛，干部队队员李哲，雾霾天打出10发子弹100环的佳绩；单杠

▲ 2013年8月27日，张思德生前老班长、该师老红军杜泽洲为官兵讲述忠诚故事。
（图片由部队提供）

▲ 基层部队官兵在张思德雕像前重温为人民服务精神。（图片由部队提供）

比赛，保卫科长田英贺从1练习做到9练习，震惊官兵；索降比赛，特务连连长赵超从四楼降到一楼仅用不到4秒。他们还常年开设搏击训练、擒敌格斗训练、三轮四轮车辆特技驾驶训练等。

师长邵宇介绍，这支部队最大的特点就是：练兵千日、用兵千日。部队全天候都在战斗，师训就是"哨位即战位、执勤即战斗"。

有人说，站岗就是站着不动，警卫工作处在静态之中。对此，这个师把组建至今的战斗历程图大幅摆放在师史馆离门口最近的位置，从井冈山一路保卫毛主席和党中央挺近北京城，途中大小战斗百余次，执行各类警卫任务数千起，在警卫官兵心中，动态警卫更是他们的传家之宝。

动中搞警卫，动态抓训练。1970年，该师前身中央警备团组织冬季野营拉练，受到毛主席和军委办事组的高度评价，毛主席亲自批示："全军利用冬季实行长短途野营训练一次……"

"我们师在历史上是第一个搞冬季野营拉练的，必须坚持好这个好传统。"师长邵宇告诉我们，时至今日，他们不仅坚持基层官兵拉练，更把首长机关编成冬训连全程拉练。前年，"首长机关编成冬训连"的新闻曾引起各大媒体争相转载报道。

三军仪仗队：祖国窗口　三军封面

这一组镜头，至今让人津津乐道。

2015年5月9日，莫斯科红场。我三军仪仗方队102人，踏着青石板铿锵走来，横成列，如刀切；竖成行，似山墙！棱角分明，完美无瑕！

2015年9月3日，天安门广场。首次由男女仪仗兵混合组成的护旗方队207人，迈着正步排山倒海般走来，踢腿生风、落地砸坑，每步75厘米、每分钟112

▲ 2015年5月9日，俄罗斯首都莫斯科红场，中国人民解放军三军仪仗队方阵行进在阅兵式上。（新华社发）

步，米秒不差！

2015年9月4日，莫斯科国际军乐节。当地风疾雨劲，我三军仪仗女兵操枪队30名队员处变不惊，队形整齐有序，动作美轮美奂，惊艳全场。

……

无论行进在何方，每一个正步都代表着祖国。去年以来，三军仪仗队先后执行仪仗司礼任务232场，次次精彩圆满、万无一失，以完美表现走出了国威军威。有网友说："中国军人威武之师，颜值爆表，没看够。"也有网友说："整齐的步伐，挺起的胸膛，有力彰显了我国军事力量，无可争议地表明我三军仪仗队已步入世界一流行列。"

人们更关注的，是赞誉和荣光背后，仪仗兵是如何不断超越自我、百炼成钢的。得荣誉难守荣誉更难，唯有牢记嘱托刻苦训练，方能百尺竿头更进一步。为此，他们制定并坚持着堪称世界一流的高标准——

单兵动作上，人的步幅有大有小，仪仗兵却要固定在75厘米，并且走百米不

358

差分毫，走百步不差分秒；人正常眨眼频率为5至10秒1次，他们却要保持40秒眼睛不眨，确保面对外宾时"神采奕奕"；1.65公斤重的指挥刀，要在8秒内连续完成拔刀至入鞘的7个动作，难度超乎想象……

动作协同上，他们要求百人一条心、百足一个音。视觉上，单排面达到头线、手线、枪线、腿线、胸线、帽线"六线合一"，使排面"横看一堵墙、侧看一条线、纵看一个人"；听觉上，脚掌落地沉稳有力、富有韵律，口号清晰响亮、气势恢宏；触觉上，无风条件下，10米内能够感受到方队行进带来的空气流动，保证上场即能带来威武雄壮、排山倒海的气势。

张洪杰是"9·3"阅兵军旗手，先后8次参加国家级阅兵，是三军仪仗队执行阅兵任务最多的现役队员，动作已趋完美。但是，在备战阅兵的日子里，他每天仍请人为自己挑刺儿。他说："一天不练手生脚慢，两天不练功夫减半，三天不练成了门外汉。作为军旗手，必须精益求精，为奉献一场震撼世界的阅兵盛典竭尽全力。"

不仅如此，三军仪仗队还把礼仪训练列为"必修课"。去年赴俄参加阅兵前，专门请来北大教授，讲解俄风土人情、教唱该国经典歌曲。

"正当梨花开遍了天涯/河上飘着柔曼的轻纱/喀秋莎站在那峻峭的岸上/歌声好像明媚的春光……"莫斯科红场阅兵前的一次夜间彩排，我三军仪仗兵首次在行进中高唱二战时苏联老歌《喀秋莎》，现场一片喝彩声。有的俄仪仗兵激动得眼噙泪花，加入合唱。

相关视频迅速在互联网蹿红。正式阅兵结束，俄罗斯总统普京专门来到我三军仪仗方队指挥官面前表示感谢。俄罗斯总理梅德韦杰夫说，中国人民解放军方队令人印象深刻。

一组组荣誉背后，是一串串奉献故事。去年4月26日，是三军仪仗队参谋孔德玺妻子的预产期，前期孕检报告显示，产妇体质虚弱，生产时易出现高危风险。正当孔德玺为即将临近的预产期做准备时，上级通知他于24日飞赴莫斯科，参加阅兵活动。

孔德玺是赴俄三军仪仗方队指挥组唯一参谋，前期沟通协调都是他经手的。若此时临阵换将，很有可能出现纰漏。怀着愧疚与牵挂，他将妻子即将分娩的消

▲ 2015年9月3日，中国人民抗日战争暨世界反法西斯战争胜利70周年纪念大会在北京隆重举行。这是三军仪仗队方队通过天安门广场。（新华社记者王定昶 摄）

息悄悄压在心底。4月27日，脚踩他国土地，头顶异国冷月，孔德玺听到家人从北京打来电话："孩子出生，母子平安"，激动、兴奋、内疚种种心情，化作颗颗泪珠，顺着孔德玺的脸颊不停流下……

辛顺是一名优秀仪仗兵，执行过包括莫斯科红场阅兵在内的130余次仪仗司礼任务，从未出过差错。2015年备战"9·3"阅兵期间，他竟主动申请当替补队员。每天，他和正式队员一样训练，付出同样的艰辛与汗水，参加所有合练，而到最后一刻，接受祖国检阅的机会微乎其微。

对辛顺的选择，许多人不解。他说："大家都很优秀，而替补又是必不可少的。我是一名老兵，任何位置有缺口，都能及时补上去！"负责阅兵训练的三军仪仗副大队长韩捷评价说，辛顺的选择体现了当代军人的豁达与奉献，饱含着对党绝对忠诚的赤子情怀。

奉献的青春最美丽，学习的青春最充实。为提升仪仗兵综合素质，三军仪仗队组建了电声小乐队、合唱队、篮球队、口琴队等，女兵中队还组建了国学、形体、化妆等兴趣小组，每名官兵"入伍即入学、退役即毕业"。去年，仪仗兵在中央电视台春节联欢晚会、国家双拥晚会、军队大型文艺演出和各类体育竞赛活动中，都有出色表现。

过硬素质是就业"通行证"。去年，我军首次实行一年两次退伍政策，两次退伍时节，仪仗兵都是企事业单位争相聘用的"香饽饽"。第一次退伍时节，三军仪仗队只有13名女兵退役，这是仪仗队历史上首批退役女兵。某女企业家联盟一辆大巴车竟拉来了17家企业招聘负责人。自我介绍、面试考试之后，面对这些皮肤略显黝黑的女孩子，前来招聘的企业最终上演一场"抢"兵大战。他们不仅都给出好岗位和高薪，还与仪仗队签订共建协议，承诺为退役仪仗兵开通绿色招聘通道，提供就业上岗培训。三军仪仗队政委张兆宏高兴地说："这是社会对仪仗兵价值的肯定和褒奖！"

军民一家亲　共叙鱼水情

原国家领导人曾到这条街道为儿童喂服疫苗；徐向前元帅曾亲笔为这条街道题字；老一辈革命家杨尚昆、张爱萍、杨成武、叶飞等，与街道居民一同挥锹铲土，义务植树……

这是一条开创全国双拥共建先河的街道，它就是北京市什刹海街道柳荫街。

在国庆35周年时，载有徐帅题字"柳荫军民文明街"的彩车徐徐通过天安门。

从1982年至今，这条街道先后多次被评为全国政治思想工作先进单位、全国军民共建先进单位；两次受到中宣部、民政部、总政治部通报表彰，首批进入北京市共建标兵行列。

与这条街道居民建立鱼水深情的，就是北京卫戍区某警卫师一连官兵，而这个师的前身便是为人民服务的光辉典范张思德生前所在部队——中央警备团。

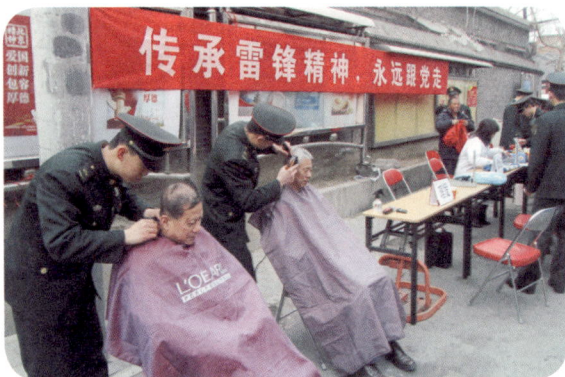

2012年4月，警卫师一连官兵在驻地开展服务百姓活动。（图片由部队提供）

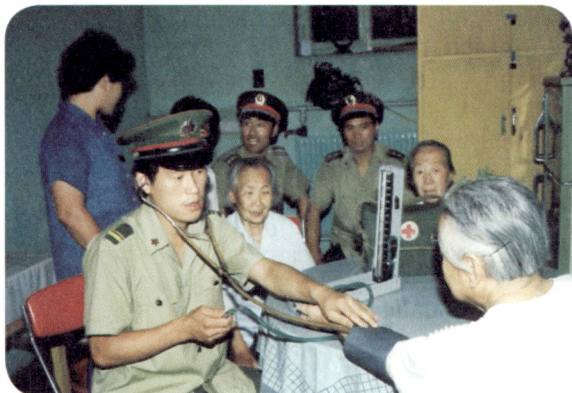

警卫师一连官兵为老人巡诊。（图片由部队提供）

警卫师一连官兵经常到敬老院看望老人。（图片由部队提供）

1944年9月8日，毛主席在张思德的追悼会上说："为人民利益而死，就比泰山还重。"

"为人民利益而死"，作为英模张思德的传人，这支部队的官兵不打折扣地将这一精神继承发扬。新时期，他们同样做出了为人民利益不惜牺牲生命的壮举。

1982年2月24日晚，夜色漆黑，什刹海冰面突然传出"救人"的呼声。正在执行任务的该警卫师战士袁满囤闻声向出事地点奔去。为了营救落水的工人，他5次潜入水底，直至停止呼吸。

悲痛的消息传来，徐向前元帅不顾天寒地冻，连帽子都没有戴，走到院中，向着袁满囤牺牲的地方久久眺望。徐帅对大家说："满囤是个好同志，是雷锋式的战士，要通过学习他的事迹把军民共建活动引申到发扬共产主义新道德、新风尚上来。"

袁满囤成为柳荫军民的骄傲。人们为纪念英雄，在街心花园建立了袁满囤同志的塑像，徐帅为碑座写下题词："优秀警卫战士袁满囤烈士"。在徐帅亲切关怀下，柳荫街军民在全国大城市率先开展军民共建社会主义精神文明活动。短短几年中，徐帅先后5次为柳荫街题词，3次接见居民代表，并对柳荫街军民共建作了7次指示。

随之，柳荫街军民成立了共建领导小组，制订了军民共建条约。至此，一个个动人心弦的故事在这里发生，一段段"双拥共建"的佳话从这里流传。

——共建小组成立的第一天，官兵们就把整条大街的8条街巷和120多个庭院打扫得干干净净，清理了原来乱风满街土、下雨满街泥的街道，种植了一株株翠绿的杨柳，铺成了平坦明亮的柏油街道，建起了花坛、凉亭，栽上了草皮，街道环境焕然一新。

——部队和居委会的同志一起，走访慰问军烈属、残废军人、孤寡户，使他们感受到徐帅和政府、军队、居委会的温暖。

——部队专门请孤寡老人到连队集中欢度佳节，谈形势、拉家常。

——柳荫街原有20多名失足青年，共建小组与他们一一结成帮教对子，促膝谈心交朋友，终于使他们都有了不同程度的转变。

▲ 警卫师一连官兵和驻地群众为袁满囤烈士敬献花圈。（图片由部队提供）

　　——68岁的老人因为共建，从信教转变为信军爱军。街道一位居民68岁，一天夜里，突然高烧到39摄氏度，大小便失禁。共建小组的警卫官兵深夜把她背进医院。她一生笃信"主"的意志，认为真正的幸福在"天堂"，但她今天却在人间看到了真正的幸福。出院后，她执意要求把自己积攒的1300多元钱交给共建小组，并且逢人便说："是共建小组救了我，他们才是我信赖的人啊！"

　　——关系不和的婆媳因为共建，融冰化暖感激涕零。街道上一对婆媳20多年关系不和。在共建小组的感化教育下，儿媳妇亲切地叫了婆婆一声"妈妈"，老婆婆激动得落下了泪。她呜咽着说："是军民共建温暖了我们的家。"

　　——昔日邻里纠纷矛盾，现在连续多年无事故案件发生。共建后的柳荫街，军民团结，连续多年没有发生刑事案件，70%以上的家庭被评为"五好家庭"，街道被公安部命名为"社会治安先进单位"。

　　为了吸取全国精神文明建设的经验，柳荫街先后聘请徐洪刚、韩素云、李国安、李志军、孙茂芳等一批在全国享有盛名的英模人物为"荣誉居民"，从他们身上吸取了宝贵的精神财富。

柳荫军民文明街

徐向前题
一九八三年三月

▲ 徐向前元帅的题词。（图片由部队提供）

军政军民团结一家，军爱民为民办实事，民拥军帮兵解困难。长年以来，柳荫街所属的西城区党委、政府，将"议军会"开得有声有色。区委书记和区长亲自担任双拥工作领导小组组长，亲自主持召开"议军会"，会上，实实在在解决驻军困难。

西城区区委、区政府还坚持开展"军营一日"活动，坚持联系共建点、走访慰问、主管领导述职制度，坚持每年召开一次精神文明和双拥工作大会，适时提出创建有特色、高品质全国双拥模范区的新的奋斗目标。

在常年共建活动中，军地形成了"军民同心、育人为本、无私奉献、持之以恒"的柳荫街精神。1983年4月，中共北京市委和解放军原总政治部联合召开现场观摩大会，推广了柳荫街军民共建文明街的经验。柳荫街，昔日首都一条名不见经传的普通街道，作为一面精神文明的旗帜在首都树立了起来。目睹着这一巨大变化，一位老居民说："我活了80多岁，深深感到共产党的元帅好啊！"这句话，道出了柳荫街军民的共同心声！

后　记

　　今年是红军长征胜利80周年，经军委政治工作部和新华社批准，在陆军政治工作部的指导支持下，陆军政治工作部宣传局、新华社解放军分社和《新华每日电讯》组织实施了"红军部队新长征"大型主题报道活动，在中国新闻史上第一次对我军历史上的红军部队进行系统寻访报道。最终确定的23支红军部队的前身涵盖了红一方面军、红二方面军、红四方面军、红二十五军、西北红军和南方八省红军游击队，涉及东南西北中五大战区陆军15个集团军和新疆军区、北京卫戍区。

　　为高标准完成好此次大型主题报道活动，新华社解放军分社从全分社各部门抽调精干力量，从3月下旬开始组织四路采访小分队，分赴全军各部队深入采访挖掘。从7月13日开始，采访成果在《新华每日电讯》以每周推出一到两支部队、每支部队一个整版的篇幅文图并茂地陆续推出，共计刊发23个专版。

　　这组报道，以红军长征为出发点、以改革强军为落脚点，深挖历史传统，突出展示红军部队奔流不息的永恒血脉；聚焦长征精神，突出展示红军部队敢打必胜的无畏底气；着眼时代特点，突出展示红军部队改革关头的牺牲担当；尊重新闻规律，突出展示红军部队鲜为人知的历史细节。在报道中，我们还创新传播手段，突出全媒体形式融合呈现，通过专版、通稿、客户端、新华网等5大平台联动发稿，实现了从传统媒体到新媒体的全维覆盖，受到广大读者、部队官兵、将帅子女和业界专家的普遍好评，认为这是今年各大媒体纪念红军长征胜利80周年报道中的"重磅产品""经典之作"，取得了讲好红色传奇、发出时代强音的良好效果。

为使"红军部队新长征"主题报道发挥更大的政治、社会效益和持久影响力，经陆军政治工作部、新华社解放军分社和《新华每日电讯》共同编辑审阅，报道成果最后由新华出版社结集出版。

难能可贵的是，陆军司令员李作成、政治委员刘雷在百忙中专门撰写了题为《弘扬伟大长征精神　奋力推进强军事业》的纪念文章，在《新华每日电讯》上整版刊发后作为本书的序言。难能可贵的是，老一辈革命家谢觉哉夫人、百岁女红军王定国也欣然为本书作序，《红军万岁　长征万岁》说出了这位目前在世年龄最大的女红军对红军传人的殷殷嘱托。

"红军部队新长征"报道的成功实施和图书的顺利出版，离不开东南西北中五大战区陆军和新疆军区、北京卫戍区相关部队的大力支持和全力配合。100多名新闻工作者先后参与采访报道，在训练考核场上、在政治教育课堂、在野外驻训帐篷、在抢险救灾一线，采编人员"用红军作风宣传红军部队"，下班排、住连队，挖掘到大量鲜为人知的历史细节，见证了新一代红军部队传人弘扬优良传统、传承红色基因、献身改革强军的新风新貌。部队各级政治工作部门还提供了大量珍贵的历史资料图片和生动鲜活的新时期图片，丰富了本书的内容。

在此，对为本书出版作出突出贡献的首长机关、各级部队和老前辈，以及所有新闻工作者表示诚挚的感谢和崇高的敬意！

长征，永远在路上！

《红军部队新长征》编委会

2016年10月9日

鸣　谢

　　本书在新华社播发的系列稿件和图片的基础上编撰而成。全书图文并茂，内容丰富，信息量大。为方便阅读，在尊重事实的前提下，我们对部分稿件的标题和正文进行了必要修改。

　　在本书付梓之际，特向以下作者隆重致谢！

李清华、樊永强、丁雅涵、马永生、张良、曹武军、王玉山、李大伟、蔡琳琳、刘永华、王德思、罗新、朱翔、徐远双、王天德、马令、闫石、海洋、梅世雄、梅常伟、杨西河、康克、王竞、王洪山、周盼、张雅东、武小文、陈文军、侯选、曲国辉、秦富梁、邹秋月、刘家宁、宋志强、杜红星、罗云忠、曾涛、曾宪发、刘家荣、万学林、陆超、袁全、原俊敏、田来、孙彦新、黄龙、胡卫卫、王立军、胡建峰、孙启龙、安东海、吴科儒、王喆、钱磊、李志涛、赵德宇、夏云亮、刘俊峰、孟伟健、张庆秋、仇成梁、陶连鹏、苟向久、王鹏、朱思斌、李连军、赵丹锋、庞春涛、丁伟光、岳志俊、唐继光、周景红、蔺芳帅。（排名按稿件播发顺序）

编　者

2016年10月10日